AF380914

Daniela Kappel wurde 1988 in Wien geboren und lebt derzeit mit ihrem Mann und den beiden Söhnen in Niederösterreich. Neben ihrem Beruf als Krankenschwester nutzt sie das kreative Schreiben als Ausgleich und Ruhequell im oftmals stressigen Alltag: „Die Liebe zu Geschichten brachte mich dazu selbst zu schreiben."

DANIELA KAPPEL

DIE FRAUEN VON ROSE CASTLE

Überarbeitete Neuausgabe Februar 2025

Copyright © 2024 dp Verlag, ein Imprint der
dp DIGITAL PUBLISHERS GmbH
Made in Stuttgart with ♥
Alle Rechte vorbehalten

Die Frauen von Rose Castle

ISBN 978-3-98998-700-5
E-Book-ISBN 978-3-98998-519-3
Hörbuch-ISBN: 978-3-98998-531-5

Copyright © 2020, dp Verlag, ein Imprint der
dp DIGITAL PUBLISHERS GmbH Dies ist eine überarbeitete Neuausgabe des bereits 2020 bei dp Verlag, ein Imprint der dp DIGITAL PUBLISHERS GmbH erschienenen Titels Das Geheimnis von Rose Castle (ISBN: 978-3-96087-904-6).

Covergestaltung: Nadine Most
Umschlaggestaltung: ARTC.ore Design
Unter Verwendung von Abbildungen von
shutterstock.com: © Radek Sturgolewski, © Lifestyle Travel Photo, © Ulca Pelin, © Evgeniya Litovchenko, © Artiste2d3d, © LesiaAr
Lektorat: Mona Dertinger
Satz: dp DIGITAL PUBLISHERS GmbH
Druck und Bindung: Books on Demand GmbH, Norderstedt

Das Werk darf – auch teilweise – nur mit
Genehmigung des Verlages wiedergegeben werden.

Vorwort

Liebe Leserinnen und Leser,

bevor ich euch mit Hayley auf die Reise nach England und damit auch auf die aufreibende Suche nach der Wahrheit schicke, möchte ich noch ein paar Worte zum Thema Familie verlieren.

Warum, fragt ihr euch?

Nun, in der folgenden Geschichte müssen sich die Protagonistinnen und Protagonisten nicht nur mit der Vergangenheit auseinandersetzen, sondern auch jede und jeder für sich selbst entscheiden, was Familie für sie oder ihn bedeutet und wie weit sie bereit sind, für die Familie zu gehen.

Familie. Das sind die Menschen im Leben, die dich bedingungslos lieben, unterstützen und für dich da sind, in guten wie in schlechten Zeiten. Du kannst dich ihnen anvertrauen und sie stehen dir immer mit Rat und Tat zur Seite, lassen dich deine Entscheidungen jedoch stets selbst treffen.

Zumindest sollte das meiner bescheidenen Meinung nach so sein.

Aber was passiert, wenn die Liebe und Unterstützung deiner Familie an Bedingungen geknüpft ist? Wenn die

Familie über die einzelnen Personen, aus denen sie besteht, gestellt wird? Und wie sieht es mit Loyalität und Pflichtbewusstsein der Familie gegenüber aus?

Sind das nicht auch Werte, die ihre Berechtigung haben?

Sollte man womöglich zum Wohl seiner Familie auf das eigene Glück, die eigene Erfüllung im Leben verzichten?

Zugegeben, das sind Fragen, die wir hier auf dieser Buchseite nicht beantworten können. Fragen, denen sich Hayley und viele andere Charaktere in Rose Castle im Laufe der Geschichte stellen werden. Jede und jeder auf seine individuelle Art und Weise. Und es sind Fragen, die uns alle unser Leben lang begleiten. Denn wo Familie ist, ist Liebe, Hass, Freude, Schmerz, Treue, Verrat, Aufopferung, Egoismus und so vieles mehr.

Ich möchte hiermit nicht den Anspruch erheben, euch aufzufordern, all diese Dinge zu hinterfragen. Doch ich kann euch verraten, dass ich es wenigstens ein Stück weit getan habe, während ich mich mit Hayley und Amelia auf den Weg gemacht habe.

Und ich möchte euch sagen, was ich mir persönlich davon mitgenommen habe: Familie ist für mich mehr als Blutsverwandtschaft. Mehr als ich und mehr als jedes einzelne Mitglied davon. Es ist ein Miteinander, ein Zusammen, ein Gemeinsam und ein Füreinander gleichermaßen. Wenn wir also miteinander gehen, zusammenhalten, gemeinsam stark sind und füreinander einstehen, dann ist die Familie stets ein Teil von uns.

Hayley

19. Mai 2018

Ein salziger Tropfen nach dem anderen landete auf der Glasscheibe des Bilderrahmens. Hayley wischte sie mit zitternden Fingern fort, wobei ihr ein Schluchzen entfuhr.

In den letzten Wochen hatte sie kein einziges Mal geweint. Nicht, als der Anruf aus dem Krankenhaus kam und der Arzt ihr mitteilte, dass ihre Mutter einen schweren Autounfall gehabt hatte. Nicht, als sie den geschundenen Körper ihrer engsten Vertrauten in dem Krankenbett hatte liegen sehen, mit all den Schläuchen und Apparaten, die sie gerade so am Leben erhalten hatten. Nicht einmal in dem Moment, in dem Hayley die Papiere für die Organspende unterschrieben hatte. Auch den Gang zum Bestatter, die Auswahl des Grabsteins und der Blumen sowie das Begräbnis selbst hatte sie hinter sich gebracht, ohne auch nur eine einzige Träne zu vergießen. Hayley war stark geblieben. Hatte einfach funktioniert, getan, was getan werden musste, ohne irgendetwas davon wirklich an sich heranzulassen.

Jetzt aber, da sie ihr Lieblingsfoto in den Händen hielt, das sie und ihre verstorbene Mutter im botanischen

Garten zeigte, realisierte Hayley zum ersten Mal, dass sie alleine war. Dass ihre geliebte Mutter unwiederbringlich fort war.

Und diese Erkenntnis, welche all die Zeit über still in einem Winkel ihres Verstandes gelauert hatte und nun brüllend hervorgesprungen war, ließ einen Damm in ihr brechen.

Mit wachsender Panik wischte sie sich mit dem Ärmel über die heißen, nassen Wangen und versuchte, auch die Glasscheibe des Bilderrahmens von den Tränenschlieren zu befreien. Hayley wollte, nein sie musste, ihre Mutter sehen, auch wenn es nur auf dem Foto war. Das schmale Gesicht mit der spitzen Nase, umrahmt von wilden Locken, das Hayleys in nichts glich. Ihr Gesicht war herzförmig und mit blassen Sommersprossen übersät. Die rötlichen Haare waren glatt und bei weitem nicht so widerspenstig, wie die ihrer Mutter es gewesen waren. Früher hatte sie der optische Unterschied nie gestört. Nun wünschte sich Hayley sehnlichst, mehr nach ihrer Mutter zu kommen, um ihre Züge in ihrem eigenen Spiegelbild betrachten zu können. Das hätte ihr die Möglichkeit gegeben, noch etwas mehr von ihrer Mutter bei sich zu behalten.

Sie saß im Schneidersitz auf dem ausgeblichenen Hochflorteppich im Schlafzimmer ihrer Mutter, umringt von Fotoalben und Andenken. Die sanften Strahlen der untergehenden Sonne tauchten das Zimmer in rötliches Licht und projizierten den Schatten des kleinen Windspiels, das vor dem Fenster angebracht war, an die gegenüberliegende Wand.

Hayley wischte sich ein letztes Mal übers Gesicht, als ihre Tränen endlich versiegten, und betrachtete still das Spiel aus Licht und Schatten. Da blitzte plötzlich etwas in der Dunkelheit des offenstehenden Wandschranks auf und forderte ihre Aufmerksamkeit. Zuerst glaubte Hayley, sich die Reflexion nur eingebildet zu haben, aber bereits Sekunden später sah sie es erneut – im obersten Fach des kleinen Wandschranks, aus dem sie tags zuvor Bettwäsche und Handtücher ausgeräumt hatte, schien sich noch etwas zu befinden. Schniefend rappelte sie sich hoch und trat vor den Schrank. Hayley tastete das oberste Regalbrett ab, soweit sie mit der Hand reichen konnte, stieß aber auf nichts außer Staubflusen. Was auch immer sich da oben verbarg, musste ganz nach hinten gerutscht sein. Erleichtert darüber, nun wenigstens etwas zu tun zu haben, das sie von ihrer Trauer und den trüben Gedanken ablenkte, zog sie den schweren Lesesessel, der neben dem Fenster stand, an den Schrank heran. Die dicken Holzbeine des Stuhls scharrten laut über den Parkettboden, als sich Hayley damit abmühte, das wuchtige Möbelstück quer durchs Zimmer zu schieben.

Erst als sie auf dem weichen, über die Jahre durchgesessenen Polster balancierte, schaffte Hayley es, das mysteriöse glänzende Etwas zu ertasten. Ihre Finger trafen auf kühles Metall, zogen das überraschend schwere Teil Stück für Stück weiter nach vorne, bis sie es schließlich mit beiden Händen fassen und aus dem Regal heben konnte. Für einen Moment verlor sie das Gleichgewicht und schwankte bedrohlich mit ihrem Fund auf dem Arm. Als sie den Gegenstand nun betrachtete, pochte ihr Herz kräftig gegen ihre Rippen und sie musste sich eingestehen, dass dies nicht nur ihrem Beinaheabsturz vom Lesesessel zuzuschreiben war. Tief in ihr machten sich Aufregung, Neugier und auch ein wenig Argwohn breit. Sie hatte diese, an manchen Stellen bereits angelaufene, silberne Box noch nie zuvor gesehen. In den letzten Tagen hatte sie die gesamte Wohnung ausgeräumt und es war ihr kein einziger Gegenstand in die Hände gefallen, der ihr unbekannt gewesen wäre – bis auf diese Schatulle. Ihre Mutter musste sie all die Jahre wie einen Schatz gehütet und vor ihr versteckt gehalten haben. Aber warum nur? Was war in dieser Kiste? Hayley überlegte angestrengt, während sie sich mitsamt dem Fund in die weichen Kissen auf dem Bett ihrer Mutter sinken ließ. Sofort stieg ihr der altbekannte Rosenduft in die Nase, der noch immer an den Kissen haftete. Ihre Mutter hatte Rosen geliebt, darum wunderte es Hayley nicht, dass eine Rose auch die metallene Schatulle auf ihrem Schoß zierte.

Mit dem Zeigefinger zog sie die erhabenen Blütenblätter der Prägung nach. Sofort begann ihre Kopfhaut zu prickeln, wie sie es immer tat, wenn Hayley angespannt oder nervös war. Sie scheute noch einen Augenblick davor zurück, die Box zu öffnen. Was, wenn ihre Mutter einen triftigen Grund gehabt hatte, den Inhalt vor ihr geheim zu halten? Womöglich würde ihr das, was es darin zu entdecken gab, nicht gefallen.

Ein ungutes Gefühl beschlich Hayley und gesellte sich zu der Trauer über den Verlust ihrer Mutter, sodass sich ihr ohnehin schon flauer Magen unangenehm zusammenzog. Letztendlich siegte jedoch die Neugierde. Hayley holte tief Luft und klappte den Deckel auf.

In der Kiste, die mit dunkelrotem Samt ausgekleidet war, befand sich ein Sammelsurium an Gegenständen.

Ihr Blick huschte über die verschiedenen Dinge und blieb an einem dünnen Bündel kupferfarbenen Haares hängen. Die feine Strähne wurde durch ein glänzendes, hellrosa Satinband zusammengehalten. Hayley drehte das seidige Haarbündel vorsichtig und entdeckte einen in das Band eingestickten Schriftzug: *Hayley Abigail Rose 24.11.1998.*

Ihre Brust wurde mit einem Mal eng. Es war ihr Vorname. Ihr Geburtsdatum. Mit ziemlicher Sicherheit waren es ihre Haare. Aber wie konnte das sein? Hayley wusste nichts von einem zweiten Vornamen und ihr Nachname war Oakwood wie der ihrer Mutter. Sie hatte das Gefühl, von einer bleiernen Schwere tiefer in die Matratze gedrückt zu werden. Was hatte das bloß zu bedeuten?

Vorsichtig legte sie die Haarsträhne neben sich auf die Tagesdecke und langte nach dem nächsten Objekt in der Kiste. Es war ein Stein, der sich in ihrer verschwitzen Hand kühl anfühlte. Die Form des dunkelblauen, glatten Flusskiesels erinnerte an die eines Herzens. Als sie ihn umdrehte und die Namen sah, die mit silberner Farbe darauf gemalt waren, beschleunigte sich ihr Puls. *Sarah & Dean* stand da in geschwungener Schrift. Sarah war ihre Mutter, aber von einem Dean hatte sie noch nie gehört. War das etwa ihr Vater? Möglich war es. Hayley wusste so gut wie nichts über ihn. Ihre Mutter hatte sich was das anging immer äußerst bedeckt gehalten. Und jedes Mal, wenn sich Hayley nach ihm erkundigt hatte, war ihrer Mutter eine unendliche Traurigkeit anzusehen gewesen – darum hatte sie irgendwann aufgehört, Fragen zu stellen. Was aber nicht bedeutete, dass sie kein Interesse daran hatte, mehr über ihren Vater zu erfahren. Auch wenn Hayley mit ihren neunzehn Jahren erwachsen war, sehnte sich das kleine Mädchen in ihr stets danach, den unbekannten Elternteil kennenzulernen. In ihrer Vorstellung malte sie sich sein Gesicht aus, das ihrem, ihrer Mutter zufolge, sehr ähnlich war. Die hohen Wangenknochen, ihren hellen Teint und die roten Haare hatte sie von ihm geerbt. Aber wer dieser Mensch tatsächlich war und warum sich ihre Eltern getrennt hatten, warum er nie eine Rolle in ihrem Leben gespielt hatte, wusste Hayley nicht.

Wie eine Kostbarkeit bettete sie den herzförmigen Stein neben ihre Haarsträhne und holte das nächste Objekt aus der Kiste, ein abgegriffenes Foto. Ihr Atem stockte, als sie die Frau in dem prinzessinnenhaften Brautkleid erkannte. Es war eine junge, freudestrahlende Ausgabe ihrer Mutter. Sie lag in den Armen eines stattlichen, gutaussehenden Mannes, der sie voller Liebe ansah. Auf der Rückseite des Fotos stand mit verblichener Tinte etwas geschrieben.

Ich sah dich im Rosengarten,
Da war's um mich geschehen.
Ich will nicht länger warten,
Dir meine Liebe zu gestehen.
Mag sein, dass Rosen welken,
Ihre Schönheit wird vergehen.
D'rum will ich dir mein Leben schenken
Und immer an deiner Seite stehen.
In ewiger Liebe,
Dein Dean Rose, 19. Juni 1996

Dean Rose und ihre Mutter waren also verheiratet gewesen. Zumindest nahm Hayley an, dass sie es an irgendeinem Punkt in der Vergangenheit nicht mehr gewesen waren, denn ihre Mutter hatte, seit Hayley denken konnte, Oakwood geheißen. Aber vielleicht hatte sie auch einfach ihren Namen behalten. Oder es war tatsächlich zur Scheidung gekommen. Tausend Fragen und abertausende mögliche Antworten schwirrten Hayley durch den Kopf. Dabei konnte sie nur das Bild anstarren. Den Mann. Dean.

Nach einer gefühlten Ewigkeit manifestierte sich ein Gedanke in ihrem Geist. Das war ihr Vater. Er musste es einfach sein. Aber warum sah sie ihn heute zum ersten Mal? Und das nur auf einem alten Foto. Warum hatte ihre Mutter ihn und ihr altes Leben vor ihr geheim gehalten? Wie hatte sie das nur tun können?

Hayley hatte so lange verkrampft und in Gedanken versunken stillgehalten, dass ihre Arme und Beine nun vor Taubheit kribbelten. Als sie das Foto ebenfalls beiseitelegte und ihre eingeschlafenen Glieder vorsichtig streckte, klimperte es leise in der Kiste, die auf ihrem Schoß in Bewegung gekommen war.

Hayley griff in die Schatulle und beförderte einen weiteren Beweis für die Ehe ihrer Mutter zutage, von der sie nie etwas gewusst hatte. Es handelte sich um einen schmalen Goldring, in dessen Wölbung ein einzelner, weiß glitzernder Stein eingelassen war. Die Gravur in der Innenseite lautete: *19.06.96.* Das musste der Ehering ihrer Mutter gewesen sein.

Mit steifen Fingern fasste sich Hayley in den Nacken und löste den Verschluss ihrer Halskette, an der ein kleiner silberner Herzanhänger baumelte. Sie ließ den

Ring auf die Kette gleiten, legte sie wieder an und steckte ihn unter den Ausschnittsaum ihres Shirts. Das anfangs kühle Metall erwärmte sich rasch auf ihrer Haut und schmiegte sich in die Kuhle zwischen ihren Brüsten, als gehöre der Ring ihrer Mutter genau dorthin, ganz nah an ihr Herz.

Hayley atmete tief durch und drückte sich tiefer in die Kissen, um sich für die letzten beiden Dinge in der Schatulle zu wappnen. Dieser Fund wirbelte ihr Leben, das durch den Tod ihrer Mutter ohnehin schon auf dem Kopf stand, gehörig durcheinander.

Beherzt griff sie nach einer kleinen Kartonrolle und entfernte den Plastikdeckel am Ende. Als Hayley die Öffnung nach unten drehte und vorsichtig schüttelte, glitt ein Papierbogen daraus hervor. Achtsam entrollte sie das Blatt und die Annahmen der letzten Minuten bestätigten sich auf einen Schlag. Es war eine Heiratsurkunde. Dieses Dokument besiegelte die Ehe zwischen ihrer Mutter und Sir Dean James Cameron Rose. *Sir.* An diesem Wort blieb ihr Blick einige Sekunden lang hängen, bevor die Adresse neben dem Stempel des Standesamtes ihre Aufmerksamkeit auf sich zog.

Rose Castle, Corbridge, Northumberland, England.

Hayley runzelte irritiert die Stirn. Rose Castle? Was sollte das denn bitteschön sein? England? Ihre Mutter hatte nie ein Wort darüber verloren, je in England gewesen zu sein. Darüber hinaus konnte sich Hayley ihre hippe, Flip-Flops-tragende, Starbucks-Kaffee-schlürfende Mutter so gar nicht in einem biederen, englischen ... ja, was war dieses Rose Castle überhaupt? Ein Schloss? Ein Herrenhaus? Ein Anwesen? Egal, was es auch sein mochte, Hayley konnte sich Sarah Oakwood in keinem Fall als die Lady von Rose Castle vorstellen. Anscheinend hatte sie ihre Mutter nie richtig gekannt. Zumindest nicht den Teil von ihr, dessen Überreste jahrelang verborgen in dieser Kiste geschlummert hatten.

Gedankenverloren griff sie nach dem letzten Gegenstand in der Schatulle, einer herausgerissenen Buchseite. Es handelte sich dabei um die Titelseite eines alten Gedichtbands von keinem Geringeren als John Keats. Hayley überflog den Titel und staunte nicht schlecht, da es eine Erstausgabe zu sein schien. Warum hatte ihre Mutter gerade dieses Buch gewählt? Soweit Hayley wusste, war sie nie ein besonders großer Fan von Poesie und Prosa gewesen. Andererseits saß Hayley hier inmitten von Dingen, die eine Heirat ihrer Mutter mit einem englischen Adligen bezeugten. Also sollte sie sich wohl weniger Gedanken über eine Seite aus einem literarischen Werk machen – auch wenn sie nur zu gern gewusst hätte, warum ihre Mutter sie den anderen Gegenständen beigelegt hatte ...

Amelia

20. März 1938

Mit starrem Gesicht musterte Amelia die fadendünnen Rinnsale, die sich vom grauen Himmel ausgehend auf den gepflegten Garten von Rose Castle ergossen. Der weiße Stoff des Zeltes, das speziell für diesen Tag neben den Fliederbüschen, in der Nähe des kleinen, sechseckigen Pavillons aufgestellt worden war, troff vor Nässe und wehte nur träge im Wind. Die hageren Tulpen und Primeln, die den Kiesweg zum Haus säumten, hatten erst vor wenigen Tagen ihre bunten Köpfe aus der kalten Erde gestreckt und wurden nun vom Regen unerbittlich niedergedrückt.

Amelia konnte es ihnen nachfühlen. Auch sie hatte sich diesen Tag anders vorgestellt. Mit Sonnenschein, Tanz und Musik im Kreise ihrer Verwandtschaft und Freundinnen, die voller Neid zu ihr in ihrem wunderschönen Brautkleid aufschauten. Hätte ihr zukünftiger Gatte, der Baronet von Rose Castle, das Hochzeitsfest doch nur nach ihren Wünschen im Frühsommer angesetzt, dann hätten sie sich inmitten von strahlenden Rosen ihr Jawort geben können. So aber hatten sich die wenigen geladenen Gäste im finsteren Bankettsaal versammelt und warteten mit Wein und Eclairs auf den Beginn der Zeremonie.

„Miss Campbell, es ist Zeit", erinnerte sie die hohe Stimme des Zimmermädchens. Widerstrebend löste Amelia ihren Blick von der mit Tropfen behafteten Fensterscheibe und wandte sich um. Ihr Zimmer war groß, mit gleich drei doppelflügeligen Fenstern, die knapp über dem Boden in breiten Fensterbänken endeten und gen Süden zeigten. Trotzdem waren es Kerzen, die den Raum erhellten. Das Damenzimmer, in dem ihre Vorgängerin, die erste Lady von Rose Castle, verstorben war. Unwillkürlich wanderte Amelias Blick zum Bett, in dem die junge Frau des Nachts verblutet war, nachdem sie eine Fehlgeburt erlitten hatte.

Ein Schauer lief ihr beim Gedanken an diese Tragödie über den Rücken. Natürlich war die Matratze ausgetauscht worden. Die Tatsache, hier wohnen zu müssen, machte das aber keinen Deut besser. Amelia wäre es tausendmal lieber gewesen, hätte sie eines der zahlreichen anderen Zimmer im Haus beziehen dürfen.

Beklommen sah sie nun in das runde Gesicht ihres Zimmermädchens und überlegte fieberhaft, ob sie ihr wohl vertrauen und die düsteren Gedanken mit ihr teilen konnte. Amelia wusste, wie viel unter den Bediensteten getratscht wurde – das war vermutlich in jedem größeren Hausstand der Fall. Und sie wollte es tunlichst vermeiden, als feige, unerzogen oder gar undankbar dazustehen, sei es auch nur vor den Angestellten. Sollte gar ihrer Mutter zu Ohren kommen, dass sie zu viel plapperte, dann gnade ihr Gott. Sofort hatte sie ihre strenge Stimme im Kopf, die sie zum hundertsten Mal um Ruhe anhielt. *Es steht jungen Damen nicht, ständig und ohne Unterlass zu gackern. Du musst lernen, still und sittlich zu sein, sonst wird dich nie ein Mann zur Frau nehmen.*

Amelia hatte stets ihr Bestes gegeben und auf ihre Mutter gehört und nun würde sie schon bald die Lady von Rose Castle sein. Ihr Gesichtsausdruck musste verkniffen und nachdenklich ausgesehen haben, während ihre Überlegungen von der verstorbenen Frau des Baronets zu ihrer herrischen Mutter gewandert waren. Celia, das Zimmermädchen, räusperte sich und zeigte auf den leeren Stuhl vor dem Frisiertisch. Mit einem leisen Seufzen ließ sich Amelia auf das weiche Samtpolster sinken.

„Ist alles in Ordnung, Miss? Fühlen Sie sich nicht wohl?", fragte Celia, lächelte sie durch den Spiegel freundlich an und griff nach der Rosshaarbürste. Andächtig und mit viel Gefühl bürstete sie Amelias lange, rote Mähne durch, bis sie ihr geschmeidig über den Rücken fiel. Sogleich machte sich die junge Bedienstete dann daran, einen dicken Zopf zu flechten und diesen an Amelias Hinterkopf zusammenzudrehen.

„Warum nur muss ich ihr Zimmer haben?", platzte es plötzlich doch aus Amelia heraus. Der Gedanke an die verstorbene Lady Rose wollte sie einfach nicht loslassen und obwohl sie eigentlich entschieden hatte, ihren Mund zu halten, waren ihr die Worte einfach entschlüpft.

Celia warf ihr durch den Spiegel einen Blick zu, den Amelia nicht recht zu deuten wusste, bevor sie vorsichtig eine Haarklammer nach der anderen in den geflochtenen Dutt schob.

Es war falsch gewesen, dieses Thema anzusprechen. „Entschuldige die Frage. Bitte vergiss einfach, was ich gesagt habe", versuchte Amelia darum hastig, ihren Fehler zu korrigieren. Die Hände des Zimmermädchens hielten in ihrer Bewegung inne. Celia trat einen Schritt zur Seite und sah Amelia direkt ins Gesicht, ein nunmehr nachsichtiges Lächeln auf den Lippen. Sie sah sehr jung aus, war wahrscheinlich drei oder vielleicht auch vier Jahre nach Amelia geboren worden, und trotzdem wirkte sie in diesem Moment um einiges erwachsener. Beinah schwesterlich griff sie nach Amelias Hand und drückte diese leicht.

„Es ist das Damenzimmer, Miss. Alle Ladys von Rose Castle bewohnten es. Egal, was in diesen vier Wänden geschehen sein mag, es ist Vergangenheit. Ihnen gehört die Zukunft." Amelia ließ sich die Worte durch den Kopf gehen und dabei wurde es ihr stetig leichter ums Herz. Zaghaft erwiderte sie Celias Lächeln. Die lieb gemeinte Geste und die bedachten Worte ihrer Bediensteten waren Balsam für Amelias Seele. Sie schwor sich, immer ein Auge auf Celia zu haben und sie stets gut zu behandeln, um ihr diesen Gefallen zu vergelten. „Du hast recht, meine Liebe. So wird es sein."

Celia machte sich nach einem Nicken wieder daran, Amelias Haar zu festzustecken und half ihr anschließend in das bodenlange weiße Kleid. An die Ärmel war feine Spitze gesetzt und der schmale Rock aus Seide floss um Amelias Beine wie ein schimmernder Wasserfall.

„Sie sehen wunderschön aus, Miss", verlautete Celia und strahlte sie an. Obwohl sie das Mädchen erst wenige Tage lang kannte, fühlte Amelia Zuneigung für sie und hoffte insgeheim, dass sie beide eine echte Freundschaft entwickeln würden. Natürlich war es nicht üblich und auch nicht gern gesehen, als Angehörige des Adels, und eine solche würde sie in wenigen Stunden sein, Beziehungen zu Bediensteten zu unterhalten, seien es auch nur profane Freundschaften. Aber wer würde sie schon davon abhalten? Morgen bereits würde ihre Mutter mit den Schwestern abreisen und dann war Amelia alleine in diesem fremden Haus und mit ihrem fremden Ehemann. Da konnte eine Vertraute sicher nicht schaden.

„Ich danke dir, Celia. Für alles", erwiderte Amelia und meinte jedes Wort aus tiefstem Herzen ernst.

„Nichts zu danken, Miss. Ich freue mich sehr, für Sie da sein zu dürfen", gab das Mädchen mit geröteten Wangen zurück. „Und nun werde ich Ihre Frau Mutter holen." Mit einem Knicks verabschiedete sich Celia und schloss leise die Tür.

Amelia trat wieder zum Fenster und blickte in den verregneten Garten hinaus, bemüht, die Reste ihrer Anspannung abzuschütteln. Sie musste all ihre Zweifel hinter sich lassen, ebenso wie das Mädchen, das sie war. Heute Nacht würde sie zur Frau, zur Lady von Rose Castle werden. Und auch wenn ihr zukünftiger Ehemann einige Jahre älter war als sie selbst, sah er doch gut aus. Er war recht schweigsam und zurückhaltend, konnte aber mit einem stattlichen Vermögen aufwarten. Vielleicht hätte sie ihn sich nicht ausgesucht, wenn sie eine Wahl gehabt hätte. Aber ungeachtet dessen war Amelia der Überzeugung, dass es einen Grund haben musste, warum das Schicksal gerade ihn an ihre Seite gestellt hatte. Es mochte zwar sein, dass sie im

Moment noch keine Liebe füreinander empfanden, doch sie hatten Zeit, diese erblühen zu lassen. So, wie die wundervollen Rosen im Garten des Herrenhauses bald schon erblühen würden.

Hayley

21. Mai 2018

„Du willst was?", fragte Sienna zum wiederholten Mal. Ihre Augen waren bei jedem von Hayleys Worten größer geworden. Ihre Stimme jedes Mal, wenn sie die Frage erneut gestellt hatte, schriller. Nun saß Sienna, Hayleys beste Freundin und Arbeitskollegin, mit offenstehendem Mund und einem entgeisterten Gesichtsausdruck vor ihr im Salon.

„Ich will nach England reisen, um meinen Vater kennenzulernen und mehr über die Vergangenheit meiner Mutter zu erfahren", antwortete Hayley ein weiteres Mal. Sanft griff sie nach Siennas Arm. Natürlich war Hayley bewusst, dass es ein drastischer, wenn nicht sogar verrückter Schritt war. Sie lebte seit ihrer Geburt in Queens und hätte niemals daran gedacht, die vertraute Umgebung Long Islands je zu verlassen. Aber die Dinge hatten sich geändert. Ihre Mutter war tot. Der Verlust schmerzte unglaublich und hatte zur Folge, dass sich Hayley in ihrer Heimat plötzlich nicht mehr richtig zuhause fühlte. Und seit sie vor zwei Tagen auf die Schatulle gestoßen war, deren Inhalt so unendlich viele Fragen aufgeworfen hatte, zog es sie fort von hier. Fort von dem Leben, das mit ihrer Mutter verschwunden war.

„Aber du kannst doch nicht einfach abhauen? Was ist mit der Wohnung und mit deinem Job? Und was ist mit mir?", fiepte Sienna. Beim Gedanken daran, ihre Freundin nicht mehr jeden Tag sehen zu können, wurde Hayleys Herz schwer. Darüber hinaus hielt sie allerdings nichts und niemand in Queens, und ihr Beschluss, so überstürzt er auch getroffen worden sein mochte, stand fest. Felsenfest.

„Ich könnte mir die Wohnung alleine ohnehin nicht mehr leisten. Von daher trifft sich ein Ortswechsel zu diesem Zeitpunkt gut. Mit Jeff habe ich bereits gesprochen. Aylin kommt in zwei Monaten aus dem Mutterschutz zurück und übernimmt dann meine Kunden. Bis dahin kommt ihr auch ohne mich zurecht, da bin ich mir sicher." Hayley hielt kurz inne und blickte in Siennas dunkle Augen, die sich langsam aber unaufhaltsam mit Tränen füllten.

„Und dich, mein Herzensmensch, werde ich unglaublich vermissen! Aber Sienna, ich muss das einfach tun. Ich hatte mich schon damit abgefunden, meinen Vater nie kennenzulernen, und jetzt habe ich doch die Möglichkeit dazu. Ich ..."

„Glaubst du nicht, dass deine Mum einen triftigen Grund hatte, ihn zu verlassen? Was, wenn er ein fürchterlicher Mann ist, der sie betrogen oder gar geschlagen hat?", unterbrach Sienna sie mit rauer Stimme. Hayley versteifte sich und schüttelte vehement den Kopf, sprach aber ehrlich aus, was sie auf dem Herzen hatte. „Natürlich kann das alles sein. Ich habe selbst schon über diese und hundert andere Möglichkeiten nachgedacht. Aber ich werde es erst wissen, wenn ich dort bin. Sienna, es wird mir keine Ruhe lassen. Du weißt das.

Du kennst mich so gut wie kaum jemand sonst. Ich muss einfach gehen. Kannst du das bitte verstehen und mich unterstützen?" Nun brannten auch in Hayleys Augen heiße Tränen. Rasch blinzelte sie diese fort. Es war nicht der Moment, um zu weinen. Tränen brachten ihr nichts.

Beweine nicht das, was war, sondern blicke dem, was sein kann, entgegen. Das hatte ihre Mutter stets gesagt. Wie recht sie damit gehabt hatte, auch wenn es wohl das Schwerste war, das Hayley je tun würde, ihre Mutter und ihr gewohntes Leben hinter sich zu lassen. In Wahrheit ließ sie ihre Mutter jedoch nicht wirklich hinter sich. Ein großer Aspekt dieser Reise sollte sogar genau das Gegenteil bewirken. Hayley wollte mehr über ihre Mutter erfahren. Dinge aus einer Zeit, in der sie selbst noch nicht auf der Welt gewesen war. Eine Zeit, über die ihre Mutter nie gesprochen hatte. Als hätte es sie nie gegeben. Gestern noch hatte sie ihr Grab besucht. Hatte fast zwei Stunden vor dem glatten, hellgrauen Grabstein gestanden und überlegt, was sie mit den neuen Erkenntnissen anfangen sollte. Am liebsten hätte sie den Kopf zum Himmel gehoben und nach oben geschrien, in der unsinnigen Hoffnung, ihre Mutter würde ihr wenigstens eine der unzähligen Fragen beantworten, welche die Schatulle aufgeworfen hatte. Wie hatte sie nur sterben können und ihr dieses Erbe hinterlassen? War überhaupt irgendetwas, das ihre Mutter Hayley jemals über ihre Vergangenheit erzählt hatte, wahr gewesen? Oder hatte sie eine Lüge gelebt?

Hayleys Blick klärte sich und sie sah, wie Sienna langsam ihre hochgezogenen Schultern sinken ließ. Sie wusste, dass das bedeutete, dass ihre Freundin ihre Beweggründe endlich verstand. Sie hatte begriffen, dass jedes Widerwort zwecklos war. Hayley würde nach Corbridge fahren und dort hoffentlich Antworten finden. Antworten und ihren Vater.

Hayley

Diese Reise ins Ungewisse brachte unzählige erste Male mit sich. So viel Neues und Unbekanntes, dass Hayley bald der Kopf schwirrte. Sie hatte sich immer vorgestellt, dass sie ihre erste Flugreise gemeinsam mit ihrer Mutter machen würde. Irgendwohin in den Urlaub, wenn das Geld einmal für derlei Vergnügen gereicht hätte. Nun stand sie alleine am John F. Kennedy Airport, wartete mit einer ganzen Ladung an Gefühlen, die in ihr brodelten, aufs Einchecken. Hayleys Blick glitt über die bunte Skulptur eines Flugzeugs der American Airlines, die durch zahlreiche Scheinwerfer ins rechte Licht gerückt wurde. Ein unangenehmes Ziehen in der Magengegend machte ihr zu schaffen. Was tat sie hier eigentlich? Vor Sienna hatte sich Hayley selbstbewusst und entschlossen gegeben. Ihren Plan, die Zelte in Queens abzubrechen und sich ins Ungewisse aufzumachen, verteidigt. Obwohl sie Sienna nichts vorgemacht hatte, sondern wirklich daran glaubte, dass sie das hier wollte, schlich sich mittlerweile eine leise Stimme des Zweifels in ihren Kopf. Machte sich breit wie Unkraut, das sich seinen Weg zwischen sauber gepflegten Pflastersteinen hindurch bahnte. Was, wenn sie in Corbridge niemanden antraf? Wenn ihr Vater gar nicht mehr lebte? Oder tatsächlich ein schrecklicher Mann war, der ihr nur Kummer bereiten würde? Schluss damit!, rügte sich Hayley selbst. Sie hatte sich entschlossen, diesen Schritt zu wagen, komme was wolle. Getrieben von einer immanenten Sehnsucht, die sich einem Schwelbrand gleich durch ihre Knochen fraß. Von einer Sehnsucht nach dem Vater, den sie nie kennengelernt, und der Mutter, die sie viel zu früh verloren hatte.

Aus den Lautsprechern schallte eine Durchsage und riss Hayley aus ihren Gedanken. Sie rückte den Gurt ihres Rucksacks auf der Schulter zurecht und griff nach ihrem Rollkoffer, in dem sich neben Kleidung und Toilettensachen auch die Schatulle befand, die ihr mehr wert war als alle ihre anderen Habseligkeiten zusammen.

Nach elf Stunden Flug setzte Hayley zum ersten Mal einen Fuß auf englischen Boden. Der Flughafen in Newcastle war um die Mittagszeit gut besucht und so musste sie sich einen Weg durch die Massen an Menschen in der Lobby bahnen. Die Zweifel, die sie noch kurz vor dem Abflug geplagt hatten, hatte sie mitsamt ihrem alten Leben in Queens zurückgelassen. Jetzt wollte Hayley nur nach vorne blicken. Der Gedanke ließ sie schmunzeln. Nicht allein, weil es ein positiver, mutiger Ansatz war - und sie wollte positiv und mutig sein -, sondern auch, weil sie sich in gewisser Weise selbst damit belog. Es waren zwei Seiten einer Medaille:

Dem Neuen entgegen und doch zurück in die Vergangenheit. Zwei Unbekannte, denen sie bald begegnen würde.

Die Geschäftigkeit um sie herum ließ keinen Platz für weitere tiefschürfende Überlegungen. Hayley holte ihr Gepäck ab, wechselte Geld und genehmigte sich ein kleines Frühstück. Nach dem langen Flug war es schön, sich noch ein bisschen die Beine vertreten zu können, bevor die Reise mit dem Zug weiterging. Vor dem Zentrum von Newcastle, an der Station Haymarket, musste Hayley umsteigen. Sie spazierte das kurze Stück bis zur Eldon Square Bus Station, von wo aus sie direkt nach Corbridge fahren würde. All die Eindrücke der ungewohnten Umgebung prasselten auf sie ein wie ein Platzregen, der auf ausgetrocknete Erde traf. Anfangs sog sie gierig alles in sich auf, doch schon bald überflutete die Fülle an fremden Bildern, Geräuschen und Gerüchen ihren Verstand. Darum war Hayley heilfroh, als sie schließlich im Bus Platz nehmen und ihre überhitzte Stirn gegen die kühle Fensterscheibe lehnen konnte. Ein leises Pochen hatte sich hinter ihren Schläfen eingenistet. Ob der leichte Schmerz nun der langen Anreise geschuldet war, oder ob es die unterdrückten Zweifel waren, die anklopften, konnte sie nicht sagen.

Während der etwas holprigen Busfahrt ließ Hayley die immer grüner werdende Landschaft draußen an sich vorbeiziehen, ohne wirklich etwas davon mitzubekommen. Die Ruhe in dem spärlich besetzten Bus tat gut und auch die Stimmen der Unsicherheit und des Zweifels blieben dankenswerterweise stumm. Nur das Brummen des Motors und die monotone Stimme des Fahrers, wann immer er eine neue Station durch die

Lautsprecher ankündigte, füllten Hayleys Gedanken. Bis sie schließlich die Station Angel Inn im Herzen von Corbridge erreichte. Schlagartig war es vorbei mit der stoischen Ruhe, die sie noch einen Herzschlag zuvor fest in der Hand gehabt hatte. Aufregung und Tatendrang fuhren durch ihre Glieder wie ein Blitz in einen alten, knorrigen Baum. Hayley sprang von ihrem Sitz auf und schnappte sich den Rucksack und den Trolley.

Nachdem sie ausgestiegen war, sog sie die frische Landluft tief in ihre Lunge und drehte sich einmal um sich selbst. Alte Straßen mit verblichenen Markierungen auf dem rauen Asphalt, Häuser aus dunklem Stein und die weiß getünchte Fassade des Angel Inn, bei dem es sich augenscheinlich um ein Restaurant handelte, umgaben sie.

Sie hatte es wirklich getan. Hayley war in England. In Corbridge. An dem Ort, wo ihre Mutter einst gewesen war und dem sie aus rätselhaften Gründen den Rücken gekehrt hatte, ohne sich je umzublicken.

Jetzt musste Hayley nur noch herausfinden, wie genau sie nach Rose Castle kam. Ihrer Recherche zufolge lag das Anwesen am südwestlichen Ende von Corbridge. Mit öffentlichen Verkehrsmitteln würde sie jedenfalls nicht weiterkommen. Ein Taxi wäre hilfreich, oder sie fand jemanden, der ihr den Weg beschreiben konnte.

Mit dem Rucksack auf den Schultern und dem kleinen Rollkoffer im Anschlag steuerte Hayley zielstrebig auf den Gastgarten des Angel Inn zu.

Gerade hob ein älterer Mann am ersten Tisch neben der Eingangstür seinen Arm, um damit die Kellnerin auf sich aufmerksam zu machen. Hayley beschleunigte ihre Schritte, der Koffer rumpelte lautstark hinter ihr her über den aufgesprungenen Straßenbelag. Sofort richteten sich alle Blicke auf sie und Hayley nutze diese Gelegenheit. „Entschuldigen Sie bitte. Können Sie mir sagen, wie ich zu dieser Adresse komme?" Rasch kramte sie im Gehen den Notizzettel mit der Anschrift aus ihrer Hosentasche und streckte ihn der Kellnerin entgegen. Die Frau nahm ihr das zerknitterte Stück Papier ab und warf einen Blick darauf. Ihre Augenbrauen wanderten nach oben und sie sah Hayley erstaunt an, als sie ihr den Zettel zurückgab. „Rose Castle? Das ist aber weder ein Hotel noch ein Ausflugsziel. Es handelt sich dabei um ein Privathaus", antwortete die Kellnerin und musterte Hayley nun genauer. Mit ziemlicher Sicherheit hielt sie sie für eine Touristin.

„Ich weiß. Ich besuche dort jemanden." Die Aufregung nahm bei jedem ihrer Worte zu.

Nach wie vor lag Verwunderung in den Zügen der Kellnerin und auch ihre Antwort ließ auf sich warten. An ihrer statt richtete der ältere Herr das Wort an Hayley. „Ich kann dir sagen, wie du nach Rose Castle kommst. Aber erwarte nicht, dort freundlich empfangen zu werden. Die Familie Rose lebt sehr zurückgezogen, das war immer schon so. Besuch ist dort nicht gern gesehen."

Hayley schluckte. Na, das waren ja tolle Aussichten. Ihr war, als würde der Mann noch etwas hinzufügen wollen. Er sah sie derart eindringlich an, dass Hayley für einen Augenblick den Drang verspürte, ihr Vorhaben zu erklären. Aber sie würde ihre Beweggründe sicher nicht mit Wildfremden auf der Straße debattieren. Glücklicherweise fand die Kellnerin in diesem Moment ihre Sprache wieder.

„Jetzt jag dem armen Mädchen doch keine Angst ein!", rügte sie den Alten, fasste Hayley sanft am Ellenbogen und führte sie weg von den Tischen Richtung Straße. In wenigen Worten erklärte sie ihr den Weg und verabschiedete Hayley mit einem aufmunternden, wenngleich eindeutig zu schmalen Lächeln.

Das war eigenartig gewesen. Äußerst eigenartig, fand Hayley. Und nicht nur die Reaktion der Kellnerin und des älteren Mannes, Hayley waren auch die Blicke der anderen Gäste nicht entgangen. Was war wohl der Grund dafür, dass die Einwohner von Corbridge so … Hayley überlegte, wie sie das Verhalten der Leute einordnen sollte. Waren sie skeptisch? Reserviert? Nervös? Sie konnte es nicht wirklich greifen. Auf der Hand lag jedenfalls, dass sich die Familie Rose von den Dorfbewohnern zu isolieren schien.

Hayley grübelte weiter, während sie, der Wegbeschreibung folgend, durch die Straßen von Corbridge wanderte.

Über ihrem Kopf brauten sich dunkelblaue Gewitterwolken zusammen, als sie die beschriebene Zufahrt zum Herrenhaus endlich erreichte. Nichts deutete darauf hin, dass sich irgendwo am Ende der kieselbestreuten Straße, die sich in einem kleinen Wäldchen verlor, tatsächlich ein Haus befand. Kein Schild oder sonst irgendein Hinweis. Hayley musste darauf vertrauen, dass sie der Wegbeschreibung richtig gefolgt war und nicht im Niemandsland enden würde, wenn sie ihren Fuß auf diese einsame Straße setzte.

Auf halbem Wege durch das lichte Wäldchen begann es zu regnen. Dicke Tropfen bahnten sich ihren Weg durch das Dach aus Baumkronen, fielen auf die raschelnden Blätter und weichten den Boden auf. Sienna hätte diesen Regenguss wohl als schlechtes Omen bezeichnet. Dabei war wechselhaftes Wetter keineswegs unüblich für England. Hayley hielt nichts von Omen, und ihre Entschlossenheit hätte nicht einmal ein Orkan aufhalten können. Der vernünftig denkende Teil in ihr war durchaus skeptisch. Eigentlich schon seit sie die Metallbox im Schrank ihrer Mutter gefunden hatte. Zunehmend durch das eigenartige Verhalten der Dorfbewohner und die eindeutig abgelegene Lage des Anwesens. Aber ihr Bauchgefühl trieb sie weiter voran. Erstickte alle Zweifel und Sorgen. Hayley spürte tief in sich, dass sie dem Ruf ihres Herzens folgen musste, gleichwohl er sie im Regen durch die englische Pampa schickte.

Als sie der Weg endlich aus dem Wald hinausführte, war Hayleys Kleidung feucht und ihre Haare klebten an ihrem Kopf. Warum hatte sie nicht daran gedacht, sich gleich bei der Ankunft in England ihre Regenjacke überzuziehen. Im Koffer nützte sie ihr leider herzlich wenig. Hayley fröstelte. Doch schon Sekunden später vergaß sie ihre nassen Kleider und die Kälte. Vor ihr erstreckte sich ein Meer aus leicht abfallenden, sattgrünen Wiesen. Die tiefstehende Sonne zauberte glitzernde Reflexe auf die nassen Halme. Und inmitten dieses fantastischen Schauspiels lag ein riesiges Anwesen. Dunkle Steine wechselten sich mit rot leuchtenden Backsteinwänden ab, in die hohe Fenster eingelassen waren. Eine Mauer zog sich in einigem Abstand rund um das imposante Gebäude, dessen Dachschrägen im einfallenden Sonnenlicht grünlich schimmerten.

Bei dem Anblick begann Hayleys Puls zu rasen und ihre Kopfhaut kribbelte in aufgeregter Erwartung. Hier würde sie auf den Mann treffen, nach dem sie sich insgeheim ihr ganzes Leben lang gesehnt hatte. Vielleicht. Hoffentlich. Eines aber war sicher. Ihre Mutter war hier gewesen. Hatte in diesem Anwesen geheiratet und auch einige Zeit hier gelebt. Etwas von ihr musste dort unten, hinter den dicken Steinmauern, zurückgeblieben sein. Eine Spur ihres damaligen Lebens.

Wie von selbst setzten sich Hayleys Beine in Bewegung. Ihr war, als würde sie ein unsichtbares Band zu dem Haus ziehen.

Die Regenwolken hatten sich in der Zwischenzeit zwar verzogen, doch die matschige Straße unter ihren Füßen machte das Vorankommen noch immer schwer. Der vollgepackte Rollkoffer grub mit seinen schmalen Plastikrädern tiefe Furchen in die unbefestigte Straße und spritze dabei Dreck auf Hayleys ohnehin schon derangierte Kleidung. Wie gern hätte sie sich frischgemacht und saubere, trockene Sachen angezogen, bevor sie den Bewohnern von Rose Castle zum ersten Mal begegnete. Aber der Zug war abgefahren.

Die Steinmauer, die das Grundstück umgab, kam immer näher und wuchs mit jedem Schritt, den Hayley auf sie zumachte, in die Höhe. Von der Hügelkuppe des Waldrands aus hatte sie nicht so unüberwindbar und abweisend gewirkt. Eher wie ein Rahmen, der ein Gemälde einfasste, als wie ein Bauelement, das unerwünschte Besucher abhalten sollte.

Die Zufahrtsstraße endete vor einem breiten Eisentor. Hayley verstand zwar nicht viel von Schmiedekunst, dennoch war ihr klar, dass die großen Torflügel von Meisterhand gefertigt worden waren. Sie bestanden aus gedrehten und in sich verschlungenen schwarzen Eisenranken, die an zahlreichen Stellen kupferfarben glänzende Rosen zierten. Die Blumenköpfe waren unglaublich filigran und durch die tauähnlichen Regentropfen, die sich auf dem Metall niedergelassen hatten, wirkten sie täuschend echt.

Hayley riss ihren Blick von den Details des Tors los und suchte die Umgebung nach einer Klingel ab, fand aber nichts dergleichen.

Sollte sie einfach hineinspazieren, ohne sich anzukündigen? Immerhin wurde sie nicht erwartet, und einfach so in das Anwesen einzudringen kam ihr falsch vor.

Aus Mangel an Alternativen griff sie dann aber doch nach dem runden Knauf, der etwa in Augenhöhe angebracht war. Es war nicht abgeschlossen. Beinahe geräuschlos ließ sich das Tor öffnen. Hayley musste sich allerdings mit ihrem vollen Gewicht gegen den schweren Flügel stemmen, um ihn weit genug aufzubekommen, dass sie mitsamt dem Koffer hindurchpasste. Hinter dem Tor wurde der von Geröll und Matsch überzogene Boden von feinen weißen Kieseln abgelöst, die unter Hayleys Füßen knirschten. Kaum hatte sie den Koffer durch den Spalt zwischen den Torflügeln manövriert, entglitt ihr der regennasse Knauf und das Eingangstor fiel mit einem ohrenbetäubenden Krachen wieder ins Schloss. Hayley zuckte zusammen und erschrak gleich noch ein zweites Mal, als einige Vögel aus der hohen Hecke neben ihr kreischend in den Himmel aufstiegen. Das Herz klopfte ihr bis zum Hals. Sie sah sich nach allen Richtungen um. Niemand schien ihre lautstarke Ankunft bemerkt zu haben. Kein Wunder eigentlich. Vor ihr erstreckte sich der helle Kiesweg noch ein weites Stück bis zum Haus. Er wurde zu beiden Seiten von dunkelgrünen Buchsbaumhecken gesäumt. Zu gern hätte Hayley gewusst, wie der Garten dahinter aussah, denn von ihrem Aussichtspunkt am Waldrand aus hatte sie unzählige bunte Farbtupfer ausmachen können, die einen üppigen Blumenbewuchs vermuten ließen.

Langsam ging sie auf die Steinstufen zu, die in einiger Entfernung in einer bogenförmigen Eingangstür endeten. Dabei wurden ihre Schritte allerdings immer träger. Die Zweifel, die bisher von Enthusiasmus und Aufregung überlagert worden waren, kehrten allmählich zurück. Aber Hayley würde nicht wieder kehrtmachen. Sie war fest entschlossen, das hier durchzuziehen. Dennoch blieb sie in respektablem Abstand zum Eingang stehen. Ihr Blick wanderte über die Reihen von Fenstern, hinter denen dünne weiße Vorhänge hervorblitzten. Ihre Gedanken fuhren Achterbahn. Immer wieder hatte sie in den letzten Stunden überlegt, wie sie sich vorstellen und die Beweggründe ihres unerwarteten Auftauchens erklären würde. Was sie sagen und ...

„Hallo, ist da jemand?" Erschrocken fuhr Hayley herum, in der Erwartung, jemanden hinter sich zu entdecken. Aber da war niemand. Sie war noch immer alleine und weder die Tür noch eines der Fenster hatten sich geöffnet.

„Hallo? Wer ist da?“, erklang erneut die Stimme eines Mannes. Nun konnte Hayley ihre Quelle einigermaßen orten. Sie kam aus dem Garten, der hinter der Hecke liegen musste.

„Ja“, stieß sie rasch hervor. „Ich meine, hallo, ich bin Hayley Oakwood. Ich möchte zu Dean Rose.“ So hatte sie sich das nicht vorgestellt. Auf eine körperlose Stimme hatte sie keine ihrer Überlegungen vorbereitet. Einen Moment lang blieb es still. Hayley ließ ihren Rollkoffer stehen und näherte sich der Heckenreihe, die genau an der Stelle, hinter der sie den Mann vermutete, etwas löchrig war.

„Und wer sind Sie?“, stellte sie eine Gegenfrage, weil noch immer keine Antwort von der anderen Seite der Hecke kam.

Ein Räuspern erklang. „Ich bin der Wachhund des Anwesens.“ Mit dieser Antwort hatte Hayley nicht gerechnet. Der Mann machte sich einen Scherz mit ihr. War das der typische englische Humor?

Obwohl sie in ihrer momentanen Situation eigentlich nicht zu Albernheiten aufgelegt war, lockerte die trockene Antwort die angespannte Stimmung ein wenig auf. Hayley hätte nur zu gern gewusst, wer sich da hinter den Buchsbäumen verbarg. Neugierig beugte sie sich vor und lugte durch eines der Löcher in der Hecke. Die kleinen grünen Blätter kitzelten ihre Wange und zuerst konnte sie nichts als dünne Äste ausmachen. Dann erregte eine Bewegung ihre Aufmerksamkeit. Etwas weiter oben erschien ein Auge in einer weiteren Lücke. Nachdem sie sich an die Dunkelheit gewöhnt hatte, erkannte Hayley etwas mehr von ihrem Gegenüber. Seine Iris war hellblau und wenn Hayley nicht alles täuschte, lächelte der selbsternannte Wachhund. Er hatte sie ebenfalls entdeckt und so sahen sich die beiden durch die Löcher in der Buchswand hindurch an. Es musste ein lustiger Anblick gewesen sein, wie sie ihre Gesichter von unterschiedlichen Seiten ganz nah an die Hecke drängten.

„Ich bin Nate", sagte der Mann schließlich. „Wenn du zu Sir Rose willst, solltest du dich beeilen. Soweit ich weiß, hat er heute noch einen Termin außer Haus." Hayley blinzelte und zog sich zurück. Mit einem Schlag war die Aufregung wieder da.

„Danke, ... Nate."

„Gern geschehen, Hayley Oakwood." Es raschelte auf der anderen Seite und Nate war verschwunden. Das war die eigenartigste Begegnung gewesen, die sie je gehabt hatte. Allerdings hatten sich irgendwie alle schräg benommen, denen Hayley seit ihrer Ankunft in Corbridge begegnet war. Die Menschen hier waren anders als in Long Island.

Okay, los jetzt, trieb sie sich selbst an, schnappte sich ihren Koffer und hievte ihn Stufe für Stufe bis zur Eingangstür hoch. Wenigstens gab es hier eine Klingel. Neben einer wunderschönen Rosenintarsie erwartete sie eine runde Taste. Hayley atmete durch und drückte. Ein tiefer Gong ertönte gedämpft hinter der Tür, wiederholte sich einige Male, bevor er verklang. Die Sekunden verstrichen und Hayley knetete den Griff ihres Koffers, während sie wartete. Ein klickendes Geräusch war zu hören und im nächsten Moment schwang die schwere Holztür vor ihr auf.

Ein älterer Mann erschien im Türrahmen. Seine graumelierten Haare waren akkurat nach hinten gekämmt, er trug einen dunklen Anzug mit beigen Knöpfen und musterte Hayley abwartend.

War das etwa ihr Vater? Sie rief sich das Bild von ihm in Erinnerung, und auch wenn er auf der Fotografie wesentlich jünger gewesen war, als er es heute sein würde, konnte sie die abgelichteten Züge nicht mit denen jenes Mannes in Einklang bringen, der nun vor ihr stand.

„Sie wünschen?" Sein Blick huschte über ihre zerzauste und noch vom Regen feuchte Erscheinung. Argwohn schlug ihr entgegen.

„Ich bin Hayley Oakwood und ich möchte zu Dean Rose." Erleichtert stellte Hayley fest, dass sie keineswegs so unsicher klang, wie sie sich fühlte. Ihre eigene feste Stimme gab ihr Aufwind und so straffe sie die Schultern und brachte sogar ein freundliches Lächeln zustande.

Doch die Reaktion des Mannes wischte ihr Lächeln wieder fort. Seine Augen wurden groß und sein Mund öffnete sich leicht. Er starrte sie an, als hätte er einen Geist gesehen.

Schritte erklangen aus dem Haus, die sich schnell und vehement näherten.

„Clark, sind das etwa die Platzsets, die ich bestellt habe? Warum kommt der Kerl denn nicht wie verabredet zum Lieferanteneingang?" Die aufgebrachte Stimme einer Frau. Sie hatte die Tür erreicht und zog energisch daran, um sie weiter zu öffnen. Ihr strenges Gesicht tauchte vor Hayley auf. Sie war ebenso wie der Mann, der offenbar ein Angestellter im Anwesen sein musste, dunkel gekleidet, wenngleich sie keinen Anzug, sondern ein bodenlanges Kleid trug. Auch auf ihrem Gewand prangten beige Knöpfe. Ihre Haare waren zu einem präzisen Dutt nach hinten gebunden. Hayley fühlte sich, als wäre sie in einem alten Film gelandet. Rose Castle wirkte nicht nur von außen wie aus einer vergangenen Epoche, auch seine Bewohner schienen Wert auf traditionelle Etikette zu legen.

„Miss Prudence", setzte der Mann namens Clark an, kam aber nicht weiter. Der professionelle Ausdruck in ihrem Gesicht verschwand, als sie Hayley erblickte und sie stieß hörbar Luft aus.

Hayley war sich natürlich bewusst, dass sie nicht unbedingt vorzeigbar aussah, aber eine solche Reaktion hatte sie nun auch nicht erwartet.

„Es tut mir leid", beeilte sie sich zu sagen und strich über ihre klamme Kleidung. „Auf dem Weg hierher bin ich in einen Schauer geraten und ..." Miss Prudence unterbrach sie. „Was wollen Sie?" Sie hatte ihre Gesichtszüge wieder unter Kontrolle, doch ihre Stimme klang noch immer ein wenig erstickt.

„Ich möchte zu Dean Rose", sagte Hayley ein weiteres Mal. Sie verstand einfach nicht, was für ein Problem die beiden mit ihr hatten.

„Hol die Dame", ordnete Miss Prudence an Clark gewandt an, ließ Hayley dabei keine Sekunde aus den Augen. Clark nickte und verschwand. Miss Prudence öffnete die Tür indes noch ein Stück weiter und winkte Hayley herein.

Der dezente Duft von Rosenblüten empfing sie beim Eintreten in die riesige Empfangshalle. Dominiert wurde der hohe Raum von einer geschwungenen

Treppe, die sich der Tür gegenüber nach oben zog und in einer Galerie endete. Ringsum gingen breite, doppelflügelige Türen in weitere Zimmer ab. Durch eine von ihnen verschwand gerade Clark. Der helle Steinboden glänzte im Licht zahlreicher Lampen, die sich an den cremefarbenen Wänden mit Landschaftsbildern abwechselten. Überall waren Rosen zu sehen. An den Enden der Handläufe aus Messing, welche die Treppe einfassten, farblich akzentuiert im Boden, dezent schimmernd an der Tapete. Überall Rosen.

Schlanke, hüfthohe Vasen flankierten den Eingang sowie den Treppenabsatz und jede der Türen. Auch in ihnen steckten Rosen in allen erdenklichen Farben, bunt durchmischt, mit großen, voll erblühten Köpfen.

Ohne genau darüber nachzudenken, was sie tat, trat Hayley an die nächststehende Vase heran und strich sanft mit den Fingerspitzen über eine Blüte. Sie war hart und glatt.

„Sie sind mit Wachs überzogen und ich würde Sie wirklich bitten, die Finger davon zu lassen", sagte Miss Prudence streng. Sofort zog Hayley die Hand zurück und verschränkte sie mit der anderen, um deutlich zu signalisieren, dass sie verstanden hatte. „Sie sind wunderschön."

„In der Tat, und sehr kostbar." Es war nicht Miss Prudence, die geantwortet hatte. Von Haley unbemerkt hatte eine weitere Frau die Empfangshalle betreten. Sie war groß und schlank, trug ein bordeauxrotes Kleid mit spitzenbesetztem Rocksaum und blickte Hayley ernst an. Das in die Höhe gereckte Kinn und der dezente, aber eindeutig wertvolle Schmuck an Händen und Hals machten zusätzlich deutlich, dass sie keine der Bediensteten war.

„Mrs Clementine Aurelia Rose", kündigte Miss Prudence an. „Diese junge Dame hat sich als Hayley Oakwood vorgestellt. Sie wünscht, Sir Rose zu sehen." In ihrer Stimme lagen zuerst unüberhörbare Ehrerbietung und dann ein Hauch von Missbilligung.

Während Hayley aufs Neue die Schultern straffe und ein freundliches Lächeln aufsetzt, ganz so, wie ihre Mutter es ihr beigebracht hatte, verhärteten sich Mrs Roses Gesichtszüge.

„Was wollen Sie von meinem Bruder?" Ihrem Bruder? Dann stand Hayley hier also ihrer Tante gegenüber. Erleichtert ließ sie ihre angespannten Schultern ein Stück weit sinken. Einen Moment lang hatte sie geglaubt, diese Frau, die um einiges älter sein musste als ihre Eltern, wäre nach ihrer Mutter die Frau an der Seite ihres Vaters geworden.

Mrs Rose wirkte indes zunehmend angespannt, ihr Rücken gerade wie ein Besenstiel, der Blick unverwandt auf Hayley gerichtet. Sollte sie jetzt gleich, hier in der Eingangshalle, mit dem Grund ihres Erscheinens herausplatzen? Es wäre ihr wesentlich lieber gewesen, das an einem ruhigeren Ort und vor allem mit Sir Rose selbst zu besprechen. Ihre Tante aber schien auf eine prompte Erklärung zu bestehen. Hayley unterdrückte ein Seufzen.

„Ich bin auf der Suche nach meinem Vater und ich denke, dass Sir ..." Weiter kam sie nicht. Mrs Rose hob ruckartig die Hand und brachte Hayley damit zum Verstummen. Der Ausdruck in ihren Augen hart und unbeugsam.

„Gehen Sie ein Stück mit mir." Es war keine Bitte. Hayley war etwas perplex – über die Unterbrechung und der Kälte wegen, die ihr einem Wintersturm gleich entgegenschlug. Darüber hinaus war ein Spaziergang mit ihrer Tante auch nicht das, wofür Hayley hergekommen war. Eigentlich wollte sie ihren Vater sehen. Was war hier los? Warum benahmen sich nur alle dermaßen ungewöhnlich?

Hayley zögerte, was nicht unbemerkt blieb. Auf Mrs Roses strengem Gesicht erschien ein steifes Lächeln, das ihre Augen nicht erreichte. Hayley gab sich dennoch einen Ruck und folgte ihrer Tante, die sich bereits zum Gehen wandte. Immerhin wollte sie nicht schon bei ihrer Ankunft Probleme machen. Gleichwohl sie sich mit jeder Sekunde unwohler in ihrer Gesellschaft fühlte.

Mrs Rose verließ die Eingangshalle und schritt einen Korridor entlang, der auf einer Seite von zahlreichen Fenstern, auf der anderen von Türen und Gemälden gesäumt wurde. Hayley sah sich die Malereien, allesamt Familien- und Einzelporträts, im Vorbeigehen etwas genauer an. Die Bilder steckten in dicken, reich verzierten Rahmen und waren offensichtlich schon ziemlich alt. Zumindest schloss Hayley das aus den verblichenen Farben und den altmodischen Gewändern der abgebildeten Personen. Die Männer trugen Fracks, Hüte und gepflegte Bärte und stützten sich nicht selten auf Spazierstöcke. Die Kleider der Frauen waren prachtvoll, stammten aber definitiv aus einem vergangenen Jahrhundert. Je weiter sie gingen, desto neuer wirkten die Gemälde. Vor einem mannshohen Bild, das eine wunderschöne junge Frau im Garten zeigte, blieb Mrs Rose stehen und sah sich nach Hayley um. Auf dem kleinen Schild am unteren Rand des Rahmens stand ein Name. *Amelia Abigail Rose.*

„Meine Großmutter", kommentierte Mrs Rose. Hayley sah von dem Portrait zu ihrer Tante. Diese musterte sie einen Augenblick lang derart intensiv, dass ihr ganz anders wurde. Schon im nächsten Moment unterbrach ihre Tante den Blickkontakt und griff beherzt nach der Klinke der anschließenden Tür. Sie betraten einen Raum, der am ehesten mit einem Wohnzimmer zu vergleichen war. In seiner Mitte stand eine gepolsterte Sitzgruppe, an den Seitenwänden Vitrinen voller Teegeschirr und Kristallfiguren. Alles war in matten Rosatönen gehalten und auch hier dominierten Rosenmotive das Interieur.

„Setzen Sie sich, Miss Oakwood", sagte Mrs Rose, erneut in einem Tonfall, der keine Widerrede zuließ, und nahm selbst auf einem der großen Stühle Platz. Während Hayley ihr gegenüber beinahe in dem tiefen Zweisitzersofa versank und das Gefühl hatte, mehr zu liegen, als zu sitzen, bewahrte ihre Tante auch auf der weichen Polsterung eine perfekte Haltung. Kerzengerade saß sie da, die Beine unter dem Rock des langen Kleides eng überschlagen, die Hände adrett im Schoß gefaltet. Hayley versuchte, es ihr gleich zu tun, richtete sich so gut es ging auf, war aber sicher, dass sie in keiner Weise auch nur annähernd gleichsam elegant auszusehen vermochte. Wenigstens war ihre Kleidung mittlerweile halbwegs getrocknet, sodass sie beim Aufstehen nicht auch noch feuchte Flecken auf dem kostbaren Bezug hinterlassen würde.

Bevor es zu einer Fortsetzung des Gesprächs zwischen ihr und der herrschaftlichen Mrs Rose kommen konnte, schwang die Seitentür auf und eine junge Frau erschien mit einem Tablett in der Hand. Sie trug wie Miss Prudence das dunkle Kleid mit den beigen Knöpfen, welches die obligatorische Kluft des weiblichen Personals in Rose Castle zu sein schien. Unwillkürlich fragte sich Hayley, wie viele Bedienstete ihr Vater wohl unterhielt. All das – die pompöse Anlage, die altertümlich und dennoch stilecht gestalteten Räumlichkeiten, die steife Haltung der Bewohner und die schwer definierbare Stimmung im Haus - war äußerst befremdlich für Hayley und hatte doch etwas Aufregendes an sich. Es fühlte sich nicht an, wie nach Hause zu kommen. Ganz im Gegenteil, eher als wäre sie in Alices Wunderland geraten.

„Tee?", fragte Mrs Rose und riss Hayley damit aus ihren Gedanken. Fast hätte sie laut aufgelacht, weil diese Frage exakt zu ihren Überlegungen passte. Mrs Rose hob ihre Augenbrauen und sah Hayley abwartend an. Rasch bejahte diese und das junge Dienstmädchen servierte schweigend und unübersehbar routiniert das heiße Getränk. Bevor sie das Zimmer verließ, deutete sie sogar einen Knicks an. Ach herrje, wo war Hayley hier nur gelandet?

Während sie noch immer Probleme damit hatte, ihr Gewicht auf den viel zu weichen Sitzpolstern so zu verteilen, dass sie weder vorn über noch nach hinten kippte, hob Mrs Rose die Teetasse an ihre Lippen wie eine Lady aus den alten Schwarz-Weiß-Filmen, die ihre Mutter so geliebt hatte. Ebenso elegant stellte sie ihre

Tasse beinah geräuschlos auf den goldrandigen Untersetzer zurück und suchte Hayleys Blick.

„Wie kommst du darauf, dass ausgerechnet mein Bruder, der Baronet von Rose Castle, dein Vater sein sollte?“ Ihr Gesicht und Tonfall blieben bei der Frage absolut neutral. Rein optisch wies nichts darauf hin, wie es in ihr aussah. Doch Hayley spürte deutlich, dass ihre Tante bei weitem nicht so ruhig war, wie sie zu sein vorgab.

„Meine Mutter hat ...“, setzte Hayley an, wurde aber sofort wieder unterbrochen. Ruckartig beugte sich Mrs Rose nach vorne und fixierte sie mit eisigem Blick.

„Was hat dir deine Mutter erzählt?“, zischte sie. Was war denn jetzt los?

„Nichts! Sie hat mir rein gar nichts erzählt!“, beeilt sich Hayley zu sagen. „Sie ist gestorben und hat Zeit ihres Lebens über meinen Vater geschwiegen. Ich habe das hier gefunden.“ Sie griff nach der Kette um ihren Hals und zerrte den Ehering ihrer Mutter hervor. „Außerdem noch eine Heiratsurkunde, auf der diese Adresse und der Name Dean Rose stehen.“

Nun war es Hayley, die sich weit nach vorne beugte, damit ihre Tante den Ring begutachten konnte. Die anderen Gegenstände aus der Schatulle ihrer Mutter erwähnte sie nicht. Diese Dinge waren zweifelsohne zu persönlich, um sie mit einer Frau zu teilen, von der sie zunehmend den Eindruck gewann, dass sie Hayley absolut nicht hier haben wollte - Verwandtschaft hin oder her. Wenn überhaupt, würde Hayley sie nur ihrem Vater zeigen.

Einige Sekunden verstrichen, in denen Mrs Rose den Ring an Hayleys Kette beäugte, dann lehnte sie sich zurück und wirkte eigentümlich erleichtert.

„Sarah ist tot?", fragte jemand von der Tür her. Die tiefe, raue Stimme ließ Hayley zusammenzucken und Mrs Rose sah einen Wimpernschlag lang ebenso erschrocken aus. Hayley folgte ihrem Blick zu der Quelle der ihr unbekannten Stimme. Er war es. Der Mann, der dort mit herzzerreißendem Schmerz im Gesicht in der Tür stand, war derselbe, den Hayley in den letzten Tagen unzählige Male auf dem Hochzeitsfoto aus der Kiste betrachtet hatte. Er war gealtert und doch war es unverkennbar Dean Rose. Ihr Vater.

Während Hayley ihn unverwandt ansah und sich nichts sehnlicher wünschte, als dass ihr erstes Zusammentreffen anders verlaufen wäre, hatte Mrs Rose sich wieder völlig im Griff. Sie erhob sich und schritt ihrem Bruder entgegen.

„Dean, ich wollte dir das hier ersparen. Darum habe ich dich nicht gleich holen lassen", sagte sie mit einer Sanftheit, die Hayley ihr nach dem, was sie bisher von ihr kennengelernt hatte, nicht zugetraut hätte. Trotzdem trafen sie die Worte. Sie hatte ihm das hier ersparen wollen? Die Begegnung mit seiner Tochter? Mit ihr?

Perplex und unfähig, sich zu rühren, saß Hayley da, den Blick weiterhin auf ihren Vater gerichtet, der seine Aufmerksamkeit seinerseits einzig und alleine Mrs Rose schenkte.

„Ist es wahr?", fragte er gedämpft und dennoch so eindringlich, als würde sein Leben von der Antwort abhängen. Eine Gänsehaut kroch über Hayleys Rücken.

Der Kummer in seiner Stimme zeugte von einer solchen Fassungslosigkeit und Trauer, dass Hayley keinen
Moment an seinen Gefühlen für ihre Mutter zweifelte.

„Ich weiß es nicht, aber wir werden es herausfinden.
Ich bin mir allerdings unsicher, ob wir dem Glauben
schenken können, was diese junge Frau erzählt. Ich bin
dafür, sie fortzuschicken und dann in aller Ruhe …“

„Sie bleibt!“, fuhr Sir Rose seiner Schwester dazwischen. Sein Tonfall war messerscharf und der Ausdruck in seinen Augen zeugte von Entschlossenheit.
Dabei sah er Hayley nicht an, sondern hielt weiterhin
dem Blick von Mrs Rose stand.

„Aber wir können uns doch überhaupt nicht sicher
sein, dass sie die Wahrheit sagt. Dass sie wirklich deine
Tochter ist“, redete sie auf ihn ein, säuselnd und beschwichtigend. Mit ihrem Bruder, dem Baronet von
Rose Castle, wie sie ihn vorhin tituliert hatte, sprach
Mrs Rose ganz anders als mit Hayley. Trotzdem war es
unverkennbar, dass sie sie am liebsten schnell wieder
loswerden wollte.

„Sieh sie dir doch an.“ Nun sprach er weniger laut,
dennoch zeigten seine Worte Wirkung. Mrs Roses
hochgezogene Schultern sanken herab und sie legte
den Kopf etwas in den Nacken. Gleichwohl sie seiner
Aufforderung nicht nachkam, lenkte sie ein. „Schön,
dann lass mich ihr ein Zimmer herrichten und wir
sprechen später weiter.“

Die Gedanken in Hayleys Kopf überschlugen sich und
unterschiedliche Gefühle stritten darum, die Oberhand
zu gewinnen. Sie war hoffnungsvoll und voller Neugier
hergekommen, hatte durch die erst eisige und dann un-

erwartet hitzige Reaktion ihrer Tante einen ordentlichen Dämpfer erhalten. Auch die Trauer um den Verlust ihrer Mutter mischte mit, schwamm oben auf und überzog alles andere wie ein klebriger Ölfilm. Und als wäre das nicht genug, war sie jetzt plötzlich außen vor. Während sich die einzige Familie, die ihr noch geblieben war, darüber stritt, ob man ihren Worten Glauben schenken sollte. Sir Rose schien allein ihr Anblick davon zu überzeugen, dass sie seine Tochter war. Trotzdem sah er sie jetzt nicht einmal an, sondern sprach über sie, als wäre sie nicht im selben Raum. Wohingegen die Abneigung ihrer Tante eindeutig greifbar war, auch wenn Hayley keine Ahnung hatte, womit sie diese verdiente. In ihrem Magen hatte sich ein Knoten gebildet. Das Verhalten der beiden kränkte sie zutiefst und Wut stieg ihr die Kehle hoch. Sie war drauf und dran, aufzuspringen und ihre Tante und ihren Vater zu fragen, was eigentlich ihr Problem war. Aber die Szene löste sich schneller auf, als sie reagieren konnte.

Sir Rose nickte und verließ ohne ein weiteres Wort oder auch nur einen einzigen Blick in Hayleys Richtung den Raum. Mrs Rose drehte sich kurz zu ihr um, erklärte hastig: „Warte hier, eine der Bediensteten wird dich auf dein Zimmer bringen", und rauschte dann ebenfalls davon.

Hayley blieb fassungslos, aufgewühlt und alleine zurück. Das Herz schlug ihr bis zum Hals und ihre angespannten Muskeln rebellierten. Wie hatte ihre Ankunft in Rose Castle nur derart eskalieren können? Natürlich hatte sie nicht erwartet, mit Blumen und Fanfaren begrüßt zu werden. Aber das hier war einfach nur verletzend und absolut verwirrend. Man hatte sie in diesem

Raum zurückgelassen wie eine Aussätzige. Hayley verstand nicht, warum ihr Vater sie überhaupt hierbehalten wollte, wenn er ihr nicht einmal ins Gesicht sehen konnte. Es war zum Haareraufen.

Hayley fuhr sich mit den Händen übers Gesicht und stand genau in dem Moment vom Sofa auf, als die Tür in ihrem Rücken aufschwang. Das Dienstmädchen, das vorher den Tee serviert hatte, war zurück und musterte Hayley mit unverhohlener Neugier.

„Miss Oakwood, bitte kommen Sie mit, ich bringe Sie auf Ihr Zimmer." Ein Teil von Hayley wollte sich weigern und stattdessen verlangen, mit ihrem Vater zu sprechen. Zu gern hätte sie einen zweiten Versuch gestartet, ihm ihr Auftauchen zu erklären. Aber sie war sich bewusst, dass sie schon genug Trubel verursacht hatte, auch wenn das sicherlich nicht ihre Absicht gewesen war. Jetzt hieß es Ruhe bewahren und den Rest auf sich zukommen lassen.

„Bitte, nenn mich Hayley."

Ein Lächeln erschien auf dem Gesicht der Bediensteten, trotzdem schüttelte sie den Kopf. „Ich denke nicht, dass es Mrs Rose recht wäre, wenn ich Sie mit Vornamen anspreche." Hayley war noch nie in ihrem Leben mit Hausangestellten konfrontiert gewesen und die Etikette im Hause Rose war ein wahrer Kulturschock im Vergleich zu ihrem gewohnten Leben in Queens. Was sie in diesem Moment dringend brauchte, war ein kleines bisschen Normalität nach diesem aufreibenden Start.

„Wie heißt du?"

„Jules Curling, Miss."

„Versteh mich nicht falsch, Jules, ich will dich sicher nicht in Schwierigkeiten bringen. Aber ich möchte wirklich, dass du mich Hayley und nicht Miss Oakwood nennst." Das Lächeln auf Jules' Gesicht wurde breiter und nun nickte sie.

„Gut. Ich hole nur noch schnell meine Sachen und dann komme ich mit dir."

„Die wurden schon hochgebracht", erwiderte Jules und bedeutete Hayley, ihr zu folgen. Hinter Jules trat sie wieder auf den langen Flur.

„Mrs Rose wollte dir eines der Gästezimmer herrichten lassen, aber Sir Rose selbst hat mich angewiesen, dich ins Damenzimmer zu bringen." Hayley war nicht ganz klar, was sie mit dieser Information anfangen sollte und sah Jules fragend an.

„Standesgemäß werden diese Räume von der Lady des Hauses bewohnt", erklärte sie und schenkte Hayley ein weiteres strahlendes Lächeln. Nach dem Unmut und der Ablehnung, die ihr seit ihrer Ankunft entgegengeschlagen waren, bewirkte Jules' offene Freundlichkeit, dass sich Hayley einigermaßen entspannte.

„Aber gehören sie dann nicht Mrs Rose?" Jules lachte hell auf, schlug sich dann die Hand vor den Mund und sah sich um. Niemand schien in der Nähe zu sein, der Korridor vor ihnen endete an einem Treppenabsatz. Jules senkte die Stimme. „Das hätte sie vermutlich gerne. Aber die Lady von Rose Castle war Sir Roses Frau." Sie hatten die Treppe erreicht, vor der Hayley abrupt stehenblieb. Sie würde in das Zimmer ziehen, das ihrer Mutter gehört hatte. Ihr Vater wollte, dass sie ausgerechnet diese Räume bewohnte. Aufregung, Trauer und noch ein anderes, schwer definierbares Gefühl ergriffen Hayley bei dieser Erkenntnis.

„Hayley, ist alles in Ordnung?", fragte Jules, die nur zwei Stufen genommen hatte, bevor sie ebenfalls stehengeblieben war.

„Ja", entgegnete sie, mehr wollte nicht über ihre Lippen kommen. Sie setzte sich wieder in Bewegung und ignorierte Jules' Seitenblicke, während sie neben ihr die Treppe ins zweite Stockwerk hochstieg. Ihr Vater war ihr vollkommen abweisend begegnet und trotzdem wollte er sie im Zimmer ihrer Mutter untergebracht wissen. Hayley wurde einfach nicht schlau aus dem Ganzen.

„Alle sind völlig aus dem Häuschen, weil du hier bist", sagte Jules schließlich und lenkte Hayley damit von ihren Gedanken ab.

„Das habe ich mir fast gedacht." Sie versuchte sich ebenfalls an einem Lächeln.

„Du hast ja keine Ahnung. So, hier wären wir." Jules blieb vor einer weiß getünchten Tür stehen. „In diesem Teil des Hauses wohnt nur die Familie. Hier befinden sich das Damen- und das Herrenzimmer. Wenn du an der Treppe in die andere Richtung gehst, kommst du zu den Räumlichkeiten von Mr und Mrs Rose."

„Mr Rose?" War ihre Tante verheiratet und lebte mit ihrem Mann in Rose Castle?

„Percival Adam Rose, er ist Mrs Roses Sohn und besteht darauf, mit Mr Rose angesprochen zu werden", erklärte Jules, zwinkerte Hayley amüsiert zu und öffnete die Tür für sie.

Hayley hatte eigentlich gerade eine Frage zu ihrem Cousin stellen wollen, doch der Anblick des Damenzimmers löschte jeden weiteren Gedanken an ihn oder seine Mutter aus ihrem Kopf.

Durch die hohen Fenster, die knapp über dem Boden in einer breiten Fensterbank endeten, sah man meilenweit nichts als unbefleckte Natur. Gleichwohl es bereits zu dämmern begonnen hatte, war die Aussicht einfach traumhaft. Dasselbe konnte man von den Räumlichkeiten selbst sagen. Der helle Holzboden glänzte, an einer Wand des weitläufigen Zimmers stand ein überdimensional großes Himmelbett mit unzähligen Kissen darauf. Dem gegenüber befand sich ein wunderschöner, antik wirkender Schminktisch samt großem, ovalem Spiegel. An der Fensterfront stand eine Sitzgruppe, die wie die restliche Einrichtung in sanften Grüntönen gehalten war und sogar frische Blumen steckten in einer Vase auf dem storchenbeinigen Tisch. Hayley hatte zwar nicht erwartet, das Zimmer verstaubt und voller Spinnweben vorzufinden, aber das hier wirkte fast, als hätte der Raum nur auf sie gewartet.

„Wie habt ihr das Zimmer so schnell vorbereitet?“, fragte sie und machte einige Schritte in den Raum hinein. „Ich kann mir nicht vorstellen, dass alle unbewohnten Räume in diesem großen Haus ständig so aussehen.“

Jules sah sie ernst an. Das stete Lächeln, welches sie beinah den gesamten Weg nach oben gezeigt hatte, war einem verkniffenen Ausdruck gewichen. „Sir Rose will, dass das Damenzimmer immer bezugsfertig ist, für den Fall ...“ Sie zögerte und Hayley, die schwer schlucken musste, beendete den Satz mit einer Frage. „Dass meine Mutter zurückkommt?"

„Ich denke schon", bestätigte Jules. Hayley war, als würde sie fallen. Dieses fürchterliche Gefühl machte ihr erneut bewusst, dass ihre Mutter unwiederbringlich fort war. Ihr Vater hatte all die Jahre vergeblich auf ihre Rückkehr gewartet.

„Nun, das wird sie nicht." Hayleys Stimme war leise und rau. Sie trat ans Bett und ließ sich am Fußende darauf nieder.

„Stimmt es, dass deine Mutter gestorben ist?", hörte sie Jules fragen. Hayley zwang sich, sie anzusehen, und nickte. „Dann kann ich verstehen, warum Sir Rose vorhin so erschüttert aussah. Ich war zwar noch nicht hier, als Lady Rose verschwand, aber Olivia, unsere Köchin, hat mir davon erzählt. Sie sagte, es habe ihm das Herz gebrochen und er habe sich nie davon erholt." Bei ihren Worten stiegen Hayley Tränen in die Augen und auch Jules schien mit ihrer Betroffenheit zu kämpfen. Sie räusperte sich. „Entschuldige. Das hätte ich nicht einfach so sagen sollen. Du musst unglaublich traurig sein und ich habe es nur noch schlimmer gemacht. Es tut mir leid", sagte sie hastig, mit echter Anteilnahme und Reue in ihrem Blick.

„Schon gut. Ich bin froh, dass du es mir erzählt hast. Dafür bin ich hergekommen", beruhigte Hayley sie und wischte sich über die Augen. Die Tränen konnte sie vielleicht zurückkämpfen, aber der bohrende Schmerz in ihrem Herzen blieb. „Ich danke dir, Jules, und ich wäre jetzt gern ein wenig alleine. Die Reise war anstrengend und ich muss das alles erst einmal verdauen."

„Natürlich." Jules knickste und verließ dann das Damenzimmer. Kaum dass die Tür geschlossen war, ließ sich Hayley auf dem Bett nach hinten fallen und vergrub das Gesicht in der seidigen Tagesdecke. Die Anstrengungen der Anreise machten sich schlagartig bemerkbar. Am liebsten hätte sich Hayley eines der Kissen über den Kopf gezogen und wäre eingeschlafen, aber das Gedankenkarussell in ihrem Kopf drehte sich gnadenlos weiter. Ihre Mutter war verschwunden? Dann hatte es keinen Streit oder zumindest keine offizielle Trennung gegeben? Aber was war bloß vorgefallen, dass sie sich so einfach davongemacht hatte? Und warum war Mrs Rose derart aufgebracht über Hayleys Erscheinen? Hatte es wirklich etwas mit ihr zu tun oder steckte etwas anderes dahinter?

Hayley wälzte sich wieder auf den Rücken zurück und stöhnte. Schluss jetzt!, sagte sie sich selbst. Es war klar gewesen, dass es nicht einfach werden würde. Sie war hergekommen, um ihren Vater kennenzulernen und mehr über die Vergangenheit ihrer Mutter zu erfahren. Obwohl sie einen etwas holprigen Start hingelegt hatte, war sie immerhin nicht weggeschickt worden. Hayleys Vater wollte, dass sie blieb. Daran musste sie sich festhalten. Gleichwohl es ein dünner Strohhalm war, wenn man seine Reaktion bedachte. Aber sie würde sich davon nicht unterkriegen lassen. Es war nicht Hayleys Art, gleich bei den ersten Widrigkeiten das Handtuch zu werfen.

Müde und doch nicht bereit, sich auszuruhen, stand sie auf und durchquerte den Raum. Im angrenzenden Ankleidezimmer entdeckte sie ihr Gepäck und gleich daneben ein absolut atemberaubendes Badezimmer.

Alles in dem hohen Raum glänzte, angefangen bei den spiegelglatten Fliesen bis hin zu den Chromarmaturen. Das Flair konnte absolut mit dem Rest des Hauses mithalten, trotzdem waren die Sanitäranlagen keineswegs aus dem letzten Jahrhundert. Alles wirkte edel und neu, die freistehende Emaillebadewanne unter dem Fenster, der breite Waschtisch mit seiner verspiegelten Rückwand und sogar der flauschige Teppich, auf dem sich – wie konnte es anders sein – Rosenmotive fanden.

Solch einen Luxus hatte Hayley noch nie erlebt. Das kleine Appartement, das sie mit ihrer Mutter bewohnt hatte, war liebevoll eingerichtet und gemütlich gewesen. Sie hatte sich dort stets wohlgefühlt. Aber einem Vergleich mit Rose Castle hätte es nicht standhalten können. Wo Hayley Funktionalität gewohnt war, traf sie hier auf Prunk. Und doch spürte sie eine Verbindung zu den Räumlichkeiten. Es wäre vielleicht übertrieben gewesen, zu behaupten, sie fühle sich bereits wie Zuhause, dennoch genoss sie den Anblick der wunderbaren Einrichtung und den Gedanken, ihrer Mutter hier auf eine gewisse Weise nahe sein zu können.

Mit den Fingerspitzen strich sie erst über den kühlen, glatten Rand der Badewanne und dann über die dicken Frotteehandtücher, die darüber gehängt waren. Unwillkürlich schlich sich ein Lächeln auf ihr Gesicht. Als sie ihr Spiegelbild über dem Waschtisch erblickte, verschwand es allerdings wieder. Ach herrje! Was sie jetzt bitter nötig hatte, war ein Bad.

Frisch gewaschen und in sauberen Sachen fühlte sich Hayley schon viel besser. Der erste Schock über die Turbulenzen ihrer Ankunft war verebbt und ihre

Laune um einiges besser. Gerade als sie aus dem Ankleideraum in ihr Zimmer trat, klopfte es an der Tür.

„Herein!" Jules kam hinter der Tür zum Vorschein, beladen mit einem reich gedeckten Tablett.

„Das Abendessen", kommentierte sie lächelnd und stellte das Tablett auf dem Tisch der Sitzgruppe ab.

„Olivia hat den Speiseplan noch einmal umgeworfen, nachdem sie von deiner Ankunft erfahren hat. Es gibt Rehbraten", erklärte Jules begeistert und hob kurz den silbernen Deckel vom Teller. Ein würziger Geruch stieg Hayley in die Nase und doch konnte sie sich über das Essen nicht recht freuen.

„Werden die Mahlzeiten immer in den Zimmern eingenommen?"

Jules schüttelte den Kopf. „Normalerweise isst die Familie gemeinsam im Speisesaal. Aber Mrs Rose meinte, du wärst heute vielleicht lieber für dich." Jules' Gesichtsausdruck machte deutlich, dass sie keineswegs sicher war, ob Hayley das genauso sah. Tatsächlich überlegte Hayley sofort, wer hier in Wirklichkeit lieber für sich bleiben wollte. Sie hätte jedenfalls nichts dagegen gehabt, ihren Vater zu sehen.

„Soll ich Mrs Rose sagen, dass du lieber mit ihnen essen möchtest?"

„Nein, schon gut. Ich glaube, ich habe meine Tante für einen Tag genug aufgeregt", erwiderte Hayley. Jules verabschiedete sich und ließ sie mit dem köstlich duftenden Braten alleine.

Seufzend setzte sich Hayley an den Tisch. Das würde schwerer werden, als sie es sich vorgestellt hatte. Was auch immer zwischen ihrer Mutter und der Familie

Rose vorgefallen war, es hatte eine tiefe Kluft hinterlassen. Hayley war bereit, alles in ihrer Macht Stehende zu tun – nicht nur, um ihren Verwandten, allen voran ihrem Vater, näher zu kommen, sondern auch, um herauszufinden, was geschehen war. Wie genau sie das anstellen sollte, wusste Hayley zu diesem Zeitpunkt allerdings noch nicht.

Amelia

9. April 1938

Amelia betrachtete ihr Gesicht im hohen Spiegel des Frisiertisches, in dem sich die zarten Lichter der Kerzen verdoppelten. Die Wochen seit ihrer Hochzeit mit dem Baronet von Rose Castle waren schnell verflogen, obwohl Amelia kaum etwas anderes getan hatte, als sich mit Lesen oder kleinen Handarbeiten zu beschäftigen. Es war kein Leichtes, mit ihrem Ehemann ins Gespräch zu kommen. Wenn überhaupt, sah sie ihn nur bei den Mahlzeiten oder abends, wenn er mit ihr das Bett teilte. Er war verschlossen und wortkarg, zeigte nicht das Interesse an Amelia, das sie sich wünschte. Stunde um Stunde hatte sie überlegt, was sie falsch machte. Leider verstand sie kaum etwas von den Geschäften, die er tätigte, oder von seiner Leidenschaft, der Jagd. So blieb ihr wenig, über das sie sich mit Sir Rose austauschen konnte. Aber Amelia war fest entschlossen, doch noch auf irgendeinem Weg sein Interesse zu gewinnen.

Mit einem leisen Klicken bewegte sich der Griff an der Tür des Damenzimmers nach unten. Lucas trat ein, schweigend und mit demselben ausdruckslosen Gesicht wie an den Abenden davor. Sein Blick schweifte vom leeren Bett durch den Raum, bis er auf Amelia traf.

„Komm zu mir", sagte er und trat ans Bett. Amelia folgte seiner Aufforderung und setze sich neben ihren Ehemann auf den Bettrand. Einen Moment lang sah er sie nur an. Der schwache Kerzenschein machte es ihr schwer, den Ausdruck in seinem Gesicht zu deuten. Was er wohl dachte, was er wohl fühlte? Gefiel ihm, was er sah? Empfand er Lust? Liebe?

Zu gern hätte Amelia ihm diese Fragen gestellt, aber sie traute sich nicht. Die einzige Nähe zu diesem undurchsichtigen Mann entstand durch den Beischlaf, und Amelia hatte Sorge, ihn mit ihren Fragen zu vergraulen.

Lucas hob seine Hand an ihren Hals, doch anstatt sie zu berühren, ihr in irgendeiner Form die Zuneigung zu schenken, nach der sie sich insgeheim sehnte, griff er nach der Kordel an ihrem Nachthemd und zog daran. Amelia legte ihre Hand auf seine.

„Ich habe meine Blutung", gestand sie leise und suchte seinen Blick. Lucas aber wandte den Kopf ab und zog seine Hand unter der ihren weg. Er erhob sich und war bereits im Begriff zu gehen, da fasste Amelia ihn rasch am Arm und stand ebenfalls auf.

„Bleib bei mir", bat sie mit bebender Stimme. Dabei rutschte ihr der Ärmel des offenen Nachthemdes von der Schulter. Lucas sah sie mit leerem Blick an, griff nach dem heruntergerutschten Teil ihres Hemds und zog es zurecht.

„Wenn du blutest, lass es mir über deine Dienerin ausrichten." Mit diesen Worten entzog er sich ihrer Berührung und verließ das Zimmer.

Sengende Hitze stieg in ihrem Inneren auf. Scham und Enttäuschung bahnten sich über die aufkommenden Tränen ihren Weg nach außen. Warum nur verschmähte er sie? Was hatte sie getan, dass sie diese Abweisung verdiente? Würde er je mehr mit ihr teilen als das Bett?

Amelia ließ sich zurück auf die Matratze sinken und starrte mit tränenverhangenem Blick auf die Tür, durch die ihr Ehemann verschwunden war. Haltlos begann sie zu schluchzen und grub ihre Finger in eines der Polster neben sich. Ruckartig zog sie daran und schleuderte es gegen die Wand. Verzweiflung und Kummer drohten sie zu übermannen. Doch das schlimmste Gefühl von allen war die Einsamkeit.

Hayley

26. Mai 2018

Als Hayley den Speiseraum betrat, legte Mrs Rose gerade ihre Serviette auf das blütenweiße Tischtuch.

„Guten Morgen", grüßte Hayley und trat an den Tisch. Ihre Tante sah kurz zu ihr auf und blickte dann demonstrativ auf die große Pendeluhr neben der Vitrine. Es war ein paar Minuten vor sieben und Jules zufolge begann das Frühstück im Hause Rose um Schlag sieben. Aber offensichtlich war dem heute nicht so gewesen. Das benutzte Geschirr und die halb leeren Teetassen auf dem Tisch zeugten davon, dass Mrs Rose bereits fertig war. Neben ihr saß jemand, dessen Gesicht hinter einer aufgeschlagenen Zeitung verborgen lag.

Hayley straffte die Schultern, ignorierte die Tatsache, dass sie trotz ihres eigentlich pünktlichen Erscheinens am Frühstückstisch offenbar zu spät gekommen war, und setzte sich. Ihre Worte wurden nicht erwidert, aber immerhin senkte sich die Zeitung mit einem lauten Rascheln. Zum Vorschein kam ein junger Mann, der ebenso wie Hayley, ihr Vater und Mrs Rose rötliche Haare hatte. Seine waren akkurat nach hinten gegelt und glänzten im Schein der einfallenden Morgensonne, als wären sie poliert. Zahlreiche Sommersprossen zeichneten sich auf seiner blassen Haut ab, die Nase war etwas zu groß für das schmale Gesicht und seine Ohren standen leicht ab. Am auffälligsten an dem jungen Mann war aber der Ausdruck auf seinem Gesicht. Er sah Hayley an, als wisse er nicht wirklich, was sie dazu veranlasst hatte, sich zu ihm an den Tisch zu setzen. Sofort hatte sie das penetrante Gefühl, unerwünscht zu sein.

„Percival, das ist Hayley Oakwood", erklärte Mrs Rose.

„Meine Cousine aus Amerika, von der du mir gestern Abend berichtet hast?", fragte er, obwohl er die Antwort natürlich schon kannte.

„Ob sie wirklich deine Cousine ist, bleibt abzuwarten", erwiderte seine Mutter und hob ihre Hand. Sofort eilte aus einem Winkel des Zimmers eine Angestellte zum Tisch, die Hayley noch gar nicht bemerkt hatte. Sie reichte Mrs Rose einen kleinen weißen Karton und zog sich dann wieder zurück.

„Wir wünschen, dass du dich einem Test unterziehst. Gleichwohl mein Bruder durch deine äußere Erscheinung ausreichend überzeugt ist, dass du seine Tochter bist, bestehe ich auf einen wissenschaftlichen Beweis." Während sie sprach, öffnete ihre Tante den Karton und platzierte den Inhalt vor Hayley auf dem Tisch. Ein in Plastikfolie verpackter Stieltupfer und ein Röhrchen mit Schraubverschluss. Ein Vaterschaftstest. Es erfüllte Hayley mit Traurigkeit, wie wenig Mrs Rose auf ihr Wort gab, trotzdem griff sie, ohne zu zögern, nach dem Tupfer. Sie wusste, wer sie war, und sie fürchtete sich nicht vor dem Testergebnis. Wenn Mrs Rose es wollte, dann würde sie den Test machen, und vielleicht änderte das Ergebnis ja etwas an der bislang feindseligen Einstellung ihr gegenüber.

Hayley riss die Plastikfolie auf, sammelte etwas Speichel im Mund und fuhr sich mit dem Watteende des Tupfers über die Innenseite ihrer Wange, so wie es auf dem Kärtchen, das ihre Tante ebenfalls vor ihr auf den Tisch gelegt hatte, beschrieben war. Nachdem sie den Tupfer in das Reagenzröhrchen eingeführt, den Stiel an der markierten Stelle abgebrochen und den Schraubdeckel wieder aufgesetzt hatte, reichte sie Mrs Rose das verschlossene Röhrchen mit einem freundlichen Lächeln. Hayley hatte nicht vor, sich von irgendjemandem oder irgendetwas aus der Ruhe bringen zu lassen. Ihr Vorsatz, sich weder einschüchtern noch vertreiben zu lassen, solange ihr Vater sie bei sich haben wollte, stand bombenfest.

„Danke für deine Kooperation", sagte Mrs Rose und erhob sich. „Percival, bist du fertig? Dein Reitlehrer wartet." Percival faltete rasch die Zeitung zusammen und steckte sich den letzten Bissen Toastbrot zwischen die Zähne, bevor er seiner Mutter folgte.

Als die beiden den Speiseraum verlassen hatten, atmete Hayley geräuschvoll aus. Na, das war ja ein toller Start in den Morgen gewesen. Hayley hatte gehofft, die Wogen hätten sich über Nacht ein wenig geglättet, aber wie es schien, wollte Mrs Rose sie nach wie vor nicht unter ihrem Dach haben. Und von ihrem Cousin brauchte Hayley wohl auch keinen Beistand oder wenigstens ehrliches Interesse zu erwarten. Er war genauso hochnäsig und abweisend wie seine Mutter.

„Was darf ich Ihnen zu trinken bringen?", fragte die Bedienstete, die Mrs Rose zuvor den Vaterschaftstest gebracht hatte.

„Kaffee wäre toll. Danke. Und können Sie mir sagen, ob Sir Rose noch zum Frühstück kommen wird?"

Die Frau schüttelte den Kopf. „Der Baronet hat das Haus vor etwa einer Stunde in einer geschäftlichen Angelegenheit verlassen."

„Und wissen Sie, wann er wieder da sein wird?"

„Das weiß ich leider nicht, Miss. Für Gewöhnlich ist er zwei bis drei Tage unterwegs."

Hayleys Schultern sackten bei dieser Nachricht herab. Also würde sie ihn so schnell wahrscheinlich nicht wieder zu Gesicht bekommen. Unwillkürlich fragte sie sich, ob er ihr absichtlich aus dem Weg ging oder ob es seine Termine wirklich nicht zuließen, dass er sie verlegte. Egal, was die Antwort darauf sein mochte – wie es aussah, wurde Hayley in Rose Castle zwar bis auf weiteres geduldet, Zeit mit ihr verbringen oder sie kennenlernen wollte aber offenbar niemand. Die unverhohlene Ablehnung traf sie mehr, als sie es für möglich gehalten hatte. Jedem Vorsatz, sich nicht unterkriegen zu lassen, zum Trotz stiegen Gefühle in Hayley auf, die sie unmöglich herunterspielen konnte. Eines tat sich dabei besonders hervor. Diese Empfindung kannte sie noch nicht sehr lange. Sie hatte sich zum ersten Mal einige Tage nach dem Tod ihrer Mutter eingestellt, als Hayley alleine in der Wohnung zu Abend gegessen hatte. Und obwohl sie zu diesem Zeitpunkt noch nichts von ihrer Familie in England geahnt hatte, war das Gefühl der Einsamkeit nun, da sie hier war, noch wesentlich präsenter.

„Ist nicht wahr! Was sind denn das für welche?“, keuchte Sienna, nachdem Hayley ihrer Freundin die morgendliche Begegnung mit Mrs Rose und Percival geschildert hatte. Die Fassungslosigkeit in Siennas Stimme brachte Hayley zum Lachen, obwohl eigentlich nichts daran besonders lustig war.

„Englischer Adel eben, da lässt man sich wohl nicht einfach so dazu herab, mit dem gewöhnlichen Volk zu speisen“, erwiderte sie.

„Aber die haben doch einen Knall! Nimm dir das bloß nicht zu Herzen. Lass den Adel ruhig spinnen, die haben dich gar nicht verdient“, schimpfte Hayleys Freundin. Ja, wenn das nur so einfach wäre.

„Du hast ja recht, und trotzdem ...“ Hayley seufzte und kniff sich mit geschlossenen Augen in den Nasenrücken. „Bin ich verrückt, weil ich will, dass sie mich mögen? Ich meine, schließlich sind sie die einzige Familie, die ich noch habe, und irgendwie kann ich sie zum Teil sogar verstehen. Sie sind skeptisch. Das wäre ich bestimmt auch. Immerhin bin ich ...“

„Das wärst du nicht!“, protestierte Sienna und unterbrach Hayley damit. „Du bist der freundlichste und liebenswerteste Mensch, den ich kenne. Wäre es andersherum, dann würdest du sie mit offenen Armen empfangen. Mach dich bloß nicht wegen ihrer Engstirnigkeit fertig. Pfeif einfach auf deine Tante und deinen komischen Cousin. Entweder sie kriegen sich von selbst ein und kommen irgendwann auf dich zu, oder eben nicht. Mach dein Glück nicht von ihnen abhängig, hörst du?“

Alles, was Sienna sagte, stimmte – und auch wieder nicht. Wie konnte Hayley hier mit diesen Menschen unter einem Dach leben, wenn sie genau wusste, dass sie sie nicht ausstehen konnten?

„Hayley?"

„Ja?"

„Hör sofort auf damit, dich selbst zu bemitleiden! Wenn es dir so viel bedeutet, dich mit ihnen gut zu stellen, schön, aber fokussier dich nicht darauf, sondern auf den eigentlichen Grund, warum du nach England geflogen bist."

„Meinen Vater?", fragte Hayley zweifelnd.

„Den meinte ich eigentlich nicht. Ich denke, der wird sich auch wieder beruhigen. Du hast doch erzählt, er wirkte tief getroffen, als er vom Tod deiner Mum erfahren hat. Lass ihm einfach ein wenig Zeit. Worauf ich aber eigentlich hinauswollte, ist Sarahs Vergangenheit. Du kannst mir nicht weismachen, dass es dich nicht länger interessiert, warum sie sich damals entschlossen hat von der Lady von Rose Castle plötzlich zu einer einfachen Bedienung in Queens zu werden." Sienna kannte sie einfach zu gut. Natürlich hatte sie das Thema nicht losgelassen, aber es war in den letzten Stunden durch die anderen Ereignisse in den Hintergrund gerückt.

„Du meinst, ich soll meine Tante ebenso links liegen lassen wie sie mich und stattdessen im Anwesen herumschnüffeln?", fragte Hayley nach und spürte, wie es ihr bei diesem Gedanken gleich etwas leichter ums Herz wurde.

„Ganz genau, Sherlock!"

Hayley

27. Mai 2018

Nach der unschönen Begegnung beim Frühstück wurden Hayley die Mahlzeiten wieder aufs Zimmer gebracht. Offenbar legten Mrs Rose und Percy keinen besonderen Wert auf ihre Gesellschaft, was aber noch lange nicht hieß, dass sich Hayley im Damenzimmer verkriechen musste. Darum beschloss sie, Siennas Rat zu beherzigen. Ihre Freundin hatte recht. Sie durfte ihr Glück nicht einzig davon abhängig machen, ob man ihr gegenüber positiv gestimmt war. Vielleicht würde sich die Lage von alleine entspannen, wenn sie nur standhaft blieb. Und in der Zwischenzeit konnte Hayley genauso gut die Anlage erkunden, in der Hoffnung, dabei auf etwas zu stoßen, das mit ihrer Mutter in Verbindung stand. Zwar wusste sie nicht mal ansatzweise, wo sie ihre Suche nach Antworten beginnen sollte, aber Hayley wollte sich zumindest einmal in dem weitläufigen Herrenhaus umsehen. Sicherlich gab es einiges zu entdecken und auch wenn ihre eigene Familie ihr die kalte Schulter zeigte, konnte sie sich wenigsten mit den Hausangestellten bekanntmachen. Hayley empfand es immer noch als äußerst skurril, dass sie hier nicht selbst putzen, waschen oder kochen musste, sondern andere das für sie erledigten.

Also schnappte sie sich das Tablett mit ihrem leergegessenen Teller und machte sich auf die Suche nach der Küche. Am Treppenabsatz spähte sie in den Korridor, in dem Jules zufolge die Räume von Mrs Rose und ihrem Cousin Percy lagen. Der Gang, an dessen Ende die helle Mittagssonne durch das bodentiefe Fenster drang, sah von weitem genauso aus wie der gegenüberliegende, aus dem sie gerade gekommen war.

Hayley nahm die Treppe in den ersten Stock und bog zuerst in den rechten Flur ab. Drei Türen gingen davon ab. Hinter der ersten lag ein Musikzimmer, in dem eine riesige Harfe und ein glänzender schwarzer Konzertflügel standen. Hinter der zweiten erwarteten Hayley ein Pooltisch und eine in Moosgrün gehaltene Sitzgruppe, die vor einer Hausbar zum Verweilen einlud. Die letzte Türe des Korridors verbarg einen Raum, dessen Anblick Hayley im ersten Moment den Atem raubte. Ihr gegenüber war ein hohes Panoramafenster in die dicke Steinmauer eingelassen, das den Blick auf den wundervollen Garten freigab. Und auch wenn Hayley sich sehr für die hübsch angelegten Beete voll bunt blühender Frühlingsblumen begeistern konnte, war es etwas anderes, das sie nahezu magisch anzog. Über die gesamte restliche Wandfläche erstreckten sich bis unter die Decke Regale, die Reihe um Reihe dicht mit Büchern beladen waren. Es war fantastisch. Tief atmete Hayley den wunderbaren Geruch nach Leder, Leim und Papier ein und musste sich schwer zusammennehmen, das Tablett nicht auf einem der schmalen Lesetische abzustellen und sich sofort ein

Buch zu schnappen. Würde sie ihrem Impuls nachgeben, würde sie vermutlich den ganzen restlichen Tag in der Bibliothek verbringen. Doch sie hatte einen anderen Plan. Dieser Ort voller Träume und Schätze würde ihr nicht davonlaufen. Hayley ließ ihren Blick ein letztes Mal über die Buchreihen wandern und machte sich dann davon, bevor sie doch noch Gefahr lief, schwach zu werden.

Im linksseitig gelegenen Korridor fand sie einen Fernsehraum und einige Gästezimmer, keine Spur von einer Küche. Also stieg sie ins Erdgeschoss hinab und stand schließlich wieder in dem langen Flur mit den Familienporträts, durch den sie bei ihrer Ankunft von Mrs Rose geführt worden war. Hayley war sich ziemlich sicher, dass sie auch hier keine Küche finden würde, darum ließ sie es auch bleiben, beim Vorbeigehen in jedes Zimmer zu sehen. Dafür sah sie sich die Bilder der Familie Rose noch einmal genauer an. Es gab einige Porträts, hauptsächlich gerahmte Fotografien von ihrem Vater, ihrer Tante und auch Percy. Auf einem von ihnen saß er auf einem Pferd und trug einen ziemlich witzig aussehenden Hut, der seine abstehenden Ohren perfekt zur Geltung brachte. Weiter die Wand entlang hingen Bilder von Hayleys Großeltern. Zumindest schloss sie dies aus den Jahreszahlen, die unter den Rahmen angebracht waren. Und dann stieß sie wieder auf die Frau namens Amelia, die Hayley sofort erkannte, noch bevor sie die Inschrift gelesen hatte. Es handelte sich bei dem Bild um eine alte Schwarz-Weiß-Fotografie. Der Mann an Amelias Seite war Sir Lucas Timothy Rose. Er hatte helles Haar, ein freundliches Gesicht und bedachte seine Frau mit einem Blick, der unmissverständlich zeigte, wie sehr er sie liebte.

„Miss Oakwood."

Hayley hatte sich so sehr auf die Bilder konzentriert, dass sie beinah vor Schreck das Tablett fallen gelassen hätte. Sie wandte sich nach der Stimme um und erkannte den Mann, der ihr vorgestern die Tür geöffnet hatte.

„Clark, richtig?" Er nickte zustimmend und streckte die Hand nach dem Tablett aus.

„Sie müssen das Geschirr nicht wegbringen, Miss Curling sollte sich darum kümmern", sagte er und Hayley beeilte sich mit einer Antwort, damit Clark nicht den Eindruck bekam, Jules würde ihre Pflichten vernachlässigen. „Jules weiß nicht, dass ich schon mit dem Essen fertig bin. Ich wollte mich im Haus umsehen und dachte, dass ich es gleich mitnehmen kann." Sie zog das Tablett demonstrativ aus Clarks Reichweite.

Er sah sie einen Herzschlag lang nur an, ohne etwas zu erwidern. Hayley konnte beim besten Willen nicht sagen, ob er sich ärgerte, sie für verrückt oder anmaßend hielt, oder es guthieß, dass sie ihr Geschirr selbst wegbrachte.

„Die Küche befindet sich im Westflügel, gleich die erste Tür im Erdgeschoss", erwiderte er schließlich und seine Mundwinkel hoben sich kaum merklich ein wenig.

„Danke." Hayley hielt sich mit ihrem Lächeln nicht zurück und ging weiter den Flur entlang Richtung Eingangshalle.

Noch ehe sie die richtige Tür erreicht hatte, stieg ihr ein unverkennbarer Küchengeruch in die Nase. Das leise Klappern von Geschirr wurde bei jedem Schritt lauter und durchmischte sich mit fröhlichem Stimmengewirr.

Den Eingang zur Küche bildete eine breite Schwingtür, neben der eine Durchreiche installiert war. Hayley überlegte kurz, ob sie mit dem Tablett unterm Arm einfach eintreten sollte, entschied sich dann aber dafür, vorher anzuklopfen. Sie war sich zunächst keineswegs sicher, ob ihr zaghaftes Klopfen über den Lärm in der Küche überhaupt gehört werden würde, aber nur einen Herzschlag später erstarben das Klirren und das Klappern und die Gespräche hinter der Tür. Hayley wollte gerade einen Schritt nach vorne machen, da schwang auch schon die Tür nach innen auf und eine der Bediensteten, die Frau, die ihr am gestrigen Morgen das Frühstück im Speiseraum serviert hatte, stand vor ihr.

„Miss, ist etwas passiert? Stimmt etwas mit dem Essen nicht?", fragte sie rasch und wirkte dabei nicht nur überrascht, sie zu sehen, sondern gleichermaßen verunsichert.

„Nein, nein. Alles ist bestens und das Essen war hervorragend", antwortete Hayley eilig. „Ich habe nur eine Runde durchs Haus gemacht und dachte, ich nehme gleich das Tablett mit." Schweigen folgte, während dem Hayley sich zunehmend fragte, ob es eine gute Idee gewesen war, herzukommen. Dann erklang eine freundliche Frauenstimme, deren Besitzerin Hayley nicht sah, die ihre Bedenken aber sofort zerstreute. „Kommen Sie nur herein, Miss, und setzen Sie sich zu uns, wenn Sie möchten." Die Frau vor ihr in der Tür sah immer noch ziemlich irritiert aus, machte jedoch Platz, um Hayley einzulassen.

Die Küche war riesig und genauso stilecht und liebevoll eingerichtet wie der Rest von Rose Castle. In der Mitte des hohen Raumes dominierte eine Kochinsel mit gleich drei aneinandergereihten Bratplatten, über denen unzählige Pfannen, Schöpfkellen, Bratenwender und weitere Kochutensilien aufgehängt waren. Auf den Bänken der beiden großen Fenster standen Tontöpfe mit Gewürzkräutern, deren herber Duft sich unter den Kochdunst mischte. Daneben gab es noch eine Anrichte mit kunstvollen Schnitzereien und eine Geschirrvitrine, deren Türen mit Rosenköpfen bemalt waren. Im Gegensatz zu den zahlreichen anderen Zimmern, die Hayley heute inspiziert hatte – mit Ausnahme der Bibliothek –, verströmte dieser Raum ein ganz besonderes Flair. Gemütlichkeit und Gastfreundschaft.

„Ich freue mich, dass Sie uns hier besuchen, Miss", sagte die Frau, die sie gerade hereingebeten hatte, und nun sah Hayley auch das Gesicht zu der Stimme. Sie saß an einem Holztisch in der hinteren Ecke der Küche und strahlte ebenso wie die blitzblanke Kochzeile. Sofort verstärkte sich das warme Gefühl, welches Hayley schon beim Betreten des Raumes verspürt hatte. Gleichzeitig versetzte es ihr einen kleinen Stich. Warum nur konnte ihre Familie sie nicht ebenso herzlich willkommen heißen?

„Ich bin Olivia, das sind René, Silvia und Stephanie. Wir sind in diesem Haushalt für die Verpflegung zuständig. Sollten Sie also irgendwelche Essenswünsche haben, Miss, immer nur her damit." Olivia. Das war die

Frau, von der Jules ihr erzählt hatte. Die Frau, die ihre Mutter gekannt hatte. Sie hatte eine rundliche Figur, haselnussbraunes Haar und verblüffend hellblaue Augen. Der vernünftig denkende Teil in Hayley wusste, dass sie Olivia noch nie begegnet war, und doch hatte sie das Gefühl, sie schon einmal gesehen zu haben.

„Bitte, nennt mich alle Hayley", erwiderte sie und schenkte jeder der Frauen ein Lächeln.

„Nun denn, Hayley, können wir irgendetwas für dich tun?", fragte Olivia und klopfte einladend auf den freien Stuhl neben sich. Hayley setzte sich in Bewegung und nahm neben Olivia und René am Tisch Platz.

„Du kommst mir irgendwie bekannt vor", sprach Hayley ihren ersten Gedanken aus, noch ehe sie sich zurückhalten konnte. Olivia lachte.

„Da geht es mir bei dir genauso, Schätzchen. Die Ähnlichkeiten mit deinem Vater sind nicht von der Hand zu weisen, aber ich sehe auch etwas von deiner lieben Mutter in deinem Gesicht." Sie streckte die Hand aus und streichelte Hayley kurz über die Wange. Ihre Finger waren warm und weich, die Geste so freundlich und liebevoll, dass sich Hayley immer wohler in Olivias Gegenwart fühlte. Sie erwiderte ihr Lächeln, ohne zu zögern, denn zum ersten Mal seit Wochen war der Gedanke an ihre Mutter nicht nur mit Traurigkeit und dem Schmerz des Verlustes verbunden.

„Und ich weiß auch, warum du glaubst, mich schon einmal gesehen zu haben", erklärte Olivia dann und lächelte noch breiter. „Ich sehe Prinzessin Diana zum Verwechseln ähnlich!"

Kollektives Stöhnen erfüllte augenblicklich die Küche und René sagte: „Nicht schon wieder die Leier. Da hast du in ein Wespennest gestochen, Hayley! Jetzt wirst du alles von Olivias Obsession für Lady Di zu hören bekommen." Und damit behielt René recht. Olivia plauderte munter drauf los und gleichwohl die anderen Frauen am Tisch die Geschichten offenbar schon hunderte Male gehört hatten, fand Hayley es toll, von Olivias Begeisterung mitgerissen zu werden.

Im Laufe des Nachmittags bekam sie neben Infos über die britische Königsfamilie auch Tee und die besten Rosinenkekse, die sie je gegessen hatte. Es war leicht, sich mit Olivia und den anderen Angestellten in der Küche zu unterhalten, weshalb Hayley auch nur wenig Lust verspürte, in die Einsamkeit des Damenzimmers zurückzukehren, und stattdessen mithalf, das Abendessen zuzubereiten. Auch Jules und noch einige andere Dienstmädchen stießen im Laufe des Nachmittags zu ihrer Runde. Anscheinend war es unter all den schmuckvoll eingerichteten Räumen in Rose Castle gerade dieser, der als pulsierendes Herz innerhalb der alten Steinmauern schlug. Hier herrschte eine ausgelassene Stimmung, es wurde gemeinsam gearbeitet und gelacht, und Hayley gewann zunehmend den Eindruck, dass es nicht nur die Familie Rose war, die das Anwesen als ihr Zuhause betrachtete.

„Ich denke, jetzt hast du so gut wie alle kennengelernt", meinte Jules beim Abendessen. Irgendwoher hatten die Bediensteten einen weiteren Tisch und Stühle geholt und nun saßen sie alle zusammen in der Küche. Der Hausstand setzte sich fast ausschließlich aus Frauen zusammen, einige arbeiteten in der Wäscherei, andere kümmerten sich darum, die Zimmer sauber zu halten, und Olivia und ihre Kolleginnen waren für die Verpflegung zuständig.

„Wer fehlt denn noch?", fragte Hayley zwischen zwei Löffeln Gemüsesuppe.

„Nun, da gibt es noch Clark. Er kümmert sich vor allem um die Wünsche von Sir Rose, aber er serviert auch, wenn hoher Besuch da ist. Ansonsten geistert er durchs Haus und sieht einfach nach dem Rechten. Lass dich von seiner Schweigsamkeit und den wachsamen Blicken nicht einschüchtern. Eigentlich ist er ganz in Ordnung. Was man von Miss Prudence nicht behaupten kann. Sie hat als Dienstmädchen für Mrs Rose angefangen und steht mittlerweile dem gesamten Personal vor. Bei ihr muss man vorsichtig sein, weil sie alles, was ihrer Meinung nach nicht sein darf, brühwarm der Dame erzählt. Ihretwegen haben schon viele Ärger bekommen." Hayley hegte keine Zweifel daran, dass Jules mit ihrer Warnung nicht übertrieb. Sie hatte die strenge Musterung und die argwöhnische Miene der Haushälterin noch in sehr lebendiger Erinnerung.

„Was soll denn das bedeuten?", donnerte plötzlich eine Stimme durch den Raum und erstickte das Gelächter und die munteren Gespräche augenblicklich. Wenn man vom Teufel spricht, dachte Hayley und sah an Jules' Pferdeschwanz vorbei zu einer ziemlich grantig dreinschauenden Miss Prudence.

Es war Olivia, die die Frage, die eindeutig mehr Schelte als reines Informationsbegehren war, seelenruhig und mit freundlicher Stimme beantwortete. „Wir essen zu Abend. Komm, Prudence, nimm dir einen Teller und setz dich zu uns." Wenn das überhaupt möglich war, wurde es nach Olivias Aufforderung noch stiller in der Küche. Hayley war sicher, dass man eine Stecknadel hätte fallen hören können. Die Ader an Miss Prudences Stirn pochte in besorgniserregend schnellem Rhythmus und die Personalvorsteherin spannte ihren Kiefer so fest an, dass die Sehnen am Hals hervortraten wie flatternde Zeltwände. Um der unverkennbaren Ablehnung, die sie ausstrahlte, noch den letzten Schliff zu verleihen, blähten sich ihre Nasenflügel in einem tiefen, geräuschvollen Atemzug auf, bevor sie zu einer Erwiderung ansetzte. „Ich werde mit Sicherheit nicht an solch einem Gelage teilnehmen, sondern mein Abendbrot in meinem Zimmer einnehmen, wie es sich gehört. Im Übrigen verbitte ich mir derlei Zusammenkünfte! Sie alle sind hier, um zu arbeiten, und nicht, um in Plauderei und Ausgelassenheit zu verfallen. Es lässt sehr zu wünschen übrig, dass …" Was genau es war, das Miss Prudence über die nette Zusammenkunft hinaus verärgerte, blieb ungesagt. Sie hatte während ihrer Gardinenpredigt alle anwesenden Missetäter reihum mit einem bösen Blick gestraft und als sie bei Hayley angekommen war, war sie abrupt verstummt. Es dauerte einige Herzschläge lang, bis sie ihre Sprache wiederfand. „Miss Oakwood, was haben Sie denn unter den Bediensteten zu suchen?" Miss Prudence, die auch ohne das Wissen um Hayleys Anwesenheit schon genug an der Runde auszusetzen gehabt hatte, schien nun völlig außer sich zu sein. „Das ist mir ja noch nie untergekommen, dass sich eine Dame des Hauses mit den Küchenhilfen und Reinigungskräften zum Essen setzt. Mir ist bewusst, dass Sie aus Amerika …" Sie betonte das Wort, als wären die Vereinigten Staaten nichts als ein schimmliger Fleck auf der Landkarte. „... kommen und nicht mit den Gepflogenheiten des englischen Adels vertraut sind, aber selbst Ihnen sollte klar sein, dass ein solches Verhalten unerwünscht ist." Als sie ihren Vortrag beendete, hatte sich Miss Prudence derart in Rage geredet, dass sie keuchte wie ein in die Jahre gekommener Maulesel. Ein kleiner Teil von Hayley hatte ein schlechtes Gewissen, weil sie die alte Dame mit ihrer bloßen Anwesenheit dermaßen aus der Fassung gebracht hatte. Gleichzeitig ärgerte sie sich aber auch über die zum Himmel schreiende Ignoranz, die Miss Prudence an den Tag legte. Gepflogenheiten aus dem letzten Jahrhundert hin oder her, Fakt war: Es gab keinen einzigen vernünftigen Grund, warum sie nicht mit den Hausangestellten an einem Tisch sitzen, reden und essen sollte. Da konnte sich diese engstirnige Frau noch so aufregen, Hayley würde keinesfalls einlenken. „Es ist also nicht erwünscht, dass ich mich mit den Bewohnern von Rose Castle bekannt mache?", fragte Hayley mit ruhiger Stimme, um Miss Prudence eine Chance zu geben, noch einmal zurückzurudern.

„Lassen Sie es mich ganz deutlich sagen: Für eine Frau Ihres Standes gehört es sich nicht, Kontakte mit dem Personal zu pflegen, die über eine professionelle Basis hinausgehen." Eine Frau ihres Standes? Welcher Stand sollte das denn bitteschön sein? Hayley verstand nicht recht, was die Haushälterin damit sagen wollte, und im Grunde war es ihr auch egal. Selbst wenn sie plötzlich zur Königin von England erklärt worden wäre, hätte sie nichts dazu bewegen können, in ihrem Beisammensein mit Olivia, Jules und den anderen etwas Anstößiges zu sehen.

„Ich fühle mich sehr wohl in dieser Runde. Leider haben mein Vater, meine Tante und mein Cousin keine Zeit, mit mir zu essen. Und ich wäre nie im Leben auf die Idee gekommen, dass jemand ein Problem damit haben könnte, dass ich mich bei allen hier vorstelle." Hayley bemühte sich um einen diplomatischen Tonfall und wählte ihre Worte mit Bedacht. Ihre Bemühung zeigte die erhoffte Wirkung, denn Miss Prudence wusste offenbar nichts Stichhaltiges darauf zu erwidern. Ihr harter Blick huschte ein letztes Mal zu Olivia, dann machte sie kehrt und verließ steif wie ein Besenstiel die Küche. Jules grinste Hayley so breit an, wie diese es noch nie bei ihr gesehen hatte. Ihre großen, runden Augen strahlten. Die meisten der anderen Frauen am Tisch sahen allerdings weniger begeistert aus. Einige steckten die Köpfe zusammen und tuschelten erschrockene Worte. Andere kicherten verlegen. René blickte drein, als wäre sie soeben dem Scharfrichter vom Klotz gesprungen und Finny, die älteste im Haushalt – sie arbeitete in der Wäscherei – hatte ihre Unterlippe vorgeschoben, als müsse sie erst darüber nachdenken, ob sie Hayleys Ansage für gut oder schlecht befinden sollte.

„Oh, Liebes, das war spitze! Aber jetzt sollten wir schnell unsere Suppe essen. Ich bin sicher, Prudence läuft schnurstracks zur Dame, und wenn die hier runterkommt, sollten wir unsere muntere Runde lieber aufgelöst haben", beschloss nun Olivia und schob sich demonstrativ ihren Löffel in den Mund.

„Glaubst du, ihr bekommt jetzt alle Ärger, weil ich bei euch war?", flüsterte Hayley, während sie in Jules' Begleitung die Treppe hochstieg.

„Mach dir keine Gedanken. Vielleicht bekommen wir es an der einen oder anderen Stelle noch einmal von Miss Prudence zu hören, aber das schreckt die wenigsten hier ab, glaub mir." Jules' Worte schafften es zwar, Hayleys Sorgen etwas zu lindern, trotzdem beschäftigte sie die Szene in der Küche immer noch. Es waren die ersten schönen Stunden in Rose Castle für sie gewesen. Momente der Freude und Unbeschwertheit. Und gerade dies wurde verurteilt.

„Ich kann einfach nicht verstehen, wie man so hinter dem Mond leben kann. Wir haben das Jahr 2018. Da sollte man sich doch von der einen oder anderen verstaubten Weltanschauung verabschiedet haben."

„Die Uhren in Rose Castle ticken nun einmal langsamer. Ich kann verstehen, dass es sich für dich fremd anfühlt. Gib dem Ganzen etwas Zeit, vor allem deinem Vater. Du bist nicht die einzige, die mit einem Kulturschock zu kämpfen hat." Sie hatten das zweite Stockwerk erreicht und richteten ihre Schritte dem Damenzimmer entgegen. Hayley nickte. Jules hatte recht und ihre aufmunternden Worte taten unglaublich gut.

„Danke", erwiderte Hayley mit einem Lächeln, hielt aber plötzlich in ihrer Bewegung inne, als sie eine gedämpfte Stimme vernahm.

„Sir Rose ist zurück", wisperte Jules, die ebenfalls stehengeblieben war. Sofort spürte Hayley den Wunsch in sich aufsteigen, zu ihm zu gehen. Sie tauschte einen Blick mit Jules.

„Meinst du, ich kann bei ihm klopfen?" Es fühlte sich absurd an. Mit ihrer Mutter war Hayley so unglaublich vertraut gewesen. Bei ihrem Vater hingegen hatte sie den Eindruck, als würden ganze Welten zwischen ihnen liegen. Und das nicht allein, weil er ihr noch fremd war, sondern auch, weil er ein völlig anderes Leben führte. Hayley konnte sich ihre Mutter in diesem Leben noch immer nicht vorstellen. Aber sie war hier gewesen, an der Seite des Baronets von Rose Castle.

„Probieren geht über Studieren", erwiderte Jules und drückte kurz Hayleys Hand, bevor sie den Rückweg zur Treppe einschlug.

Hayley war immer ein offener Mensch voller Tatendrang gewesen. Ihr altes Ich wäre einfach drauflosmarschiert und hätte ohne Vorbehalte an die Tür des Herrenzimmers geklopft. Jetzt aber zögerte sie. Es schien ihr, als müsse sie nicht nur das Haus, die altmodischen Gepflogenheiten und ihre neue Familie kennenlernen, sondern auch sich selbst. Die neue Hayley, die ihr Leben ohne ihre geliebte Mutter verbringen musste. Die Hayley, die nun anstatt bedingungsloser Liebe, kalte Ablehnung erfuhr. Dabei wusste sie, dass der Teil ihrer selbst, der um den halben Erdball gereist war, um ihrer verlorenen Mutter und dem nie gekannten Vater näher zu sein, noch immer in ihr steckte. Also ließ sie die angespannten Schultern sinken, streckte den Rücken durch und setzte sich in Bewegung. Vor der Tür konnte sie seine Stimme deutlicher verstehen. Er schien zu telefonieren. Zumindest konnte Hayley nur ihn sprechen hören.

„Ja, es wird noch etwas dauern ... Das kann ich zum jetzigen Zeitpunkt nicht sicher sagen ... Am besten wird sein, ihr kümmert euch ohne mich um die Abwicklung." Mit den einseitigen Gesprächsfetzen konnte Hayley nicht wirklich etwas anfangen. Vermutlich telefonierte ihr Vater mit einem Geschäftspartner. Nach einer längeren Pause, in der wohl am anderen Ende der Leitung gesprochen wurde, meinte Hayley ein tiefes Seufzen hinter der Tür zu hören. Es blieb noch einige Herzschläge lang still und sie überlegte, ob sie das Ende des Telefonats abwarten oder lieber ein andermal wiederkommen sollte.

„Ich habe hier mit einem riesigen Problem zu kämpfen, mehr müsst ihr nicht wissen!", donnerte ihr Vater da plötzlich derart laut und grob, dass Hayley einen Satz nach hinten machte. Sofort wandte sie sich ab und flüchtete den Gang entlang zurück zum Damenzimmer. Die Worte verfolgten sie wie eine schwarze Gewitterwolke und machten auch vor der Tür nicht halt, die sie vehement hinter sich schloss.

Ein riesiges Problem, das war sie also für den einzigen Elternteil, den sie noch hatte. Und schlimmer noch, offenbar schämte er sich so sehr für sie, dass er jegliche Nachfrage mit einem *Mehr müsst ihr nicht wissen* im Keim erstickt hatte.

Hayleys Wangen brannten und ihr Brustkorb hob und senkte sich in einem schnellen, flatternden Takt. *Problem, Problem, Problem,* hallte es unaufhörlich in ihrem Kopf wider. Sie schnappte sich eines der Samtkissen vom Bett und setzte sich mit untergeschlagenen Beinen, das Kissen im Schoß umklammert, auf das breite Fensterbrett. Der Garten unter ihr war in blaues Licht getaucht. Irgendwo hinter den Wipfeln der

Bäume war die Sonne bereits versunken und hatte ihren goldenen Schein fortgenommen. Der friedliche Anblick beruhigte Hayley etwas, spendete ihr Trost, und doch schmerzten sie die Worte ihres Vaters, als hätte man ihr ein glühendes Messer in den Bauch gerammt. Wie nur konnte etwas so Hässliches innerhalb dieser Mauern geschehen, wenn gleich hinter der kühlen Fensterscheibe ein Paradies aus Ruhe und Schönheit wartete? Das sanfte Grün rief nach ihr, aber Hayley war außerstande sich vom Fleck zu bewegen. Also stellte sie sich stattdessen vor, wie sie barfuß durch das taunasse, dichte Gras dort unten lief. Da erregte mit einem Mal eine unerwartete Bewegung ihre Aufmerksamkeit. Das dämmrige Licht war gerade noch ausreichend, sodass Hayley die Silhouette eines Mannes, der eine Schubkarre vor sich herschob, ausmachen konnte. Er kreuzte eine Weide und wurde einige Augenblicke lang von ihren herabhängenden Ästen verschluckt, bevor er auf der anderen Seite wieder zum Vorschein kam und schließlich am Rand des Fensters gänzlich aus Hayleys Blickfeld verschwand. Das musste der Mann sein, mit dem sie bei ihrer Ankunft durch die Buchsbaumhecke hindurch gesprochen hatte. Nate, der Wachhund, der wohl vielmehr als Gärtner in Rose Castle fungierte. Ihn hatte Olivia nicht erwähnt und genauso wenig war er beim gemeinsamen Abendessen der Bediensteten aufgetaucht. Die Frage nach dem Warum beschäftigte sie noch lange nachdem der Rasen und die Rosenbüsche unter ihr langsam im Dunkel der Nacht versunken waren.

Amelia

4. Mai 1938

Der Brief ihrer Mutter wog schwer wie Blei in ihrer Hand. Es war seltsam, dieses erdrückende Gewicht, das Amelia stets auf ihrem Herzen spürte, nun auch an einer anderen Stelle ihres Körpers zu tragen. Der Verdruss erschwerte jeden ihrer Atemzüge.

Sei eine vorbildliche Ehefrau. Sprich nur, wenn du gefragt wirst. Teile das Bett mit deinem Mann, wann immer er danach verlangt. Und so weiter und so fort. Die Zeilen ihrer Mutter rasten durch ihren Verstand wie ein aufgebrachter Hornissenschwarm. Laut summend und bereit zuzustechen. Da war keine einzige Frage in dem Brief. Kein *Wie geht es dir? Wie fühlst du dich? Wie ist dein neues Leben?* Und auch kein Trost oder ein Wort der Zuneigung. Ihrer Mutter war nur wichtig, dass sie funktionierte, und das tat Amelia. Tagein, tagaus tat sie nichts anderes als das, was von ihr erwartet wurde. Sie pflegte ihren Körper. Kleidete und frisierte sich, wie es einer Dame ihres Standes angemessen war. Aß, was man ihr kredenzte. Hob die Decke, wenn Lucas zu ihr ins Bett steigen wollte. Begleitete ihn zu formellen Anlässen. Und sie schwieg. Schweigen war zu ihrem Schild geworden. Ihrer Krone. All dies wirkte auf sie ein, veränderte sie. Ließ ihren Geist und ihre Gefühle verkümmern wie einen Rosenbusch, der zu wenig Licht und Wasser bekam. Die Hoffnung auf Liebe hatte Amelia längst aufgegeben. Sir Rose hegte keine Zuneigung für sie. Ihre Mutter ebenso wenig. Die einzige Person in ihrem Leben, die sich dafür interessierte, wie es in ihr aussah, war Celia. Und dieser lag, wann immer sie bei ihr war, ein besorgter Ausdruck im Gesicht.

Es gab kaum einen Ort, an dem Amelia der Tristheit entkommen konnte, die sie fest und unbarmherzig in eisernem Griff hielt. Die Bibliothek war ein solcher Ort. Dort gab es Türen, durch die sie Rose Castle für einige wertvolle Stunden entfliehen konnte. Türen in andere Welten, andere Leben, die sich öffneten, sobald sie eines der zahllosen Bücher aufschlug.

Der zweite Ort, der sie alles vergessen ließ, war die breite Fensterbank vor ihrem Fenster. Wenn sie dort Platz nahm und ihren Blick über den Garten schweifen ließ, flogen ihre Gedanken fort. Sie beobachtete die Sonne und den Mond, kannte den Weg, den die beiden leuchtenden Scheiben über das Firmament beschrieben. Beobachtete die Schatten der Pflanzen, ihre sich im Wind wiegenden Körper, die Knospen, die sich reckten und dem Himmel öffneten. Und sie beobachtete den Mann dort unten, der den Garten und all seine Bewohner umsorgte.

Amelia legte den Brief ihrer Mutter auf den Frisiertisch. Später, wenn der größte Schmerz abgeklungen war, würde sie eine Antwort verfassen, einen weiteren Brief, den sie nicht abschicken, sondern zwischen ihren Kleidern im Ankleideraum verstecken würde.

Jetzt aber zog es sie wieder ans Fenster, wo das Licht der Vormittagssonne die Dielen wärmte. Wie immer hatte der Anblick des grünen Pflanzenmeers unter ihr eine hypnotisierende Wirkung auf sie, dämpfte Amelias Kummer und befreite ihre Gedanken von allem, was auf ihr lastete. Er war ebenfalls da. Mit einem Jutesack zu seinen Füßen und einer Gartenschere in der Hand arbeitete er an einem der zahlreichen Rosenbeete, schnitt die braun gewordenen Blätter und Ästchen von den Büschen und steckte sie in den Sack. Sein Werk hatte einen eigenen Rhythmus, der die einlullende Wirkung des Gartens nur noch verstärkte. Amelia beobachtete jede seiner Handbewegungen, sah zu, wie sich das Sonnenlicht in seinem hellen Haar fing und ein verwelktes Blatt nach dem anderen seinen Platz verließ.

Ein Teil von ihr wünschte sich, mehr zu sehen, näher am Geschehen zu sein. Das feuchte Gras unter ihren Füßen zu spüren, ebenso wie die Spitzen der Dornen auf ihren Fingerkuppen. Im nächsten Moment richtete er sich auf und fuhr mit dem Handrücken über seine Stirn, strich die Haarsträhnen zur Seite, die seine Wangen bedeckten und hob den Kopf zum Himmel. Sein Blick wanderte scheinbar ziellos umher und Amelia verspürte plötzlich eine Neugier, die ihr völlig neu war. Zu gern hätte sie gewusst, woran er dachte, was ihn in diesem Augenblick umtrieb. Sein Gesicht, das sie der Entfernung wegen nicht im Detail erkennen konnte, wandte sich dem Haus zu und hielt in der Bewegung inne, als sein Blick scheinbar direkt auf sie gerichtet war. Konnte er sie sehen, wie sie da völlig reglos hinter der Scheibe saß? Die Sekunden, in denen er in dieser

Position verharrte und Amelia sich gleichsam ertappt und erkannt fühlte, vergingen. Ob er sie nun wirklich ansah oder nur das Haus betrachtete, konnte sie nicht mit Gewissheit sagen, und schon einen Herzschlag später hob er den Jutesack an und machte sich zum nächsten Beet auf.

Amelia wandte sich ebenfalls ab. Es war Zeit, in die Realität zurückzukehren. Lucas erwartete sie bald zum gemeinsamen Mittagessen. Sie erhob sich und ging an der Frisierkommode vorbei, ohne dem Brief ihrer Mutter noch eine einzige Sekunde Beachtung zu schenken. Die Stimme in ihrem Kopf war verklungen. Es mochte vielleicht sein, dass sie diesem Leben, der lieblosen Ehe mit dem Baronet von Rose Castle, nicht entfliehen konnte, aber wenigstens eines konnte Amelia tun: Sie konnte ihr Herz vor allem verschließen, was es zu zerreißen drohte. Allem voran traf dies auf die Worte ihrer Mutter zu, die aus nichts bestanden als Tinte und Gram. Nichts daran würde sie mehr scheren. Das nahm sie sich fest vor.

Hayley

28. Mai 2018

Zwei Herzen schlugen in ihrer Brust, stritten sich, versuchten, das jeweils andere zu übertönen. Eines war gebrochen, geprägt von Verlust und Ablehnung, sehnte sich danach, Geborgenheit und Liebe zu erfahren. Das andere pochte voller Neugier und Erstaunen über all das Neue, das sich ihm präsentierte, und alles, was es noch in Erfahrung bringen wollte. Genauso zerrissen wie ihre Gefühle waren auch Hayleys Gedanken gewesen, als sie in der Nacht wach gelegen und überlegt hatte, was sie tun sollte. Ein Teil von ihr wollte einfach die Koffer packen und Rose Castle den Rücken kehren, so wie es ihre Mutter vor Jahren getan hatte. Aber da gab es einen ebenso großen und dominanten Teil, der darauf bestand, nicht aufzugeben, sich nicht unterkriegen zu lassen. Hayley war eine Kämpferin, eine Optimistin, eine Frau, die es immer schaffte, in allem etwas Gutes zu sehen, und das würde sie auch jetzt schaffen.

Während die ersten Sonnenstrahlen den Garten zum Leben erweckten, saß Hayley auf dem Hocker vor dem Frisiertisch und musterte ihr müdes Gesicht. Wie oft hatte wohl ihre Mutter genau hier gesessen und ihr Spiegelbild betrachtet?

Ein Haus bewahrt die Erinnerungen an alle, die es je bewohnt haben. Der Satz war ihr vor wenigen Minuten beim Aufwachen in den Sinn gekommen. Sie wusste nicht, woher sie diese Weisheit hatte. Vielleicht hatte sie es irgendwann einmal in einem Buch gelesen, in einem Film gehört oder jemand hatte es zu ihr gesagt. Jedenfalls war Hayley fest davon überzeugt, dass er heute nicht ohne Grund zu ihr gekommen war. Gleichwohl ihre Tante sie offenkundig ablehnte und ihr Vater ein Problem in ihr sah, hatte man sie immer noch nicht weggeschickt. Es gab Hoffnung. Es gab Chancen. Und es gab mit Gewissheit auch Anhaltspunkte, die den rätselhaften Aufbruch ihrer Mutter aus Rose Castle erklären konnten. Früher oder später würde sie ihren Vater darauf ansprechen. Der richtige Moment würde kommen, auch wenn er noch in unbestimmter Ferne lag. Bis es soweit war, hatte Hayley aber andere Möglichkeiten, mehr über die Vergangenheit herauszufinden. Der Schlüssel dazu war Olivia. Sie war schon in Rose Castle beschäftigt gewesen, als Hayleys Mutter noch hier gelebt hatte. Irgendetwas musste sie wissen.

Kurzentschlossen verschwand Hayley ins Bad und zog sich an – sie griff nach einem dickeren Wollpullover, weil es nach dem sonnig-warmen Frühlingswetter des gestrigen Tages heute stürmisch und kühl aussah. Obwohl es nicht mehr regnete, hingen noch immer dicke Tropfen auf den Fensterscheiben und der Wind pfiff ein leises Lied, wann immer er durch die feinen Ritzen der Fenster blies.

Hayley lauschte den Geräuschen des Hauses, nachdem sie die Tür zum Damenzimmer hinter sich geschlossen hatte. Knarzendes Holz, gluckernde Rohre, das Summen der in die Jahre gekommenen Deckenlampen, dumpfe Schritte, deren Hall von der Bausubstanz durch das ganze Anwesen getragen wurde. Rose Castle erzählte seine eigene Geschichte und welche das war, würde Hayley herausfinden. Obwohl sie auf ihrem Weg nach unten weitere Geräusche, wie etwa ein heiteres Lachen und eine zufallende Tür, begleiteten, begegnete sie niemandem im Treppenhaus. Auch der Korridor zur Eingangshalle lag leer vor ihr und Hayley konnte nicht umhin, sich beim Vorübergehen erneut die zahlreichen Bilder anzusehen. Vorbei an den wunderschönen Wachsrosen in der Eingangshalle und weiter in den Hauswirtschaftstrakt begrüßte sie der buttrige Geruch von frischem Gebäck und Hayleys Magen meldete sich mit einem zaghaften Knurren. Dem köstlichen Duft folgte schon nach wenigen Schritten Olivias unverkennbare Stimme, die in Form eines Liedes aus der offenstehenden Küchentür schallte.

„Guten Morgen", grüßte Hayley und blieb abwartend im Türrahmen stehen. Zwar hatte Olivia sie gestern zum Essen eingeladen, aber sie konnte nicht sicher sein, dass sie Hayley nach Miss Prudences Moralpredigt heute noch immer willkommen hieß.

„Oh, meine Liebe! Komm herein. Ich habe eben die Plunderteile aus dem Ofen geholt. Sie sind zwar noch etwas heiß, aber wenn du ordentlich pustest, kannst du schon ein Stück haben." Die lieben Worte und Olivias warmes Lächeln zerstreuten alle Bedenken sofort. Wie kam es nur, dass diese Frau ihr so offen und gastfreundlich begegnete, während ihre eigene Familie nichts von ihr wissen wollte? Hayley vertrieb den wehmütigen Gedanken mit einem lautlosen Seufzen und setzte sich auf einen der hohen Stühle vor der Kochinsel, den Olivia ihr anbot. Einen Wimpernschlag später stand auch schon ein Teller mitsamt Zimtschnecke vor ihr, die einen herrlichen Duft verströmte. Der Zuckerguss war noch nicht ganz angetrocknet und verleitete Hayley dazu, ihn mit der Fingerspitze abzutupfen und zu probieren.

„Immer wenn es regnet, mache ich Zimtkringel. Das ist Tradition", erklärte Olivia, während sie ein weiteres Blech voll Süßgebäck auf eine Keramikplatte lud.

„Dann gibt es sie wohl häufig, oder?", fragte Hayley mit einem verschwörerischen Grinsen und genehmigte sich noch eine Fingerspitze voll Zuckerguss.

„In der Tat." Olivia lachte herzhaft und spülte das klebrige Backblech ab, bevor sie sich wieder der Kochinsel zuwandte. In der Hand hielt sie eine dampfende Tasse, in der ein kleines, silbernes Teeei schwamm.

„Ich hoffe, du magst ihn ebenso wie deine Mutter. Sie hat diese Mischung geliebt." Ein warmes, aber wehmütiges Lächeln legte sich auf Olivias rundes Gesicht, während sie die Tasse neben Hayleys Teller abstellte. Ein süßer, blumiger Geruch stieg daraus auf.

„Lass ihn ein paar Minuten ziehen und erzähl mir in der Zwischenzeit, was dich zu mir geführt hat. Bestimmt hast du Besseres zu tun, als mit einer alten Köchin zu plaudern."

Sofort kamen die verschiedensten Fragen in Hayley auf, brummten laut in ihrem Kopf wie ein Haufen Rennautos auf der Startlinie.

„Hast du sie gut gekannt, meine Mutter?"

Olivia, die sich ebenfalls eine Tasse Tee zubereitet hatte, stützte ihre Arme auf die mit Krümeln übersäte Arbeitsfläche.

„Sie war ein herzensguter Mensch. Genauso wunderschön wie du. Sarah hat gern gekocht und sich mit jedem hier gut verstanden. Ich kann mich noch genau erinnern, wie sie einmal zu Mrs Roses Geburtstag eine riesige Schokoladentorte gezaubert hat. Sie hat die halbe Nacht in der Küche gestanden, nur um sie gleich am Morgen damit überraschen zu können."

Hayleys Mutter hatte für die griesgrämige Mrs Rose eine Geburtstagstorte gebacken? Olivia musste ihr die Verwunderung angesehen haben, denn sie lachte hell auf, griff über die Arbeitsfläche hinweg nach ihrer Hand und tätschelte sie sanft.

„Sarah und Clementine waren von Beginn an eng miteinander verbunden. Beste Freundinnen, würde ich sagen." Hayley klappte der Mund auf. Erlaubte sich Olivia einen Scherz mit ihr oder konnte es wirklich sein, dass die beiden Frauen, die Hayley als vollkommen ungleich empfand, wirklich miteinander befreundet gewesen waren?

Nun schwand die Freude aus Olivias Mimik. „Seitdem ist viel passiert", sagte sie zögerlich und rückte eines der Plunderteile auf dem Teller zurecht.

Aber was? Was war passiert?

„Gab es einen Streit? Ist irgendetwas vorgefallen zwischen meinen Eltern oder meiner Mutter und Clementine?" Da war sie, die alles entscheidende Frage. Olivia schüttelte den Kopf und sah dabei furchtbar traurig aus.

„Ich weiß es leider nicht", sagte sie schließlich, ihr Blick voller Ernst und Anteilnahme. „Sarah hat sich in den Wochen vor ihrem Verschwinden verändert. Sie wirkte nachdenklich, zurückgezogen und …" Olivia hielt inne und betrachtete Hayley mit zusammengepressten Lippen.

„Und?" Hayleys Stimme war dünn und ihre Kopfhaut begann unangenehm zu kribbeln.

Olivia stieß geräuschvoll den Atem aus, bevor sie endlich antwortete. „Besorgt. Ich hatte den Eindruck, dass sie voller Sorge wegen irgendetwas war."

Das konnte alles Mögliche bedeuten und brachte Hayley kein Stück weiter.

„Was war mit meinem Vater und meiner Tante? Haben sie jemals etwas gesagt oder getan, das erklären könnte …" Hayley fehlten die Worte. In ihrem Kopf hatte sich ein Karussell zu drehen begonnen, viel zu schnell, als dass sie irgendeinen Gedanken richtig hätte greifen können.

„Was Sir Rose anbelangt kann ich dir nicht viel sagen. Ich glaube, er hat nicht bemerkt, dass Sarah etwas umtrieb. Und deine Tante war schon immer eine Person, die ihre Gefühle bestens beherrscht. Es tut mir so leid, Kleines, dass ich dir nicht weiterhelfen kann. Ich verstehe, dass du unbedingt erfahren willst, was sie dazu getrieben hat, ihr Leben in Rose Castle aufzugeben."

Hayley schwieg und griff wie mechanisch nach der dünnen Silberkette, an deren Ende das Teeei im heißen Wasser schwamm. Sie zog es aus der Tasse und sah zu, wie ein feines Rinnsal rosafarbenen Tees daran herablief, das schließlich in einzelne Tropfen versiegte. Unruhe machte sich in ihr breit. Hayley legte das eiförmige Sieb auf den Unterteller, umfasste ihre Tasse mit beiden Händen und ging zum Küchenfenster. Sie nippte an dem noch heißen Tee und fühlte der Wärme nach, die sich von ihrem Mund bis in den Bauch zog.

„Vielleicht solltest du einen kleinen Spaziergang durch den Garten machen und ein wenig den Kopf freikriegen", schlug Olivia vor. „Der Regen scheint gerade eine Pause einzulegen, das sollte man nutzen." Hayley sah über die Schulter zu ihr und lächelte zögerlich. Obwohl die Köchin ihr nichts hatte berichten können, das sie auf ihrer Suche nach Antworten bahnbrechend weitergebracht hätte, war sie dankbar für ihre Unterstützung und ihr Mitgefühl.

„Oh, und könntest du Jonathan gleich etwas von mir mitnehmen. Er ist bestimmt schon seit dem Morgengrauen auf den Beinen und war noch nicht hier, um sich sein Frühstück abzuholen."

Jonathan. Nate? War er der selbsternannte Wachhund Schrägstrich Gärtner?

„Er war gestern nicht dabei, als alle gemeinsam gegessen haben", stellte Hayley fest und nahm einen großen Schluck aus ihrer Tasse.

„Jonathan ist der Trubel unter uns Frauen zu viel. Er bleibt lieber für sich." Olivia schmunzelte, während der Zug um ihre wunderschönen eisblauen Augen traurig wirkte. Zu gern hätte Hayley gewusst, was dahintersteckte, doch sie hatte den Eindruck, dass es aufdringlich gewesen wäre, nachzuhaken. Also nickte sie bloß und tauschte ihre leere Teetasse gegen einen Korb, den Olivia bereits vorbereitet hatte.

Nach den süßlich schweren Gerüchen in der Küche war die Frische des Gartens deutlich spürbar. Die feuchte, kühle Luft trug den unaufdringlich würzigen Duft der zahlreichen Kräuter, die rings um den Seiteneingang gepflanzt waren.

Soweit Hayley wusste, zog sich die Gartenanlage rund um das gesamte Gebäude, was schon eine enorme Fläche bedeutete. Wie weitläufig sie tatsächlich war, konnte sie nur erahnen. Viel Arbeit für eine einzige Person.

Der schmale, mit Bruchsteinen ausgelegte Weg führte sie einige Schritte an der Hauswand entlang und machte dann einen kleinen Bogen zwischen einigen hölzernen Hochbeeten hindurch, die zum Teil mit Folie bedeckt waren. Feine Reihen von Sprösslingen lugten aus der dunklen Erde heraus und Hayley überlegte sofort, welche Pflanzen wohl einmal aus ihnen werden würden.

Ein entferntes rhythmisches Scharren ließ sie aufhorchen. Sie kehrte den Beeten den Rücken zu und lenkte ihre Schritte querfeldein über den dichten, nassen Rasen. Je näher sie dem Geräusch kam, desto üppiger wurde die Vegetation. Der Garten hatte etwas Verwunschenes an sich. Ein ausgeklügeltes System aus Ordnung und Wildheit. Schmale, geschwungene Beete, wechselten sich mit Buschformationen und einzelnen Bäumen ab. Hier und da thronte eine steinerne Figur auf einem Bett aus Efeu oder eine Sitzbank trennte einen Abschnitt vom anderen. Gepflasterte Pfade kreuzten Schotterwege und selbst in den feinen Ritzen zwischen den Steinen fanden Veilchen oder Stiefmütterchen Platz. Es war wunderschön, stimmungsvoll und lud dazu ein, seine Gedanken schweifen zu lassen.

Hinter einem akkurat gestutzten, mannshohen Buchsbaum, der zu beiden Seiten von nass glänzenden Quarzkugeln eingefasst wurde, kam die Quelle der scharrenden Geräusche zum Vorschein. Ein Mann beugte sich über einen kümmerlichen Rosenstock, dessen wenige Blätter braun gesprenkelt waren. Seine langen, kräftigen Finger strichen über die dünnen Zweige, als wollten sie etwas prüfen. Schließlich richtete er sich auf, griff nach der Schaufel, die an eine Schubkarre gelehnt war, und setzte sie am Fuße des Rosenstrauchs an. Mit gezielten Bewegungen befreite er die Pflanze aus dem schützenden Erdreich und legte sie neben einige andere in die Schubkarre.

Hayley verlagerte ihr Gewicht und wurde sich plötzlich bewusst, dass sie geraume Zeit einfach nur dagestanden und ihn bei seiner Arbeit beobachtet hatte. Ihm war ihre Anwesenheit offenbar nicht aufgefallen, zumindest hoffte Hayley das.

„Mir scheint, du bist kein besonders guter Wachhund", sagte sie und empfand ihre Stimme als viel zu laut in der Ruhe der grünen Oase.

Er hielt kurz in der Bewegung inne und wandte sich dann zu ihr um. Die beiden trennten nur wenige Fuß und Hayley konnte erkennen, dass er gut einen Kopf größer als sie war. Seine tiefsitzende Jeans hatte Grasflecken. An den Knien war der Stoff dünn und löchrig. Die schweren Stiefel hatten dicke Erdkrusten an den Rändern der Sohlen und es war unverkennbar, dass er sich die schmutzigen Hände stets an dem verblichenen

Shirt abwischte. Aus seiner Hosentasche hing zwar ein Paar Gartenhandschuhe, aber wenn man seine erdverschmierten Finger bedachte, schien er lieber ohne diese Hilfe zu arbeiten. Auch auf seiner Stirn war eine Schmutzschliere zu erkennen, die nur unvollständig von den blonden Strähnen seines Haares verborgen wurde.

Hayleys Blick wanderte ein Stück tiefer und blieb an seinen auffallend hellblauen Augen hängen, die sie bereits kannte. In diesem Moment wurde ihr etwas klar, das ihr bisher entgangen war.

„Deine Mutter hat mir das hier für dich mitgegeben." Er sah etwas verwundert von ihrem Gesicht zu dem Korb an ihrem Arm und wieder zurück. Womöglich hatte sie sich doch getäuscht und die besondere Augenfarbe war reiner Zufall.

„Danke. Ich habe nicht damit gerechnet, dass mir heute die Lady des Hauses persönlich mein Frühstück bringt." Sein Tonfall war freundlich, ein wenig amüsiert vielleicht, was das feine Lächeln um seinen Mund bekräftigte. Hayley stieß dieser Satz jedoch bitter auf. Sie war nicht die Lady von Rose Castle. Warum sagte er das?

„Ich bin nicht ...", setzte sie an und schüttelte zugleich den Kopf. Sein abwartender Blick, mit dem er sie unverwandt musterte, ließ ihr Wärme in die Wangen steigen.

„Ich bin einfach nur Hayley", sagte sie rasch, froh darüber, dass ihre Stimme fest klang.

„Ich weiß. Ich bin Jonathan, oder einfach nur Nate", sagte er mit einem Zwinkern.

„Ich weiß", wiederholte Hayley und spürte, wie die Röte auf ihren Wangen von einem Grinsen vertrieben wurde.

„Dann hat dir meine Mutter schon alle aufreibenden Details über mein Leben erzählt, nehme ich an." Hayley konnte nicht sagen, ob es eine Frage sein sollte, aber nach wie vor sprach Jonathan in heiterem Plauderton. Er wollte nach dem Korb greifen, Hayley zog ihn jedoch außer Reichweite, bevor er ihn mit seiner schmutzigen Hand berühren konnte.

„Ich glaube nicht, dass Olivia viel Freude daran hätte, wenn sie ihren Korb mit Matsch am Henkel zurückbekommt. Und nein, um ehrlich zu sein, hat sie dich bei ihrer Vorstellungsrunde sogar gänzlich ausgelassen." Diese Information schien Jonathan bestens zu unterhalten. Er lachte tief und aus dem Bauch heraus, während er sich umwandte und die Schubkarre anhob.

„Begleitest du mich?", bat er mit einem Blick auf den Korb.

Hayley machte einen Schritt nach vorne, was Jonathan als Zustimmung deutete und sich ebenfalls in Bewegung setzte. Geschickt kurvte er mit der voll beladenen Schubkarre zwischen den Beeten und Büschen hindurch, bis er die Ostflanke des Herrenhauses umrundet hatte.

Hier ging der gepflegte Garten in dicht stehende Brombeersträucher über, hinter denen sich ein Waldstreifen erhob. Im Schatten der hohen Hausmauer lag ein fantastisches Gebäude, dessen Anblick Hayley den Atem raubte. Es handelte sich um ein wunderschönes Gewächshaus, dessen gläserne Wände die schräg einfallenden Sonnenstrahlen einfingen. Die länglichen

Scheiben wurden von schwarzen Eisenstreben gehalten, die an manchen Stellen grünlich, ja fast türkis schimmerten. Einzelne Efeuranken schlängelten sich an den Seiten gen Himmel und verdeutlichten, dass sich dieser spiegelnde Pflanzenpalast in den Garten einfügte wie jedes Blatt und jeder Grashalm.

„Gefällt es dir?" Nates Stimme unterbrach Hayleys Faszination. Er sah sie unverwandt an. Das Strahlen seiner Augen sagte ihr, dass er die Antwort bereits kannte.

„Es ist wunderschön, genau wie der Rest der Anlage."

Ein umwerfendes Lächeln trat auf sein Gesicht, das Hayley zu ihrem Leidwesen nur einen Augenblick lang sehen konnte, bevor er sich umwandte. Die Schubkarre hatte er abgesetzt und öffnete nun eine Seite der doppelflügeligen Glastür.

„Es wurde bei einem Brand im Jahre 1945 fast vollständig zerstört. Der damalige Gärtner kam in den Flammen ums Leben. Seine Überreste hat man auf dem Friedhof der Anlage bestattet und als Andenken haben Lord Lucas Rose und seine Lady Amelia das neu aufgebaute Gewächshaus nach ihm benannt", erzählte Jonathan und zeigte auf eine Stelle über der Tür, ehe er sich nach und nach die ausgegrabenen Rosenstöcke auf die Arme lud und ins Innere des Glashauses verschwand. Hayley folgte ihm und warf im Vorbeigehen einen Blick auf die Stelle über dem Türrahmen. In einem kleinen Bogenglas war eine Bronzetafel eingelassen, in die der Name Isaac eingraviert war.

Beim Eintreten umfing sie ein schwerer, erdiger Geruch. Die Luft war feuchter und ein wenig wärmer als draußen, die Geräusche des Gartens gedämpft.

Schmale Wege führten zwischen Pflanzenkübeln und Tischen hindurch, die voller kleiner Torftöpfe und Schalen standen.

Jonathan war ein Stück weit vor ihr stehengeblieben und setzte gerade achtsam die Rosenstöcke in eine niedrige Wanne. Als sie ihn erreicht hatte, sah Hayley, dass er die Wurzelballen von Moos und Unkraut befreite sowie vertrocknete Blätter von den Ästchen zupfte.

„Es gibt einen eigenen Friedhof in Rose Castle?"

„Makaber, nicht?"

Er griff unter den Tisch und beförderte eine dunkelbraune Glasflasche zutage. Beim Aufschrauben des Verschlusses zischte es leise.

„Alle Lords, Ladys und deren Familienmitglieder, die ihr Leben hier verbracht haben, ebenso die Bediensteten, sind dort bestattet."

Erneut bückte sich Jonathan und holte noch einen Messbecher und eine Gießkanne hervor. Hayley konnte das Wasser in der Kanne schwappen hören, als er sie neben der Wanne abstellte. Konzentriert goss er ein wenig von der grünlichen Flüssigkeit in den Messbecher und von dort aus ins Gießwasser.

Hayley rümpfte die Nase, als sie der jauchige Geruch traf. Obwohl Jonathan völlig in sein Tun vertieft zu sein schien, warf er ihr einen belustigten Seitenblick zu.

„Das ist ein Sud aus verschiedenen Pflanzen. Geheimrezept", erklärte er und tränkte die Wurzelballen mit der übelriechenden Mischung.

„Meinst du, damit erholen sie sich wieder?", wollte Hayley wissen. Die Rosenstöcke sahen in ihren Augen aus, als könnte sie nichts und niemand mehr retten.

„Wir werden sehen. Einen Versuch ist es jedenfalls wert. Ich bin kein Freund davon, Pflanzen auszurangieren, die nicht mehr den Ansprüchen genügen. Mit der richtigen Pflege werden sie vielleicht wieder."

Hayley bewunderte diese Einstellung. Der Gedanke, an etwas festzuhalten und sich darum zu kümmern, auch wenn es dem ersten Anschein nach ausweglos erschien, gefiel ihr.

Jonathan war fertig mit der Prozedur und räumte die Utensilien zurück unter den Tisch. Dann wischte er die Hände an seinem Shirt ab, genau wie Hayley zuvor vermutet hatte.

„Komm mit. Ich zeige dir, wo du den Korb abstellen kannst. Du hast sicherlich noch andere Dinge zu tun, als mir bei der Arbeit zuzusehen", sagte er und ging zum hinteren Ende des Gewächshauses. Eigentlich gefiel es Hayley im Gewächshaus und sie hätte nichts dagegen gehabt, noch eine Weile bei Nate zu bleiben. Trotzdem erwiderte sie nichts, sondern folgte ihm zur gegenüberliegenden Tür, die sie aus dem Gewächshaus hinaus und in einen gemauerten Gebäudeteil führte, der direkt daran anschloss. Jonathan stand gebückt im Türrahmen, löste die Schnürung seiner Arbeitsstiefel, zog sie aus und stellte sie in dem engen Vorraum neben der Tür ab. Dann richtete er sich auf und sah Hayley einen Moment lang an. Er schien zu überlegen.

„Ich gehe mir rasch die Hände waschen. Du kannst warten oder reinkommen, was dir lieber ist", sagte er und verschwand, ohne eine Antwort abzuwarten, durch die nächste Tür.

Hayley wusste nicht, wie sie seinen Satz auffassen sollte. Nate wirkte nicht abweisend oder unfreundlich, ganz im Gegenteil. Dennoch scheute sie kurz davor zurück, ihm zu folgen. *Er bleibt lieber für sich*, kam ihr Olivias Aussage in den Sinn. Letztendlich siegte aber die Neugier. Hayley streifte sich ihre nassen und beinah genauso schmutzigen Sneakers von den Füßen und folgte Jonathan. Vom Vorraum aus gelangte sie in einen etwas größeren Raum, der eine Einzimmerwohnung zu sein schien. An der Wand zu ihrer Linken stand ein Bett, das mit einer einfachen grauen Tagesdecke bedeckt war. Daneben ein schmaler Schrank aus dunklem Holz. Auf der anderen Seite reihten sich unter dem einzigen Fenster des Raumes ein offenes Regal mit Büchern und Geschirr, eine Kommode und ein kleiner Esstisch samt dazugehörigem Stuhl aneinander. Dazwischen war eine weitere Tür in die Wand eingelassen, die nur angelehnt war und hinter der Hayley Wasser laufen hörte. Wahrscheinlich das Badezimmer. Sie trat zum Tisch und stellte den Korb ab, gerade als Nate das Wasser abdrehte. Nur Sekunden später stieß er zu ihr.

„Wohnst du hier?" Die Worte waren aus ihrem Mund, bevor Hayley überhaupt entschieden hatte, sie auszusprechen. Jonathan sah vom Bett über den Schrank und den Rest des Zimmers zu ihr.

„Ja, sieht ganz so aus." Er machte einen Schritt auf den Tisch zu, zog an dem karierten Tuch, das den Inhalt des Korbs bedeckte und lugte hinein.

Soweit Hayley von Jules wusste, bewohnten die Angestellten die oberen beiden Stockwerke des Hauswirtschaftstrakts in Rose Castle. Zuerst hatte sie das befremdlich gefunden, wenn man aber die abgeschiedene

Lage des Anwesens und die Gepflogenheiten hierorts betrachtete, war das Ganze nicht mehr so abwegig.

„Warum hier und nicht im Haus?"

„Ich bin gern hier draußen", war die einzige Erklärung, die Hayley bekam. Sie konnte fühlen, dass viel mehr hinter den Worten lag, als ihre bloße Bedeutung.

„Willst du mitessen? Es ist bestimmt wieder viel zu viel für mich alleine." Tatsächlich holte er drei reichlich belegte Sandwiches und vier Plunderteile aus dem Korb hervor.

„Mein Tag hat bei Olivia in der Küche angefangen. Du kannst dir also denken, dass ich schon etwas zu essen bekommen habe", erwiderte Hayley lachend.

„Na gut, dann will ich dich nicht länger aufhalten." Nate hielt eines der Sandwiches hoch. „Danke dafür."

„Ich war ja nur der Bote, trotzdem gern geschehen", sagte Hayley mit einer wegwerfenden Handbewegung und wandte sich zum Gehen.

„Bis dann, Hayley Oakwood."

„Bis dann, Nate."

Sie spazierte durch das Gewächshaus zurück Richtung Garten und drehte sich draußen angekommen noch einmal nach dem wunderbaren Gebäude um. Jonathan war ein sympathischer Typ, weshalb Hayley nicht nachvollziehen konnte, warum er sich von den anderen Angestellten des Hauses zu distanzieren schien. Sie nahm sich vor, Jules später danach zu fragen, was es mit seiner selbstgewählten Isolation auf sich hatte.

Ihr Blick glitt ein letztes Mal über die Stirnseite des Glashauses und blieb erneut an dem kleinen Schild über der Tür hängen, das Isaacs Namen trug. Den des

Gärtners, der Jonathan zufolge hier gestorben und bestattet worden war. Wo der Friedhof wohl liegen mochte? Hayley hatte schätzungsweise ein Drittel der Anlage gesehen und da das unberechenbare englische Wetter ihr im Augenblick wohlgesonnen schien, beschloss sie, ihren Rundgang durch die Gärten fortzusetzen.

Nicht nur die Außenanlage war traumhaft schön, auch Rose Castle selbst war aus jedem neuen Blickwinkel sehenswert. Das Gebäude fügte sich zu allen Seiten perfekt in die Landschaft ein und zog Hayley in seinen Bann. Es gab mehrere Ein- und Ausgänge, Schlupfwinkel in den Mauernischen, einen kleinen Weiher, größere und kleinere Anbauten und einen altmodischen, aber perfekt in Szene gesetzten sechseckigen Pavillon zu entdecken. Auch den Friedhof fand Hayley schließlich am Ende eines lichten Wäldchens am Nordhang. Das kiesbestreute Areal wurde von einem schmiedeeisernen, hüfthohen Zaun eingefasst, nur unterbrochen von einem breiten Rosenbogen, durch den man den Friedhof betreten konnte. Die Grabsteine wirkten gepflegt und doch sah man einigen von ihnen das Alter und die durchlebte Witterung deutlich an.

Hayley schritt zwischen den Gräbern hindurch und las die Namen auf den Steinen. Ihr fiel rasch auf, dass die meisten Familien über Generationen hinweg in Rose Castle gedient und gelebt hatten. Auch Isaacs letzte Ruhestätte war unter ihnen. Die Inschrift auf dem angerauten Stein lautete:

Hier ruht Isaac Powell
1914-1945

Nur eines war eigenartig an den Namen auf den Grabsteinen. Zu einem bestimmten Zeitpunkt in der Vergangenheit, den Hayley anhand der eingravierten Geburts- und Sterbejahre jedoch nicht exakt festmachen konnte, hatten sich die Familien völlig geändert. Als wären sie alle etwa zur selben Zeit verschwunden und andere an ihrer Stelle nachgerückt. So verhielt es sich beispielsweise auch mit Isaacs Familie. Er schien der Letzte seiner Abstammung gewesen zu sein, der in Rose Castle gearbeitet hatte und hier bestattet worden war. Vierzig, fünfzig, sechzig Jahre nach seinem Tod gab es niemanden mehr, der den Namen Powell trug. Ebenso war es bei den anderen Gräbern in dieser Reihe.

Hayley hob den Kopf und versuchte, sich einen Überblick zu verschaffen, da stach ihr ein Mausoleum ins Auge, das zwischen den herabhängenden Ästen zweier gigantischer Trauerweiden halb im Verborgenen lag. Sie ließ die Grabsteine hinter sich und schritt auf das kleine Gebäude zu, dessen Eingang ein offener Rundbogen bildete. Eine Handvoll Steinstufen führte hinab in einen länglichen, hohen Raum mit kuppelartigem Dach, in das Buntglasfenster eingelassen waren. Das einfallende Licht zauberte farbige Reflexe auf den Marmorboden, der mit Rosenintarsien versehen war. An den Steinwänden ringsum hatte man Bronzetafeln angebracht, ähnlich derjenigen, die über dem Eingang des Gewächshauses hing, und doch gänzlich anders. Isaacs Andenken war kaum Handtellergroß und sah im Vergleich zu diesen hier eher selbstgemacht aus. Diese Tafeln waren groß und die Gravuren präzise gearbeitet.

In manche waren Emaillebilder eingelassen, andere zierten Reihen kleiner Edelsteine oder aufwendige Motive. Hayley erkannte die meisten Namen wieder. Sie hatte sie bereits unter den Portraits im Korridor des Ostflügels gelesen. Es handelte sich ausschließlich um Mitglieder der Familie Rose. Sie ging die Wand entlang an den Urnengräbern vorüber, las die Namen, die Geburts- und Todesdaten der Bestatteten und die Inschriften auf ihren Gedenktafeln. Da war sie. Die Vorfahrin, nach der Hayley insgeheim Ausschau gehalten hatte. Warum, wusste sie selbst nicht genau. Aber seit sie ihr Portrait im Empfangskorridor gesehen hatte, fühlte Hayley eine undefinierbare Verbundenheit mit ihrer Urgroßmutter, von der scheinbar alle nachfolgenden Mitglieder der Familie ihren alabasterfarbenen Teint und die rötlichen Haare geerbt hatten.

Amelia Abigail Rose, geborene Campbell
1916-1988
Voll Mut und Stärke stand sie für sich und ihre Liebsten ein.

Gleich darüber war Amelias Mann, der damalige Baronet, bestattet. Sir Lucas Timothy Rose, geboren 1902 und damit gut vierzehn Jahre älter als seine Frau. Ihr einziger Sohn, Eliah, schloss an die Tafeln seiner Eltern an. Gestorben war er erst vor vier Jahren, was hieß, dass er ihre Mutter gekannt haben musste. Da seines das letzte verschlossene Urnengrab in der Wand war, ging Hayley davon aus, dass seine Frau, ihre Großmutter, noch am Leben sein musste. Aber wo wohnte sie, wenn nicht in Rose Castle? Als könne ihr der glatte, steinerne Hohlraum, der einmal wohl auch ihre letzte Ruhestätte werden würde, einen Anhaltspunkt geben, legte sie ihre Finger auf die kühle Kante der Aussparung.

„Deine Großmutter, meine Mutter, lebt in Rose Cottage", erklang plötzlich die Stimme von Hayleys Tante hinter ihr, ebenso kühl und ausdruckslos wie der Stein unter ihren Fingerspitzen. Hayley fuhr herum und zog sofort ihre Hand weg, als wäre sie bei etwas Verbotenem erwischt worden. Dabei entging ihr nicht, dass Clementine *deine Großmutter* gesagt hatte, was wohl bedeutete, dass sich die Verwandschaftsfrage durch den Test geklärt hatte. Ihre Tante verzog keine Miene. Trotz ihres Alters war sie eine schöne Frau, wie sie da im Eingangsbogen des Mausoleums stand, einer Statue gleich, und ihre Nichte fixierte. „Sie hat Rose Castle mit ihrem Mann, dem ehemaligen Baronet, 1993 verlassen, nachdem er einen Schlaganfall erlitten hatte. Dean hat von da an Titel und Amt unseres Vaters übernommen. Seinen Lebensabend hat er in Rose Cottage verbracht", erklärte Clementine und beantwortete damit einige der Fragen, die in Hayleys Kopf umherschwirrten wie ein Schwarm lästiger Fliegen. Warum sie auf einmal so gesprächig war, war Hayley ein weiteres Rätsel, aber sie wollte die Situation nicht ungenutzt lassen.

„Warum ist sie dort geblieben und nicht hier bei ihrer Familie?"

Hayleys Tante setzte sich in Bewegung. Die Absätze ihrer Schuhe, die von dem bodenlangen Rock des burgunderroten Kleides verdeckt waren, verursachten bei jedem ihrer Schritte ein laut hallendes Klacken.

„Sie fühlt sich wohl in Rose Cottage und wird dort professionell gepflegt. Nachdem sie mit voranschreitendem Alter immer vergesslicher wurde und schließlich ihre eigenen Kinder nicht mehr als solche erkannte, sah ich wenig Sinn darin, sie nach Rose Castle zurückzuholen." Man hätte die Aussage für die einer Tochter halten können, die ihrer Mutter nur das Beste wünschte. Einen ruhigen Ausklang ihres Lebens, ohne Aufregung und die vermeintliche Last einer Familie, an die sie sich nicht mehr erinnern konnte. Aber Mrs Rose sprach so emotionslos über ihre Mutter und deren Erkrankung, dass es Hayley fröstelte. Was Clementine tatsächlich in Bezug auf ihre Mutter empfand, konnte sie ihren Worten und dem nichtssagenden Gesichtsausdruck unmöglich entnehmen.

Hayley fand das in jedem Fall kaltherzig. Selbst wenn ihre Mutter sich nicht mehr an sie erinnern konnte, musste Clementine sie doch vermissen und Zeit mit ihr verbringen wollen. Sie konnte einfach nicht glauben, dass ihre Tante so gefühllos und hart war, wie sie sich gab. Nicht, wenn sie und ihre Mutter einmal Freundinnen gewesen waren. Irgendwo hinter der glatten Fassade, den teuren Gewändern und Schmuckstücken, musste ihr Herz doch für irgendjemanden oder irgendetwas schlagen.

„Was glaubst du hier zu finden, Hayley?", fragte Mrs Rose in demselben distanzierten Tonfall, in dem sie stets mit ihr sprach, und doch hatte Hayley den Eindruck, dass hinter den Worten etwas lauerte. War es ihr nicht recht, dass sie den Friedhof besuchte?

„Ich habe mir die Gärten angesehen und bin ..." Clementines erhobene Hand ließ sie verstummen.

„Das meinte ich nicht. Ich will wissen, warum du nach Rose Castle gekommen bist." Da war es wieder. Dieses Funkeln in ihren Augen, das Hayley vermuten ließ, dass hinter dieser Frage einiges mehr steckte, als es den Anschein hatte.

„Ich wollte meinen Vater kennenlernen", erwiderte sie mit Bedacht. Ein Lächeln verzog Clementines Lippen, wohingegen der Zug um ihre Augen weiterhin ausdruckslos blieb.

„Und?" Wie es schien, konnte ihre Tante spüren, dass das nicht der einzige Grund für Hayleys Auftauchen war.

Mit zunehmendem Unbehagen unterbrach Hayley den Blickkontakt und sah stattdessen auf die Gedenktafel von Sir Eliah Rose.

„Ich möchte verstehen, warum meine Mutter ihr Leben hier einfach so hinter sich gelassen hat", gestand sie nach einigem Zögern und warf ihrer Tante einen Seitenblick zu. Das Lächeln auf ihrem Gesicht war verschwunden. Sie richtete sich auf und trat an das metallene Gestell in der Mitte des Raums, wo Kerzen aufgereiht waren, wie es in Kapellen oft gemacht wurde.

„Ich nehme nicht an, dass du weißt, wie deine Eltern sich kennengelernt haben." Es war keine Frage und doch hielt Clementine einen Moment lang inne, als wolle sie Hayley die Möglichkeit geben, diese Aussage zu dementieren. Hayley schwieg jedoch, begierig, mehr zu erfahren, und betrachtete den steifen Rücken ihrer Tante.

„Dean hat einen hohen Sitz in der Bank of England inne. Er hat gemeinsam mit deiner Mutter Finanzwesen studiert, auch wenn Sarah, wie man sieht, nichts aus ihrer Ausbildung gemacht hat." Hayley atmete scharf ein und wusste selbst nicht, ob es an der abfälligen Bemerkung ihrer Tante lag oder an der Tatsache, dass sie nicht einmal von dem Studium gewusst hatte. Clementine lachte leise, wenn auch vollkommen freudlos.

„Das hast du wohl nicht gewusst? Glaub mir, Wissen alleine führt nicht zwangsläufig auch zu Bewusstsein. Das erkennt man nur zu gut, wenn man sich die Geschichte deiner Eltern ansieht. Dean und Sarah waren absolut unterschiedlich. Sie führte ein gänzlich anderes Leben als er. Hatte keine Familie, die hinter ihr stand, keine Wurzeln, andere Wertvorstellungen, hatte eine mit der seinen nicht vergleichbare Erziehung hinter sich." Clementine griff nach einer kleinen Schachtel, die am Rand der Kerzenreihe lag und holte etwas daraus hervor. Ein reißendes Geräusch vertrieb die Stille und nur einen Herzschlag später erhellte das Licht eines Streichholzes den Raum. In stoischer Ruhe zündete Clementine eine Kerze nach der anderen an, bevor sie den abgebrannten Holzstummel zwischen ihren Fingern ausblies und beiseitelegte.

„Es gab genügend Mädchen aus adeligen oder wenigstens angesehenen Familien, die sich glücklich geschätzt hätten, als Lady von Rose Castle an Deans Seite zu stehen." Ein tiefer Atemzug hob Clementines Schultern an. „Doch er hat sich für deine Mutter entschieden. Sarah mag ein guter Mensch gewesen sein ..." Ihre Stimme war nach wie vor so steif wie ihre Haltung. Es klang nach dem einzigen Zugeständnis, das Mrs Rose in Bezug auf Hayleys Mutter machen würde. „Aber sie passte nicht hierher. Sie hat das Leben, das Dean ihr zu

Füßen gelegt hat, nicht wertgeschätzt und nie verstanden, was es heißt, eine Lady zu sein. Welche Verantwortung es mit sich bringt." Ruckartig fuhr sie zu Hayley herum. Die Wut in ihren Augen ließ Hayleys Herz ein paar Schläge aussetzen.

„Da hast du deine Antwort. Sarah ist gegangen, weil sie nie nach Rose Castle gehört hat, ebenso wenig wie du es tust. Das Beste wäre, du gehst denselben Weg wie sie und verlässt uns wieder. Vorzugsweise bevor das Herz deines Vaters erneut bricht." Damit wandte sich Clementine ab und verließ das Mausoleum. Ließ Hayley mit dem Nachhall ihrer Worte alleine zwischen all den Toten zurück.

Das hatte gesessen. Diese Frau verstand es, Schläge unter der Gürtellinie auszuteilen, ohne dabei auch nur im Geringsten ihre Haltung einzubüßen. Obwohl Hayley zum ersten Mal seit sie angekommen war etwas über die Vergangenheit ihrer Mutter erfahren hatte, schmerzten sie die harten Worte ihrer Tante. Von ihr hatte sie weder Offenheit noch Zuneigung zu erwarten, nicht jetzt und ebenso wenig in der Zukunft, da war sich Hayley sicher. Sollte sie tun, was Clementine ihr geraten hatte? Aufgeben? Jetzt gehen, in der Voraussicht, dass sie es ohnehin irgendwann tun würde? Die einzige Chance in den Wind schießen, wenigstens ihrem Vater näherzukommen?

Hayleys innerer Kampf begann von Neuem. Herz und Verstand verbanden sich zu einem pulsierenden Knoten, der ihr die Brust eng werden und den Kopf pochen ließ.

Unter den zunehmend schneller werdenden Rhythmus ihres Herzschlages mischte sich ein anderer Trommellaut. Zuerst konnte Hayley das stetig anschwellen Geräusch nicht zuordnen, zu sehr war sie damit beschäftigt, ihre Fassung zu behalten. Dann aber realisierte sie, dass es Regentropfen waren, die maschinengewehrgleich in das Dach über ihr einschlugen. Ihr Blick huschte zum Eingangsbogen, wo sie ein Vorhang aus Wasserfäden erwartete. Verdammt, auch das noch! Nun hatte sie zwei Möglichkeiten. Im Mausoleum abwarten, bis der Guss abgeklungen war – was Stunden dauern konnte -, oder die Zähne zusammenbeißen und zum Haus zurücklaufen. Bestimmt wäre sie binnen Sekunden bis auf die Unterwäsche durchnässt. Keine besonders prickelnde Aussicht. Aber den Gedanken, hier zwischen den Geistern der Vergangenheit festzusitzen, ertrug Hayley ebenso wenig. Also atmete sie ein letztes Mal tief durch und rannte los. Die dicken Tropfen bohrten sich wie Eiszapfen durch ihre Kleidung und der aufgeweichte Boden unter ihren Füßen machte es ihr schwer, ausreichend Halt zu finden, um so schnell zu laufen, wie sie es gerne getan hätte. Zusätzlich war die Sicht durch die regendurchsetzte, graue Luft um sie herum verschleiert und Hayley hoffte inständig, den Weg zurück zum nächsten Eingang des Anwesens wiederzufinden.

Als sie den Friedhof hinter sich gelassen hatte, meinte sie mit einem Mal, etwas zu hören.

„Hayley!" Ja, jemand rief ihren Namen, gleichwohl sie die Schreie über das laute Prasseln nur verzerrt wahrnahm. Sie bremste ab und schlitterte ein Stück, sah sich um und entdeckte einen roten Fleck hinter sich. Ein Regenschirm! Da eilte jemand mit einem rettenden Schirm auf sie zu.

Sobald er sie erreicht hatte, hob Nate den ausladenden roten Schirm an, und Hayley schlüpfte dankbar darunter. Sie war jetzt schon klatschnass und zitterte vor Kälte.

„Auf dem schnellsten Weg ins Trockene oder zurück in dein Zimmer?", hörte sie ihn fragen, während sich Hayley die Regentropfen aus dem Gesicht wischte.

Ihre klappernden Zähne waren wohl Antwort genug, denn er nahm nur wortlos ihren Arm und führte sie in die Richtung zurück, aus der er gekommen war. Er ging schnell und zog sie mit sich. Seine festen Stiefel rutschten nicht über die aufgeweichte Wiese, wie Hayleys Sneakers es taten. Dicht unter den schützenden Schirm gedrängt eilten sie durch den Garten und Hayley achtete wenig darauf, wo Nate sie eigentlich hinführte. Die Kälte, das Stechen in ihren nassen Gliedern und das dumpfe Brennen in ihrem Herzen waren alles, was sie im Moment beschäftigte.

„So, da wären wir", sagte Nate schließlich und manövrierte sie in den engen Vorraum seiner Wohnung. Bevor Hayley irgendetwas erwidern konnte, hatte er sich Schuhe und Jacke ausgezogen und war durch die angrenzende Tür verschwunden. Bibbernd streifte sich Hayley ihre durchnässten, schlammigen Sneakers von den Füßen. Kaum hatte sie diese auf die Schuhtasse gestellt, war Nate mit einem großen Handtuch zurück, das er ihr ohne Umschweife über die Schultern schwang.

„Ich hab dir die Dusche aufgedreht und trockene Sachen ins Bad gelegt."

„Danke Nate, aber …", wollte sie gerade protestieren, verstummte aber, da Jonathan vehement den Kopf schüttelte.

„Du bist völlig durchnässt und deine Lippen sind blau. Ich bin auch schon das eine oder andere Mal vom Regen erwischt worden. Glaub mir, wenn du dich jetzt nicht schnell aufwärmst, liegst du die nächste Woche mit einer Grippe im Bett", hielt er dagegen, packte sie sanft, aber bestimmt an den Schultern und schob sie in Richtung des Badezimmers.

„Ich warte hier. Lass dir so viel Zeit, wie du möchtest." Demonstrativ schwang er die Tür auf und Hayley schlüpfte ergeben ins Badezimmer.

Der schmale Spiegel über der Waschmuschel war an den Rändern bereits angelaufen, trotzdem verstand Hayley sofort, was Nate gemeint hatte, als sie einen Blick auf ihr Spiegelbild warf. Sie war totenblass, die Haare klebten ihr am Kopf und Wasser tropfte gemächlich von den Spitzen aus auf den dunkelblauen Vorleger. Mit Sicherheit war der Blaustich ihrer Lippen der Kälte geschuldet, die sie in ihren eisigen Fingern hielt, doch die bleiche Hautfarbe konnte genauso gut noch von dem Gespräch mit Mrs Rose herrühren.

Rasch schälte sich Hayley aus den nassen Kleidern, legte sie auf den Waschtisch und stieg unter die warme Brause. Für die nächsten Minuten verbannte sie alle Gedanken aus ihrem Kopf und konzentrierte sich nur auf die Wärme, die sie umgab. Als ihr endlich nicht mehr kalt war, stellte sie die Dusche ab und griff nach dem frischen Handtuch, das Nate ihr neben einer Jogginghose und einem Pullover bereitgelegt hatte. Zum Glück konnte sie die Weite der Hose mit einem Zugband regulieren, sonst wäre sie ihr einfach von den Hüften gerutscht. Nate war schlank, aber doch um einiges breiter gebaut, als sie es war. Und er hatte auch längere Beine, weshalb Hayley den Saum der Hose umkrempeln musste, bevor sie sich die ebenfalls zu großen Socken und den Pullover überzog.

Jonathan saß an dem kleinen Tisch. Auch er hatte seine feuchten Jeans gegen trockene getauscht und deutete nun auf eine dampfende Tasse auf dem Tisch. Er lächelte, war so freundlich und zuvorkommend, dass Hayley sich wünschte, sein Lächeln ehrlich erwidern zu können, aber die Geschehnisse im Mausoleum hatten sie wieder eingeholt.

„Ist dir wieder warm?", fragte Nate und nahm einen Schluck aus seiner eigenen Tasse.

„Ja. Vielen Dank für die Rettungsaktion", erwiderte sie und setzte sich zu ihm.

„Meine leichteste Übung." Er machte eine wegwerfende Handbewegung, während Hayley an ihrem Tee nippte, der noch etwas zu heiß war.

„Du warst beim Friedhof, oder nicht?"

„Ja, ich habe Isaacs Grab gesehen." Sie hatte keine Ahnung, warum sie gerade das erzählte. Es war das Erste, das ihr in den Sinn gekommen war. Dann nahmen sie ihre Gedanken mit zu dem Punkt, wo Clementine aufgetaucht war, und Hayley verzog unwillkürlich das Gesicht.

Nate entging das nicht. Er stellte seine Tasse ab und Hayley sah, wie er die Augen ein wenig verengte. „Was war denn los?"

Hayley unterbrach den Blickkontakt, starrte stattdessen auf die wässrig grüne Flüssigkeit in ihrer Tasse. Sie wollte nicht an die unschöne Begegnung mit ihrer Tante denken, konnte es aber nicht vermeiden.

„Mrs Rose hat mir erklärt, dass ich nicht hierher gehöre und es besser wäre, wenn ich wieder abreise. Das ist die Kurzfassung", stieß sie hervor und beschäftigte ihren Mund dann mit einem großen Schluck Tee, sodass sie erst gar nicht die Gelegenheit hatte, auch noch irgendwelche Details des Gesprächs auszuplaudern.

Nate schwieg eine ganze Weile. „Warum bist du hergekommen, Hayley?", stellte er dann dieselbe Frage, die sie schon ihrer Tante beantwortet hatte. Obwohl Jonathan Stimme sanft und ehrlich interessiert klang, weiteten sich ihre Augen. Sie konnte nicht verbergen, was diese Frage in ihr auslöste, und Nate beeilt sich zu sagen: „Du musst mir nicht antworten. Ich will nur, dass du dir überlegst, ob du getan hast, wofür du nach Rose Castle gekommen bist." Das überraschte Hayley, viel mehr sogar als die Frage zuvor. Sie räusperte sich, um den Kloß in ihrem Hals zu vertreiben, suchte aber Nates Blick. Er sah sie ernst an. Das Thema war persönlich und überaus unangenehm. Dennoch fühlte sie sich wohl in seiner Gegenwart. Obwohl sie ihn erst vor wenigen Stunden kennengelernt hatte, war es, als würde sie ihn schon viel länger kennen. Er drängte sie nicht, wartete einfach geduldig und strahlte dabei eine Ruhe aus, die ihr Kraft und Vertrauen schenkte.

„Ich wollte meinen Vater kennenlernen", gestand sie schließlich. „Und mehr über die Vergangenheit meiner Mutter erfahren. Herausfinden, warum sie ihn verlassen hat."

Nate nickte. Ob er damit sein Verständnis ausdrücken oder ihr signalisieren wollte, dass er zuhören würde, konnte Hayley nicht sagen, doch seine bloße Anwesenheit tat gut und verleitet sie dazu, weiterzusprechen. „Und nein, ich habe noch nicht getan, wofür ich hergekommen bin."

„Dann solltest du bleiben", erwiderte er ohne Umschweife. Für ihn schien die Sache klar zu sein. Hayley war sich da allerdings nicht so sicher.

Ein Klopfen an der Tür unterbrach ihre Unterhaltung. Nate sah noch einmal zu Hayley, dann sagte er: „Komm nur rein."

Die Tür öffnete sich und Jules kam bepackt mit einem Kleidersack ins Zimmer. Sie sah von Hayley zu Jonathan und ein Schmunzeln trat auf ihr Gesicht. „Die Joggingkluft steht dir, aber ich bin mir fast sicher, du würdest lieber in deinen eigenen Sachen ins Haus zurückkehren."

Hayley blickte an sich herab und dann sehnsüchtig auf den Kleidersack in Jules' Händen.

„Unbedingt", bestätigte sie, sprang auf und nahm die frischen Sachen entgegen. „Danke. Euch beiden. Für alles."

Amelia

5. Mai 1938

Das Frühstück hatte sie hinter sich gebracht. Schweigend wie immer. Amelia hatte es aufgegeben, ihren Gatten in ein Gespräch verwickeln zu wollen. Sein Desinteresse war offenkundig, gleichwohl sie so lange es ihr möglich gewesen war versucht hatte, ihn für sich zu gewinnen. Oft genug hatte Lucas sie mit diesem Blick angesehen, der von nichts außer Leere zeugte. Einer Leere, in die sie sich hatte ziehen lassen und die sie beinahe verschluckt hätte.

Aber sie würde das nicht länger zulassen. Es gab Dinge, die sie nicht ändern konnte. Sie mochte in dieser Ehe gefangen sein, in diesem Haus, wie in einem goldenen Käfig. Doch ihre Gedanken und ihr gebrochenes Herz gehörten nur ihr alleine. Nicht Lucas. Nicht ihrem Titel. Nicht Rose Castle und schon gar nicht seiner Leere.

Celia erwartete sie bereits im Damenzimmer. Das Bett war frisch überzogen und der kühlen Luft im Raum nach zu urteilen hatte sie eben erst die Fenster geschlossen.

Auf dem Tisch stand eine Vase mit einem großen Strauß bunter Rosen darin. Amelia überraschte der Anblick.

„Wo sind die denn her?“, fragte sie und schritt zum Tisch. Sie nahm eine der Rosen aus der Vase und führte sie sich an die Nase. Ihr Duft war schwach und doch so schmeichelnd, dass Amelia für einen Moment die Augen schloss.

„Der Gärtner hat sie mir gegeben.“

„Aber die Rosen im Garten blühen doch noch gar nicht.“ Amelia steckte die Rose zurück in den Strauß und trat ans Fenster. Sie richtete ihren Blick in den Garten, wie um sich vom Gegenteil überzeugen zu lassen.

„Ich nehme an, er hat sie im Gewächshaus vorgezogen“, erwiderte Celia und stellte sich neben sie.

Amelia überblickte das grüne Meer aus Beeten, Büschen und Pflanzen draußen vor dem Fenster und fasste einen Entschluss. „Ich will einen Spaziergang machen.“

Sie konnte Celias Blick auf sich spüren und bemerkte gleichzeitig, wie sich ihre eigenen Mundwinkel wie von selbst hoben. „Jetzt tu nicht so überrascht. Es ist nichts Außergewöhnliches, sich die Beine vertreten zu wollen. Ich kann schließlich nicht für immer und ewig im Haus sitzen.“ Natürlich wusste Amelia, dass ihr Wunsch nach diesem Spaziergang, so simpel und unspektakulär er auch sein mochte, Celia überrumpelt hatte. Viele Wochen lang lebte sie nun schon in Rose Castle und hatte noch keinen Fuß in die Gärten gesetzt. Sie hatte sich einzig und alleine ihrem Selbstmitleid hingegeben. Den unerfüllten Träumen nachgetrauert. Sich verkrochen wie ein kleines, verängstigtes Mädchen.

„Sehr wohl, Lady Rose", antworte Celia mit einem umwerfenden Lächeln und eilte ins Ankleidezimmer.

Die Gerüche des Gartens mischten sich unter den sanften Wind, der Amelia dünne Haarsträhnen aus dem lockeren Zopf zog. Am dominantesten war der Duft des Mooses und der Erde. Erst jetzt, da sie einen tiefen Atemzug nahm, merkte Amelia, wie sehr sie ihn vermisst hatte. Früher war sie gern mit ihren Schwestern im Wald spazieren gegangen. Eine Erinnerung, die zu weit weg schien, um sie greifen zu können, und die sie doch weiter vorantrieb. Amelia achtete nicht auf den mit Kies bestreuten Weg, sondern ging gedankenverloren einfach der Nase nach. Tief sank einer ihrer Schuhe in den erdigen Rand eines Beetes ein und brachte sie ins Straucheln. Nach dem nächtlichen Regen war der Boden aufgeweicht und dementsprechend rutschig. Sie zog ihren Fuß begleitet von einem schmatzenden Geräusch aus dem Morast und stolperte einen Schritt rückwärts.

„Ist alles in Ordnung?", erklang da eine Stimme aus einiger Entfernung hinter Amelia und ließ sie herumfahren. Am Ende des nächstgelegenen Wegs stand ein Mann, der einen großen Jutesack geschultert hatte. Sein Gesicht konnte sie kaum erkennen, trotzdem wusste sie sofort, wer er war. Helles Haar, breite Schultern und die dunkle Kleidung der Hausangestellten. Oft hatte sie ihn bei seiner Arbeit beobachtet und trotzdem nie kennengelernt. Warum auch? Es gehörte sich nicht für eine Lady, mit den Bediensteten zu tratschen. Einzig mit Celia sprach sie im Vertrauen, und auch das nur hinter verschlossener Tür. Doch schaden würde es sicher nicht, ihm zu antworten, und außerdem war sie in den Garten gekommen, um die Rosenstöcke zu sehen, von denen der Strauß in ihrem Zimmer stammte.

Also raffte sie ihren Rock, dessen Saum bereits mit feuchter Erde und Blättern gesprenkelt war, streifte sich so gut es ging den Schlamm von ihrem Schuh und marschierte auf den Gärtner zu.

„Ich hätte wohl besser aufpassen sollen, wo ich hintrete", erwiderte sie beim Näherkommen. Der Mann war größer, als sie es von ihrem Aussichtspunkt im Damenzimmer aus vermutet hatte. Er hatte einen kantigen Kiefer, der von einem kurzen Bart bedeckt war, und trotz der frischen Brise waren die obersten Knöpfe seines Hemdes offen und ließen den Rand des weißen Unterhemdes hervorblitzen.

„Lady Rose", sagte er und neigte höflich den Kopf, bevor der Blick seiner haselnussbraunen Augen sich wieder auf sie legte. Er sah jung aus und doch hatte er etwas an sich, das ihm den Anschein verlieh, als habe er schon viel erlebt.

„Und du bist?" Vermutlich hätte es Amelia unangenehm sein sollen, mit schmutzigem Rocksaum vor ihm zu stehen, nachdem er eben ihr Missgeschick beobachtet hatte. Aber das war es nicht. Er sah sie mit einer Freundlichkeit an, die jedes Unbehagen im Keim erstickte.

„Isaac, Isaac Powell, Mylady", antwortete er, bevor er einen Moment innehielt und zu überlegen schien. „Ihr wart noch nicht in den Gärten, seit Ihr in Rose Castle angekommen seid, richtig? Wenn Ihr wünscht, führe ich Euch ein wenig herum." Die erste Frage, die

Amelia daraufhin in den Sinn kam, war: Warum wusste Isaac, dass sie seit ihrer Hochzeit noch keinen Fuß aus dem Haus gesetzt hatte? Hatte er sie beobachtet? Nein, das konnte nicht sein. Bis auf das eine Mal gestern, als er sie womöglich am Fenster hatte sitzen sehen, war sie nie in seiner Nähe gewesen. Aber den Garten behielt er dafür bestimmt umso genauer im Auge! Also wusste er mit ziemlicher Sicherheit auch, wer ihn betrat.

„Woher stammen die blühenden Rosenzweige, die Celia mir ins Zimmer gestellt hat?", stellte sie stattdessen eine andere Frage, deren Antwort sie ebenso brennend interessierte.

„Hat sie das?" Isaacs Mund formte ein Lächeln, derart warm und strahlend, dass Amelia es unwillkürlich erwiderte.

„Hast du sie ihr denn nicht für mich gegeben?", wollte sie wissen und biss sich sogleich auf die Zunge, weil ihr die Frage unüberlegt herausgerutscht war. Isaacs Lächeln verblasste ein wenig, aber der freudige Glanz in seine Augen blieb.

„Ich würde mir nie anmaßen, der Lady des Hauses Blumen zu schenken. Aber sie haben auch ohne mein Zutun an den Ort gefunden, wo ich sie haben wollte." Er war forsch, ohne dabei aufdringlich zu sein. Ohne dass Amelia sich in irgendeiner Weise peinlich berührt fühlen musste. Es gefiel ihr. Der Garten, die frische Luft und das Gespräch mit Isaac, das so leicht war wie atmen.

„Natürlich nicht. Immerhin ist alles hier im Besitz meines Mannes. Trotzdem hast du mir damit eine

kleine Freude bereitet“, gestand sie und hoffte insgeheim, es würde ihm ein weiteres Lächeln entlocken. A-
melia wurde nicht enttäuscht.

„Die Rosen habe ich im Gewächshaus vorgezogen. Eigentlich waren sie für den Garten bestimmt.“

„Zeig sie mir, bitte. Und auf dem Weg dorthin werde
ich mir den Garten ansehen.“

Hayley

29. Mai 2018

Nate hatte recht. Hayley war mit einem Ziel nach Rose Castle gekommen. Einem Ziel, das sie noch nicht erreicht hatte. Und bevor sie weder ihrem Vater noch der Vergangenheit ihrer Mutter wenigstens einen Schritt nähergekommen war, würde sie keinen Rückzieher machen.

Manchmal legte einem das Leben Steine in den Weg, dann hieß es Anlauf nehmen und darüber hinwegspringen. Genau das hatte Hayley nun vor.

Es war Punkt sechs Uhr dreißig, als sie den kleinen Speisesaal betrat, den die Familie für die privaten Mahlzeiten nutzte. Die Sonne blinzelte zaghaft durch die Fenster und obwohl sie die Erste war, die zum Frühstück erschien, war der Tisch bereits vorbereitet. Drei Gedecke lagen auf dem perlweißen Tischtuch bereit. Drei. Also würde sie gleich nicht nur ihre Tante und ihren Cousin, sondern auch ihren Vater hier antreffen.

Hayley ging um den Tisch herum, sodass sie die Tür im Auge behalten konnte, trat an einen der freien Stühle heran und zog ihn nach hinten. Sofort rief das scharrende Geräusch eine der Bediensteten auf den Plan. Sie eilte durch die Tür des Nebenzimmers herein, offensichtlich überrascht, dass die Herrschaften schon zum Essen erschienen.

„Miss Oakwood", stieß sie hervor, als sie Hayley erblickte. „Wir haben nicht mit Ihnen gerechnet."

Hayley schluckte den Unmut darüber, nun doch wieder gesiezt zu werden, hinunter.

„Das ist kein Problem. Ich habe heute Morgen recht kurzfristig beschlossen, gemeinsam mit meiner Familie zu frühstücken, und bin auch nur so früh gekommen, damit ich sie ja nicht wieder verpasse."

„Sehr wohl." Kaum hatte Hayley Platz genommen, standen auch schon ein Teller samt Besteck und eine Tasse vor ihr auf dem Tisch.

„Tee oder Kaffee, Miss?"

„Kaffee, bitte. Aber es eilt nicht. Ich kann auch warten, bis die anderen kommen", beeilte sich Hayley zu sagen. Sie hatte nicht gewollt, dass ihretwegen schon am frühen Morgen Stress unter den Angestellten ausbrach.

„Kein Problem, Miss", bekam sie zur Antwort, bevor die Bedienstete durch die Seitentür verschwand.

Jetzt hieß es warten. Hayley richtete ihren Blick zum Fenster, vor dem sie die Wipfel einiger Bäume und weiter entfernte Hügelkuppen erkennen konnte. Ob Nate schon auf den Beinen war? Bestimmt nutzte er nach dem Regen des gestrigen Tages heute das schöne Wetter.

Das Geräusch von Schritten und gedämpften Stimmen unterbrach ihre Überlegungen und brachte ihre Kopfhaut zum Kribbeln. Die Schritte wurden lauter und bald meinte Hayley, die Stimme als die ihres Cousins zu erkennen.

Die Tür schwang auf und Mrs Rose erschien, gefolgt von ihrem Sohn. Der entgeisterte Blick ihrer Tante hätte Hayley amüsieren können, aber ihr war nicht nach Lachen zumute. Sie wusste, wie ernst, wie wichtig dieser Moment war. Nur Sekunden später verschwand die Überraschung aus Clementines Zügen, wurde von der üblichen Maske aus Strenge ersetzt. Lediglich an ihren schmalen Lippen erkannte Hayley die Missbilligung, die ihre Anwesenheit und die damit verbundene Aussage verursachten. Hayley richtete sich ein Stück auf und hielt dem eisigen Blick ihrer Tante stand. Es war alles andere als schön, dass ihre eigene Verwandte die Ansicht vertrat, es wäre für alle besser, wenn sie aus ihrem Leben verschwand. Irgendetwas tief in ihrem Inneren wollte, dass Hayley etwas tat oder sagte, das Mrs Rose einen Grund gab, sie zu mögen. Aber sie würde ihr Glück und ihre Ziele nicht davon abhängig machen, ob Clementine sie hier guthieß oder nicht.

Percy hatte die Eigenschaft seiner Mutter, in jeder Situation Haltung zu bewahren, offenbar nicht geerbt. Ihm klappte der Mund auf und entblößte zwei perfekte weiße Zahnreihen. Er beschleunigte seine Schritte, packte seine Mutter von hinten an der Schulter und wisperte ihr etwas ins Ohr. Seiner Aufregung wegen vermutlich lauter, als er es vorgehabt hatte. „Ich dachte, sie würde abreisen und du hättest ...“ Mrs Rose befreite sich mit einem einzigen harten Ruck ihrer Schulter aus Percys Griff und zischte ihm etwas zu, das ihn augenblicklich verstummen ließ. Ohne seiner Verwirrung Beachtung zu schenken, nahm sie Platz, die Stoffserviette vom Tisch und legte sie über ihren Schoß. Sofort eilten zwei Bedienstete heran. Eine schenkte Mrs Rose ihren Tee ein, die andere zog für Percy den Stuhl neben Hayley hervor. Er setzte sich, ohne Hayley aus den Augen zu lassen.

„Du willst also ein letztes Mal mit uns frühstücken, bevor du Rose Castle verlässt. Das ist sehr höflich von dir, auch wenn es nicht nötig gewesen wäre", sagte Mrs Rose mit einer Beiläufigkeit, die Hayley ihr keine Sekunde abnahm.

Sie nippte an ihrem heißen Kaffee, um etwas Zeit zu gewinnen und ihre nächsten Worte mit Bedacht zu wählen. „Ich habe über unser gestriges Gespräch nachgedacht. Mir deine Meinung zu mir und meiner Anwesenheit in Rose Castle gut durch den Kopf gehen lassen. Ich bin nicht wie ihr. Ich verstehe nichts von dem Leben als Angehörige dieser Familie. Noch nicht." Clementines Kopf schnellte hoch und ihre zusammengekniffenen Augen fixierten sie. Sie öffnete den Mund, kam aber nicht dazu, etwas zu erwidern.

„Das ist auch nicht verwunderlich." Sir Rose hatte den Speisesaal betreten und nahm seinen Platz an der Stirnseite des Tisches ein. Auch er griff nach der Serviette und legte sie sich über die Oberschenkel. Er sah Hayley einen Augenblick lang an, nicht unfreundlich, dennoch reserviert. „Du kommst aus einer anderen Welt, wenn ich das so sagen darf. Die hiesigen Gepflogenheiten können dir nur fremd sein. Es wird dauern, bis du dich eingelebt hast."

Das war ein kleiner Sieg. Ihr Vater hatte scheinbar keine Ahnung, dass seine Schwester Hayley die Abreise ans Herz gelegt hatte. Sie konnte regelrecht zusehen, wie Clementine der Wind aus den Segeln genommen wurde. Ihre ohnehin schon schmalgezogenen Lippen wurden weiß wie das gestärkte Tischtuch und sie stellte ihre Tasse geräuschvoll ab. „Nun", begann sie, „dann werde ich wohl mein Bestes tun, um diesen Prozess in Gang zu bringen. Wir werden dich standesgemäß einkleiden und du wirst in Etikette und allen wichtigen Dingen unterrichtet werden, damit du bald ein vollwertiger Teil dieser Familie sein kannst. So wie du es dir wünschst." In Hayleys Ohren klag es nach einer Drohung. Sir Rose aber legte seine Hand auf Clementines und lächelte sie an. Er lächelte voll Dankbarkeit.

„Das ist …", hörte sich Hayley sagen und ärgerte sich über sich selbst, weil sie nicht wusste, wie sie den Satz beenden sollte. „Schön", setzte sie rasch nach. „Aber ich dachte eigentlich daran, mir einen Job in der Stadt zu suchen. Mir ist nicht wohl dabei, euch auf der Tasche zu liegen. Ich dachte, ich …"

„Mach dich nicht lächerlich!", fuhr Clementine ihr in scharfem Ton dazwischen und begann dann zu lachen. Auch Percy stimmte mit ein. Er klang wie ein erstickender Esel.

„Es ist nicht notwendig, dass du arbeitest. An Geld mangelt es uns nicht. Wir sind also in keiner Weise darauf angewiesen, dass du für irgendetwas bezahlst", sagte ihr Vater über das abklingende Lachen am Tisch hinweg.

„Sie hat wirklich noch einiges zu lernen", ergänzte Clementine und warf Hayley einen Blick zu, der eindeutig nichts Gutes verhieß.

Hayley

4. Juni 2018

„Sienna, wenn du mich jetzt sehen könntest", sagte Hayley, das Telefon am Ohr und den Blick auf ihr Spiegelbild im Ankleidezimmer gerichtet.

„So schlimm?" Die Verbindung war nicht die beste, trotzdem hörte Hayley heraus, dass ihre Freundin hin und her gerissen war zwischen loyalem Mitleid und Belustigung.

„So … anders", erwiderte sie nach kurzem Zögern. Das Kleid, das sie trug, hatte die Schneiderin als Tagesgarderobe tituliert. Hayley hatte es von der Seite des Schrankraumes genommen, wo Jules zufolge besagte Tagesgarderobe untergebracht war. Die Kleiderstangen, Ablagefächer und Schubladen quollen regelrecht über vor Kleidungsstücken, und nicht zum ersten Mal fragte sich Hayley, wann eine einzelne Person all diese Sachen tragen sollte.

„Hayley? Bist du noch da? Du weißt, dass ich jetzt einen haarkleinen Bericht von dir erwarte. Und Fotos", forderte Sienna mit Nachdruck, was Hayley zum Lachen brachte.

„Die ganze letzte Woche habe ich auf einem Schneiderpodest verbracht. Mir wurden ungefähr hundertfünfzigtausend Stoffe unter die Nase gehalten und mindestens genauso viele Nadeln ins Gewand gesteckt. Ich weiß jetzt die millimetergenauen Maße all meiner Körperteile, und die Hüte im Fach gleich neben mir machen mir eine Heidenangst", berichtete sie im Grabeston und vermied es, das betreffende Regal genauer anzusehen. Nun war es Sienna, die lachte. Laut, ausgiebig und aus voller Kehle.

„Na, schönen Dank auch", maulte Hayley halb im Spaß, strich mit der freien Hand über den weichen Stoff ihres Kleides und rückte dann die Träger ihres BHs zurecht, damit sie nicht mehr zu sehen waren. Während die Lachsalve ihrer Freundin allmählich abebbte, suchte Hayley den passenden Blazer zum Kleid aus. Es wäre zwar maßlos übertrieben gewesen, zu behaupten, dass sie einen Überblick über ihre Garderobe gehabt hätte, aber sie meinte sich zu erinnern, dass die Schneiderin aus demselben mintgrünen Stoff ihres Kleides auch ein passendes Oberteil hergestellt hatte.

„Da bist du ja", rief sie triumphierend und klopfte sich im Geiste selbst dafür auf die Schulter, dass sie den gesuchten Blazer in der Flut aus Kleidungsstücken tatsächlich gefunden hatte.

„Wer? Wo? Was?", wollte Sienna wissen, während Hayley den Blazer vom Kleiderhaken nahm.

„Warte mal kurz." Sie legte das Telefon auf den niedrigen, samtüberzogenen Hocker neben dem Spiegel und steckte ihre Arme in den Blazer. Zum Glück war er nicht so eng und steif wie das Kleid.

Hayley konnte Siennas Stimme hören, viel zu leise, als dass sie verstehen konnte, was sie sagte.

„Einen Moment noch", sagte sie laut in Richtung des beiseitegelegten Handys, schnappte sich ihren Rucksack und montierte einen der zahlreichen Buttons, mit denen die Vorderseite gespickt war, ab. Nachdem sie den auserwählten, einen dunkelgrünen mit der Aufschrift *Never give up*, am Revers ihres Blazers angebracht hatte, nahm sie das Telefon wieder in die Hand und schoss ein Foto von ihrem Spiegelbild, das sie Sienna schickte.

„So, bin wieder da. Aber ich muss jetzt Schluss machen. Das Frühstück mit der Familie wartet auf mich und anschließend habe ich Unterricht in Etikette."

„Das klingt ganz so, als würde dich deine Tante vergraulen wollen", mutmaßte Sienna. Hayley seufzte lautlos. Wahrscheinlich schoss ihre Freundin mit dieser Annahme den Vogel ab. Clementine war zwar von offenkundiger Abneigung zu einer höflichen und überaus geschäftigen Distanziertheit übergegangen, aber Hayley spürte nur allzu deutlich, dass ihre Tante ihr noch immer nicht freundlich gesinnt war.

„Ich schätze, sie tut alles, um mir zu beweisen, dass sie recht hat und ich nicht hierhergehöre."

„Und du wirst ihr beweisen, dass sie falsch liegt, nicht wahr?"

„Ich werde es zumindest versuchen", versprach sie mit einem Lächeln und verabschiedete sich von Sienna.

Beim Verlassen des Ankleidezimmers kam sie an den Abendroben vorbei und fuhr mit ihren Fingerspitzen über die edlen Stoffe. *Die sind für gesellschaftliche Anlässe gedacht. Eine dieser Feierlichkeiten steht uns in wenigen Wochen bevor. Bis dahin haben wir noch jede Menge Arbeit vor uns.* Hayley erinnerte sich genau an die Worte ihrer Tante. Viel Arbeit, ja, und darüber hinaus durfte sie ihr Ziel nicht aus den Augen verlieren. Denn obwohl die Tage nun mit allerlei Terminen gefüllt waren, brodelten die offenen Fragen noch immer in Hayley wie der Zaubertrank in einem Hexenkessel.

„Nicht dieses Messer, das ist für den Käse. So schwer ist das doch nicht!", rügte sie die Gouvernante zum wiederholten Male. Miss Wellington, eine untersetzte Frau mit schütterem Haar und in jeglicher Hinsicht zugeknöpft, war von Mrs Rose extra für Hayleys Unterricht engagiert worden. Jahre zuvor hatte sie wohl schon Percy die Etikette gelehrt. Einzig und alleine die Vorstellung einer jüngeren Version ihres Cousins, der dieselbe Tortur über sich hatte ergehen lassen müssen, hielt Hayley bei Laune. Allerdings änderte sich das schlagartig, als Percy ebenfalls zum wiederholten Male in höhnisches Gelächter ausbrach.

„Ich bin mir sicher, dieses Messer eignet sich auch besonders gut, um damit schadenfrohe Zuschauer zu traktieren", murmelte Hayley, nahm das Fleischmesser in die Hand und sah es sich in Seelenruhe von allen Seiten an, als würde sie dieses Vorgehen ernsthaft in Erwägung ziehen.

„Wie bitte?", fragte Miss Wellington in spitzem Ton. Sie war fürchterlich schwerhörig, weshalb sie Hayley nicht verstanden hatten. Percy jedoch schon. Sein Grinsen verpuffte augenblicklich und nur Sekunden später wandte er sich mit verärgerter Miene ab und verließ den Speisesaal. Mit ziemlicher Sicherheit würde er sofort zu seiner Mutter laufen und ihr von Hayleys ungehobeltem Benehmen berichten, doch das war ihr in diesem Moment herzlich egal.

„Dieses Messer war für den Hauptgang, richtig?"

„Ganz recht, Mädchen", pflichtete ihr die Gouvernante bei und ließ sie alle Besteckteile samt ihrer korrekten Verwendung noch einmal aufzählen.

Amelia

20. Juni 1938

Wenn Amelia den Garten betrat, war ihr, als würde sie alles hinter sich lassen. Ihre Pflichten, den Gram und die unerfüllten Wünsche. Sie konnte sich völlig frei von allem machen, was sie innerhalb der Mauern von Rose Castle belastete. Als wäre sie ein anderer Mensch, eine fröhliche unbeschwerte Ausgabe ihrer selbst, sobald sie ihren Fuß über die Schwelle setzte.

Gelegentlich plauderte sie mit Isaac, was ihr stets eine besondere Leichtigkeit verlieh, aber die meiste Zeit streifte sie einfach durch die Gärten oder beobachtete ihn aus der Ferne bei seiner Arbeit.

Mittlerweile blühten auch die ersten Rosen in den Beeten. Ihr feiner Duft zauberte Amelia ein Lächeln aufs Gesicht, wann immer er ihr in die Nase stieg.

Mit ihrem Buch unter dem Arm spazierte sie zu einem ihrer Lieblingsplätze, dem sechseckigen, weiß getünchten Pavillon, der im südlichen Ausläufer der Anlage in einem Reigen aus kugelrunden Buchsbäumchen und Fliedersträuchern stand. Ähnlich einem kleinen Irrgarten führte der Weg zwischen den Büschen hindurch, bis man auf den Pavillon traf. Hier konnte Amelia den Garten zwar nicht gut überblicken, umgekehrt war aber auch sie nicht sofort zu sehen. Ein Versteck unter freiem Himmel, das ihr das Gefühl von Freiheit und Geborgenheit gleichermaßen vermittelte.

Sie setzte sich, schlug die Beine übereinander und das mitgebrachte Buch auf. Während sie las, verflog die Zeit unbemerkt und auch die Gedanken an ihre Pflichten als die Lady von Rose Castle rückten in den Hintergrund.

„Lady Rose? Amelia, wo seid Ihr?“ Celias besorgte Stimme riss Amelia aus der Welt von Endymion. Rasch klappte sie das Buch zu, ohne auf die Seitenzahl zu achten, und stand auf. „Hier, im Pavillon!“, rief sie zurück und nur Augenblicke später sah sie ihr Zimmermädchen zwischen den Fliederbüschen hervortreten. Sie sah gehetzt und blass aus, was Amelia sofort alarmierte.

„Ihr habt das Mittagessen verpasst. Der Baronet hat mich geschickt, um Euch zu suchen. Er ist sehr erbost.“ Oh nein! Sie hatte sich dem Wohlgefühl des Gartens und der Geschichte hingegeben und darüber hinaus völlig die Zeit vergessen. Sofort eilte sie Celia entgegen. Ihr war flau im Magen, aber sie wusste, dass sie ihren Mann nicht länger warten lassen durfte.

„Das Buch! Wenn ihr damit ins Haus zurückkehrt, wird der Baronet nur noch wütender sein. Gebt es mir. Schnell“, drängte Celia, bückte sich, hob den Rock ihres Kleides hoch und riss ein Stück Stoff aus ihrem Unterrock. Sie hatte vollkommen recht. Lucas hatte ihr ausdrücklich verboten, Bücher aus der Bibliothek mitzunehmen. Zwar hatte er das vor allem in Bezug auf das Damenzimmer ausgesprochen, aber bestimmt galt es für den Garten umso mehr. Amelia presste die Lippen aufeinander und übergab Celia das Buch. Diese wickelte es vorsichtig in das Stoffstück ein und lief die drei Stufen zum Pavillon hinauf. Sofort begann sie, die Dielen der umlaufenden Sitzbank abzuklopfen und griff wenig später unter eines der Bretter am vorderen Rand, nur ein Stück weit von der Stelle entfernt, an der Amelia zuvor gesessen hatte. Celia hob das Brett an und steckte das eingewickelte Buch in den Hohlraum unter der Bank.

„Ich hole es später und bringe es zurück in die Bibliothek", versprach sie, nahm Amelia an der Hand und zog sie hinter sich her in Richtung Haus.

Wie Amelia feststellen musste, hatte Celia gut daran getan, das Buch zu verstecken, denn Lucas erwartete sie bereits im Eingangsbereich. Seine Schultern, die er oft genug hängen ließ, waren heute straff nach hinten gezogen und die Hände an seinen Seiten zu Fäusten geballt. Er erblickte Amelia, musterte sie mit einer Ausdruckslosigkeit, als würde er durch sie hindurchsehen. Angst stieg ihr die Kehle hoch wie bittere Galle. Wenn er in dieser Laune war, steif und undurchsichtig, konnte sie kaum einschätzen, was er als nächstes tun würde. Manchmal wurde er laut, ein anderes Mal strafte er sie mit stechenden Blicken, die ihr eiskalte Schauer über den Rücken jagten.

Celia drückte kurz und unauffällig ihre Hand, bevor sie sie losließ, sich vor dem Baronet verbeugte und davoneilte. Ehe sie endgültig durch die Seitentüre verschwand, warf sie ihr einen letzten Blick über die Schulter zu. Amelia war, als würde sie ihr eigenes verschrecktes Gesicht in dem ihrer Dienerin und engsten Vertrauten sehen.

Das Herz schlug ihr bis zum Hals, als sie von ihr zu Sir Rose sah. Die beklemmende Wirkung, die das Haus auf sie hatte, auch ohne dass Lucas wütend auf sie war, verstärkte ihr Unbehagen.

„Wo warst du?", zischte er, jedes einzelne Wort betonend.

„Im Garten. Es tut mir leid, ich habe die Zeit vergessen", erwiderte sie rasch und senkte entschuldigend den Kopf.

„Sieh mich an, wenn ich mit dir spreche!", donnerte Lucas. Amelia tat sogleich, was er verlangte, und versank in der Leere seines Blicks. Er war wütend, keine Frage, und doch sah er aus, als wäre er nicht richtig anwesend. Als ob er von einem Dämon besessen wäre, der durch seinen Körper sprach.

Er ist krank. Etwas stimmt nicht mit ihm, dachte Amelia nicht zum ersten Mal. Aber noch nie zuvor war das Gefühl derart stark gewesen wie in diesem Moment.

„Du hast nicht viele Pflichten. Du sollst dich ansprechend kleiden, ...", begann er, wobei sein hohler Blick über ihr Kleid strich, als würde er nach Flecken oder Rissen suchen.

„Du sollst mit mir speisen." Dabei sah er auf die große, gläserne Pendeluhr an der Wand, die unumstößlich anzeigte, dass sie das Mittagessen verpasst hatte.

„Und du sollst mir einen Erben gebären!" Seine Stimme schwoll grollend an, weshalb Amelia zusammenzuckte. Mit wenigen Schritten war er bei ihr, packte sie grob am Handgelenk und zerrte daran. „Sieh mich an", schrie er, obwohl sie den Blick keine Sekunde von ihm abgewandt hatte. Sie sah, was mit ihm geschah. Erlebte jeden schrecklichen Augenblick, in dem er die Kontrolle über sich mehr und mehr verlor.

Er wird mir wehtun, dachte Amelia noch, dann traf sie seine Ohrfeige und löschte jegliche Gedanken aus ihrem Kopf.

Hayley

9. Juni 2018

Endlich war Wochenende. Nachdem Hayley die ganze Woche über von früh bis spät nichts als die quäkige Stimme von Miss Wellington in den Ohren gehabt hatte, wollte sie die freien Tage unbedingt nutzen. Es schien ein sonniger Tag zu werden und so zog es Hayley nach draußen. Zwar ließen die Frühsommertemperaturen Englands zu wünschen übrig, dafür war es wenigstens windstill und trocken. Keine einzige Wolke zog über den azurblauen Himmel, darum konnte sich Hayley die wärmenden Sonnenstrahlen ungehindert auf ihr Gesicht fallen lassen.

Sie hatte es sich eben auf einer steinernen Sitzbank gemütlich gemacht, da durchschnitt ein lautes Brummen die Stille des Gartens. Es schien aus der Richtung des Gewächshauses zu kommen und sofort hatte Hayley Nates Bild vor Augen. Allerdings nicht, weil sie davon ausging, dass er den Lärm verursachte – was sehr wahrscheinlich der Fall war –, sondern weil sie daran denken musste, wie er ihr vor wenigen Tagen helfend zur Seite gestanden hatte. Sie konnte sich nicht vorstellen, dass Miss Prudence ihr je im Leben mit einem rettenden Schirm entgegengelaufen wäre oder sie gar anschließend zum Aufwärmen in die eigenen vier Wände mitgenommen hätte. Aber Jonathan hatte genau das für sie getan, obwohl er sie weder gut kannte noch einen Grund dazu gehabt hatte - keinen außer purer Freundlichkeit.

Hayley stand von der Bank auf und folgte dem Geräusch, bis sie schließlich auf Nate stieß, der mit einem Ohrenschutz auf dem Kopf und einer motorisierten Heckenschere in den Händen eine Buchskugel zurechtstutzte. Sie ging in einem Bogen um ihn herum, damit sie ihn nicht womöglich noch mit dem schweren Gerät in den Händen erschreckte, und blieb ihm zugewandt stehen.

Er war absolut vertieft in sein Schaffen. Mit einer ungeheuren Präzision fuhr er über den Buchs, ohne auch nur einmal abzusetzen.

Als er nach einigen Minuten mit seinem Werk zufrieden zu sein schien, stellte er den Heckenschneider ab und sah zum ersten Mal auf. Sein Blick traf auf Hayleys und ihr war, als würde das strahlende Blau seiner Augen aufleuchten.

Er nahm den Gehörschutz ab, legte das Gerät beiseite und griff nach dem Rechen, der hinter ihm an der Schubkarre lehnte.

„Ich wollte mich noch einmal bei dir für deine Hilfe bedanken. Vielleicht kann ich mich revanchieren, indem ich dir ein wenig im Garten zur Hand gehe?"

Nate, der gerade den Rechen vor einem großen Haufen herabgefallenem Buchsbaumabschnitt angesetzt hatte, hielt in der Bewegung inne und sah erneut zu Hayley auf. „Gern geschehen. Und du brauchst dir deswegen nicht die Hände schmutzig zu machen. Ich werde schließlich von deinem Vater für diese Arbeit bezahlt." Er klang freundlich und doch hatte Hayley den Eindruck, dass ihm etwas an seinen eigenen Worten missfiel.

„Ich mache mir aber gern die Hände schmutzig. Ein wenig Bewegung an der frischen Luft ist genau das, was ich jetzt brauche. Darum würde ich dir wirklich sehr gerne helfen. Außer du willst es nicht." Zwei, drei Herzschläge vergingen, in denen Jonathan sie nur ansah. Ob er überlegte oder in ihrem Blick nach etwas suchte, konnte sie nicht sagen. Aber dieser Moment hatte eine Intensität, die Hayleys Kopfhaut zum Kribbeln brachte.

„Hast du denn schon einmal Gartenarbeit verrichtet?", fragt er und Hayley stellte voller Freude fest, dass er sie nicht abwies.

„Meine Mutter war diejenige mit dem grünen Daumen. Allerdings hatten wir nie einen eigenen Garten. Aber ich bin geschickt und lerne schnell, also bin ich die perfekte Hilfsarbeiterin", erwiderte sie voller Enthusiasmus und merkte in diesem Augenblick, wie wichtig es ihr war, nach der Woche mit Miss Wellington endlich etwas Sinnvolles, fernab von Besteckregeln und Tischmanieren, tun zu können.

Ein schiefes Lächeln erschien auf Nates Gesicht und er streckte ihr den Rechenstiel entgegen.

Nach einer guten halben Stunde hatte Hayley die Wiese von den Buchsbaumresten befreit und Jonathan lenkte die Schubkarre hinter das Gewächshaus, wo er den Grünschnitt ablud.

„Was steht als nächstes auf dem Plan?" Zum ersten Mal seit sie in Rose Castle angekommen war, jagten keine hundert Gedanken durch Hayleys Kopf und sie war nicht bereit, diese kleine Atempause schon aufzugeben.

Nate führte sie zu einem der großen Rosenbeete, wo die ersten Blütenköpfe schon dabei waren, sich zu öffnen. Während er ihr zeigte, wie sie die Rosenstöcke richtig zu beschneiden hatte, stellte er ihr Fragen zu ihrem Leben in Long Island. Es war unerwartet leicht, mit Nate über ihre Mutter, Sienna, den Salon und alles andere, das ihr bisheriges Leben ausgemacht hatte, zu sprechen. Hayley hätte damit gerechnet, dass es sie schmerzen würde, über all das zu sprechen, insbesondere über ihre Mutter. Aber auch wenn sie natürlich traurig war, erfüllte es sie an diesem Tag auch mit Wärme und einer sehnsüchtigen Freude, Nate Geschichten aus ihrer gemeinsamen Zeit zu erzählen. So verging der Vormittag wie im Flug und erst als Olivia ihnen einen Korb mit Essen hinausbrachte, legten sie die erste richtige Pause ein.

„Willst du drinnen mit deiner Tante und deinem Cousin zu Mittag essen, Liebes?", fragte Olivia und sah mit einem Lächeln zwischen Hayley und Nate hin und her.

Sie wollte weder ins Haus noch zu ihrer Tante zurückkehren. Lieber würde sie ganz auf das Mittagessen verzichten, auch wenn ihr Magen schon leise grummelte.

„Schon gut. Ich bleibe noch etwas im Garten und nutze das schöne Wetter aus."

Olivia zwinkerte ihr zu und lüftete das Küchentuch, das den Inhalt des Korbs bedeckte. „Das dachte ich mir schon und habe darum zur Sicherheit etwas mehr gerichtet."

Hayley

12. Juni 2018

Hayley hatte es sich in ihrer absolut undamenhaftesten Wohlfühlkluft, bestehend aus ihrer Lieblingsjogginghose und einem ausgewaschenen Shirt der Long Island Ducks – ihrem Lieblings-Baseballteam -, auf dem Bett gemütlich gemacht. Eigentlich hatte sie den Abend nach den Anstrengungen des Tages bei einem guten Buch in der Bibliothek ausklingen lassen wollen. Miss Wellington war heute von Tischmanieren zu Haltung und Konversation übergegangen, was nur wenig amüsant war. Als Hayley ihre alten Anziehsachen aus den Untiefen des Ankleideraums ausgegraben hatte, war ihr dabei auch die Schatulle ihrer Mutter in die Hände gefallen.

Nun saß sie umringt von den Andenken auf dem Bett und fühlte sich wie in der Zeit zurückversetzt. Erst vor wenigen Wochen hatte sie eine ähnliche Szene erlebt. Ebenfalls auf einem Bett, in dem ihre Mutter früher einmal geschlafen hatte. Gleichsam in einem Zimmer, einem Haus, das sie bewohnt hatte. Und doch war alles an Rose Castle anders, als es zuhause gewesen war.

Nur die Fragen waren im Grunde dieselben geblieben.

Hayley griff nach der herausgetrennten Buchseite. Irgendetwas musste es damit auf sich haben. Bestimmt gab es einen Grund, warum ihre Mutter gerade diese Seite mit zu den anderen Gegenständen in die Box gelegt hatte. Womöglich würden wenigstens einige ihrer Fragen beantwortet werden, wenn sie das Buch fand, aus dem das Blatt herausgerissen worden war.

Getrieben von Entschlossenheit faltete sie es zweimal und schob es in die Tasche ihrer Jogginghose, bevor sie aus den weichen Laken stieg und zur Tür des Damenzimmers ging.

Es war spät, die Lichter der Wandlampen im Korridor gedämpft. Nur die mittlerweile nahezu vertrauten Geräusche des Hauses waren zu hören.

Obwohl Hayley ohnehin vorgehabt hatte, der wunderbaren Bibliothek endlich einen längst überfälligen Besuch abzustatten, hatte dieser nun nichts mehr mit Entspannung zu tun. Ein aufgeregtes Kribbeln machte sich in ihr breit und wurde durch den speziellen Geruch von Leder und Büchern nur noch verstärkt, als sie die schwere Tür hinter sich ins Schloss drückte.

Schon beim ersten Blick in den weitläufigen Raum – bei ihrem Rundgang durchs Haus -, hatte sie die schiere Anzahl der Bücher beeindruckt. Unter die Bewunderung mischte sich nun aber auch ein wenig Unsicherheit. Wie sollte sie nur in dieser Masse von Literatur genau das Buch, nachdem sie suchte, ausfindig machen?

Vermutlich gab es ein System, nach dem die Werke geordnet waren. Zumindest hoffte Hayley das inständig. Wenn dem nicht so war, würde es sicherlich ewig und drei Tage dauern, bis sie alle Titel durchgesehen hatte.

Sie ging zum ersten der deckenhohen Regale und überflog die Texte auf den Buchrücken. Nach dem Alphabet waren sie schon mal nicht geordnet.

Nacheinander nahm sie einige der Bücher aus dem Regal und sah sich die Erscheinungsjahre an. Auch das schien kein Kriterium für die Reihung zu sein. Dafür sprang ihr ein Detail an den Regalbrettern ins Auge. Am Anfang jeder Reihe war eine Zahl angebracht. Das musste bedeuten, dass die Bücher katalogisiert waren. Nur wo war die Übersicht versteckt?

Hayley wandte dem Bücherregal den Rücken zu und ließ ihren Blick durch den Raum wandern. Kein Computer und damit auch kein digitales Register mit Suchfunktion, in das man einfach einen Buchtitel hätte eingeben können. Eine solch moderne Errungenschaft hätte sie in Rose Castle allerdings auch nicht erwartet. Sie war ja schon froh, überhaupt Handyempfang zu haben.

Sie erblickte bei ihrer Umschau jedoch einen schmalen Sekretär in einer Nische zwischen zwei Regalen, auf den sie sogleich zusteuerte. Es handelte sich um einen wunderschönen Tisch mit geschwungenen, kunstvoll geschnitzten Beinen und einer Klappe, deren Griff eine Rose aus Elfenbein bildete. Hayley griff danach und zog. Nichts. Die Klappe ließ sich nicht öffnen.

„Wie könnte es auch anders sein", murmelte sie und fuhr sich durchs Haar. Sie schloss die Augen und überlegte, wo sie wohl den Schlüssel auftreiben könnte, der zu dem Schloss unter dem Knauf gehörte. Aus purem Mangel an Ideen ging Hayley auf die Knie, kroch auf allen vieren unter den Sekretär und untersuchte die Unterseite der Tischplatte. Womöglich war dort ein

Schließmechanismus angebracht, mit dem sie die Klappe auch ohne den passenden Schlüssel öffnen konnte. Aber auch das brachte keinen Erfolg.

Also kroch Hayley wieder unter dem Tisch hervor und ließ sich auf einen der großen Ohrensessel fallen. Den Blick aus dem Fenster gerichtet, wo sie kaum mehr als tiefblaue Umrisse erkennen konnte, saß sie da und gab sich einen Moment lang ihrer Frustration hin.

„Oh, du bist hier", erklang plötzlich die Stimme ihres Vaters. Er stand in der Tür, die Hand noch am Griff, und sah überaus überrascht darüber aus, Hayley hier anzutreffen.

„Ich wollte dich nicht stören", ergänzte er rasch und war schon im Begriff, sich wieder abzuwenden.

„Du störst nicht! Bitte bleib doch!", rief Hayley etwas zu laut und sprang auf. Er hielt einige Herzschläge lang inne, offenbar unschlüssig, was er tun sollte. Hayley rechnete schon damit, dass er sie abermals wortlos zurücklassen würde, aber stattdessen trat er nach einem weiteren Moment ein und schloss die Tür hinter sich. Sir Rose schritt an den Regalreihen entlang, den Blick auf die zahllosen Bücher gerichtet. Es war das erste Mal, dass sie mit ihm alleine war, und Hayley war plötzlich so aufgeregt, dass ihre Kopfhaut zu kribbeln begann.

Obwohl sie sich seit ihrer Ankunft danach gesehnt hatte, bei ihm zu sein, mit ihm zu sprechen, und ihr tausend Fragen auf der Zunge lagen, war sie unfähig, auch nur einen Ton von sich zu geben. Sie stand einfach nur da und beobachtete ihren Vater, wie er langsam den Raum durchquerte, bis er schließlich vor dem Panoramafenster stehenblieb.

„Deine Mutter wollte auch arbeiten, um ihren Teil beizutragen“, sagte Dean, ohne sich Hayley dabei zuzuwenden. Sie sah die blasse, leicht verzerrte Spiegelung seines Gesichts in der Fensterscheibe. Es genügte aber nicht, um den Ausdruck darin erkennen zu können.

„Und hat sie das?“, hörte sich Hayley fragen. Er schüttelte den Kopf.

„Die Lady von Rose Castle hat andere Aufgaben.“

Andere Aufgaben. Teure, maßgefertigte Kleider tragen und an der Hand des Baronets stehen? Hayley konnte sich ihre Mutter nicht in dieser Rolle vorstellen.

„War sie glücklich damit?“ Die Worte waren heraus, ehe Hayley sie hätte aufhalten können. Sofort versteifte sich ihr Vater und Hayley bereute die Frage. Er schwieg, was sie zunehmend unruhig werden ließ. Hätte sie doch besser den Mund gehalten. Mit dieser Frage hatte sie vermutlich die erste und vielleicht sogar einzige Chance vertan, ihrem Vater endlich näherzukommen.

Zu ihrer Überraschung wandte er sich jedoch um und sah sie an. Der Schmerz in seinem Blick war deutlich zu sehen, trotzdem lag ein Lächeln auf seinen Lippen. Dieses Lächeln erzählte von längst vergangener Liebe, von Erinnerungen.

„Wir waren glücklich. Zumindest dachte ich das.“ Er wurde beim Sprechen immer leiser, sodass das letzte Wort kaum mehr zu hören war. Gleichzeitig verschwanden auch das Lächeln und der Glanz in seinen Augen.

Hayley schluckte und nahm all ihren Mut zusammen, gleichwohl sie das alles mindestens genauso sehr schmerzte wie ihren Vater.

„Weißt du, warum sie gegangen ist?" Ihre Stimme war ebenso dünn wie der sprichwörtliche Faden, welcher sie in diesem Moment mit ihrem Vater verband.

„Nein." Seine Antwort wurde von einem tiefen Seufzen begleitet. „Was auch immer sie dazu veranlasst hat, es ist lange vergangen." Hayley konnte regelrecht sehen, spüren, dass sich eine Tür schloss, in der sie beinahe den Fuß gehabt hatte. Sir Rose hatte aufgegeben. Seine Liebe. Seine Vergangenheit. All die unbeantworteten Fragen, die das Verschwinden seiner Frau zurückgelassen hatte. Aber Hayley würde das nicht tun.

„Sie hat das hier aufbewahrt", beeilte sie sich zu sagen, kramte die Buchseiten aus ihrer Hosentasche und reichte sie ihrem Vater. Zögerlich nahm er das gefaltete Blatt entgegen und öffnete es. Seine Augen huschten hin und her, während er die wenigen Wörter auf der Seite überflog. Da war es wieder, das Lächeln der Erinnerung.

„Es stammt aus einem ihrer Lieblingsbände", sagte er und gab ihr das Blatt zurück. Tatsächlich?

„Und wo ist das Buch jetzt?"

Dean setzte sich in Bewegung, ging auf ein Regal in ihrer Nähe zu. Hayleys Magen schlug einen Salto und sie folgte ihm, angezogen von der Aussicht auf einen Anhaltspunkt. Doch als sie neben ihn trat, hatte er nicht wie erwartet nach einem der Bücher gegriffen. Seine Finger lagen auf der Kante des Regalbretts, genau dort, wo eine schmale Lücke zwischen zwei Gedichtbänden zu sehen war. Nein! Hayleys Schultern sackten herab. Die Enttäuschung war ebenso erdrückend wie die Traurigkeit, die sie das gesamte Gespräch mit ihrem Vater über verspürt hatte.

„Ich weiß nicht, wo es ist. Aber ich wünsche dir, dass du es findest." Seine Finger glitten vom Brett, als würde er mehr denn nur eine leere Stelle in dem Regal loslassen. Zu gern hätte Hayley ihn aufgehalten, aber sie schwieg und Sir Rose verließ die Bibliothek.

Amelia

28. Juni 1938

Sie drückte den Kosmetikpinsel vorsichtig ins Puder und klopfte ihn ab, bevor sie damit über den allmählich verblassenden blaugrünen Rand unter ihrem Auge fuhr. Es schmerzte nicht mehr, zumindest die körperlichen Folgen von Lucas' Bestrafung. Tief in ihr drinnen hatte sie es kommen sehen. Ein Teil von ihr hatte gewusst, dass Lucas' Zorn irgendwann große Wellen schlagen würde. Ebenso war es mit seiner alles verzehrenden Melancholie, die ihn oft tagelang beherrschte, ihn vom Essen und Schlafen abhielt und seinen Geist verwirrte. Er war ein Gefangener, wie sie es war. Gegeißelt von seiner Apathie, seiner Unruhe oder Wut. Je nachdem, welches der vielen Gesichter seiner zerrütteten Seele ihn im Griff hatte.

Amelia konnte nichts daran ändern. Konnte Lucas nicht ändern und ihm auch nicht helfen. Sie musste sich um sich selbst sorgen. Denn sie wollte überleben. Nein, nicht nur überleben, sie wollte helle Momente für sich schaffen, Erinnerungen, Werte, die ihr nichts und niemand mehr nehmen konnte.

Nach einem letzten Blick in ihr gepudertes Gesicht stand sie auf und kleidete sich fertig an. Heute in den frühen Morgenstunden war Lucas zu einem Jagdausflug aufgebrochen und Amelia hatte vor, nach den zurückgezogenen letzten Tagen endlich wieder hinaus zu gehen. In den Garten, den sie schmerzlich vermisste. Die Gerüche, die frische Luft, die Sonne auf ihrer Haut … und Isaac. Neben Celia war er die einzige Person, mit der sie reden konnte. Gleichwohl sie sich die meiste Zeit über den Garten oder etwas anderes, augenscheinlich Belangloses, unterhielten, genoss Amelia diese Gespräche. Die Normalität und Ruhe, die damit einhergingen.

„Lady Rose, ich dachte schon, Ihr seid des Gartens und seiner Bewohner überdrüssig geworden", grüßte Isaac, als er sie den Kiesweg entlangkommen sah.

„Welch eine absurde Annahme, Mr Powell. Wie könnte ich dessen jemals überdrüssig werden", erwiderte sie und schloss den Garten mitsamt Isaacs wunderbarem Lächeln mit einer weitreichenden Handbewegung ein. Sofort hoben sich auch ihre Mundwinkel, was einen ziehenden Schmerz in ihrem Gesicht mit sich brachte. Sie ignorierte es und hielt an dem Gedanken fest, dass Lucas' Taten, egal welcher Art, ihr nicht das Lächeln verleiden würden.

Doch beim Näherkommen musste Amelia erkennen, dass es Isaac da anders erging. Er sah es. Wohl nicht die bläuliche Haut unter ihrem Auge, die unter einer dicken Schicht Puder begraben war, aber das, was sie nicht zu verbergen vermochte. Nicht mit Puder oder einem ernstgemeinten Lächeln.

Der Mann, den sie geheiratet hatte, sah nicht mehr in ihr als die Pflichten, die mit dem Titel einhergingen, und die Chance auf einen Erben. Er kannte sie nicht und hegte auch kein Interesse an der Frau hinter den schönen Kleidern. Wohingegen Isaac mit einem einzigen Blick mehr verstand als Amelia recht war.

„Was ist geschehen?", wollte er wissen und kam seinerseits auf sie zu. In diesen einfachen drei Worten schwang so viel Gefühl mit. Sorge, Argwohn, wahres Interesse und noch etwas anderes, das Amelia nicht zuordnen konnte, bei dem ihr aber warm in der Bauchgegend wurde.

„Nichts."

„Nichts?"

„Nichts, mit dem ich hier draußen in meinem Paradies auch nur eine Sekunde verschwenden will. Ich bin mir sicher, in den letzten Tagen hat sich einiges im Garten getan. Zeig es mir, bitte." Auch Amelias Worte trugen eine ungesagte Botschaft. Bitte, frag nicht weiter. Bitte, zwing mich nicht, es laut auszusprechen. Sei das, was ich jetzt brauche. Und Isaac verstand. Er erhörte ihre unterschwelligen Wünsche, wenngleich sie in seinen Augen sah, dass er es nur sehr unwillig tat.

Hayley

14. Juni 2018

Die Zeit war in vielerlei Hinsicht eine spezielle Sache in Rose Castle. Dass die Uhren hier anders tickten, hatte Hayley zwar schon bei ihrer Ankunft bemerkt, trotzdem verblüfften sie die Unterschiede zu ihrem bisherigen Leben immer wieder aufs Neue. Sie fragte sich, ob die Ansichten, Konventionen, Werte, die innerhalb der dicken Mauern großgeschrieben wurden, in ganz England Bestand hatten oder ob das eine Besonderheit dieses Hauses und dieser Familie war.

Abgesehen davon schien auch die Zeit an sich anders zu verstreichen. Hayley war erst seit knapp drei Wochen hier, aber es fühlte sich viel länger für sie an, obwohl die Tage gleichzeitig nur so dahinrasten, als würde jemand einen Kalenderblock durchblättern. In der kurzen Zeit, die sie nun hier war, war schon eine Menge geschehen. Sie hatte so viel erfahren, erlebt und gesehen und doch stand sie noch immer am Anfang. Mit ihrem Vater, mit Clementine und Percy, und mit ihrem Berg an unbeantworteten Fragen.

Auch vor den zarten Rosenköpfchen, die sie nach ihrem arbeitsreichen Tag mit Jonathan im Garten vor dem Grünschnitthaufen gerettet und stattdessen mit auf ihr Zimmer genommen hatte, machte die Zeit nicht halt. Einige von ihnen hatten sich im Laufe der Tage leicht geöffnet und die Verheißung auf ihre Schönheit gezeigt. Andere waren geschlossen geblieben und doch nicht minder schön anzusehen. Was sie alle gemeinsam hatten, war, dass sie nun welk und trocken auf Hayleys Nachttisch lagen und Jules beim Abstauben störten. „Darf ich die endlich nach unten bringen?", wollte sie wissen und hielt demonstrativ ein einzelnes, vertrocknetes Blütenblatt hoch. Eigentlich wollte Hayley sich nicht davon trennen. Sie konnte sich jetzt genauso wenig wie vor eineinhalb Wochen vorstellen, die Blütenköpfe, vertrocknet oder nicht, einfach wegzuschmeißen. Dieser kleine Gruß des Gartens erinnerte sie an die entspannten Stunden und an das wunderbare Gefühl, das sie gehabt hatte, als sie mit Nate über ihre Vergangenheit gesprochen hatte.

„Was meinst du mit nach unten bringen? Willst du sie wegwerfen?"

„Nein. Ich bringe sie zu Nate. Er sammelt sie für Olivia", erwiderte Jules und verdrehte leicht die Augen. Das überraschte Hayley.

„Ich bring sie selbst hinunter", meinte sie dann und zog sich rasch eine Strickweste über, weil heute ein rauer Wind durch den Garten fegte.

„Aber Miss Wellington erwartet dich in zehn Minuten zum Rapport. Soll nicht doch lieber ich sie für dich …"

„Nein, schon gut. Ich werde mich beeilen und bin rechtzeitig zu den Rekrutenübungen zurück."

Einen Augenblick lang sah Jules sie nur an, die Lippen zur Seite verzogen, als würde sie überlegen, was sie von

Hayleys Benehmen halten sollte. Dann erschien ein Lächeln auf ihrem Gesicht. „Na dann, hopp hopp."

Sie fand Nate im Gewächshaus, wo er gerade dabei war, die Pflanzen zu bewässern, und ein leises Lied pfiff, das Hayley nicht kannte.

„Sind das die Rosenstöcke, die du gerettet hast?"

In drei großen Pflanzkübeln saßen kleine aber durchaus munter wirkende Rosenbüschchen.

„Das sind sie. Es haben zwar nur diese drei geschafft, aber ich finde, der Aufwand hat sich allemal gelohnt."

Hayley hatte keinen Zweifel daran, dass Nate sich auch gefreut hätte, wenn nur eine einzige Pflanze überlebt hätte. Er erachtet jede einzelne von ihnen als wertvoll und das zeichnete ihn aus.

„Jules meinte, du hast auch hierfür Verwendung." Sie hielt ihm eines von Jules' Staubtüchern entgegen, in das sie die trockenen Blüten gewickelt hatte. Er nahm es ihr ab und ging damit in den hinteren Teil des Gewächshauses, wo er vor einer großen Holzkiste stehenblieb. Hayley war ihm interessiert gefolgt, obwohl es eigentlich Zeit für sie war, ins Haus und zu ihren Lektionen mit Miss Wellington zurückzukehren. Aber diese einfache Holzkiste, der blumige Duft um sie herum und Nates Gesellschaft waren ihr tausendmal lieber.

Seitlich waren kleine Löcher in die Wände der Kiste gebohrt worden. Den einfachen Klappdeckel zierte die verblasste Zeichnung einer Rose.

Als Jonathan den Deckel anhob, stieg Hayley der wundervolle Geruch von Rosenblüten in die Nase und sie lehnte sich weiter nach vorne, um in die Kiste spähen zu können. Nate streckte seinen Arm mit dem

Staubtuch über die Öffnung und streifte dabei Hayleys Hand. Eine eigenartige Wärme breitete sich in ihr aus. Sie wich nicht zurück, sondern stand dicht neben ihm, hatte aber nicht den Eindruck, dass es ihm etwas ausmachte.

Die Blüten rieselten in die Kiste und legten sich dort zu den zahlreichen anderen, die Nate gesammelt hatte. Beherzt griff er hinein und durchmischte alles gut. Der Geruch intensivierte sich und Hayley hatte den Drang, ebenfalls ihre Finger zwischen die duftenden Blütenblätter zu stecken.

„Was machst du damit?"

Er wandte sich ihr zu und Hayley spürte die Traurigkeit seines Lächelns, sah die Wehmut in seinen Augen. „Mein Vater hat diese Kiste vor Jahren gezimmert und damit begonnen, die Rosenblüten für meine Mutter zu sammeln. Sie verwendet sie in der Küche für Desserts, Tee und was weiß ich noch alles", erklärte er.

„Da sind Sie ja, Miss Oakwood!", erklang die etwas atemlose aber vor allen Dingen erboste Stimme von Miss Prudence. „Darf ich Sie daran erinnern, dass Sie im Haus erwartet werden?" Hayley wechselte einen raschen Blick mit Nate. Er sah genauso angespannt aus, wie sie sich in diesem Moment fühlte. Ganz so, als hätte Miss Prudence ihn und nicht sie getadelt.

Nach einem demonstrativen Räuspern der Haushälterin beeilte sich Hayley, ihr ins Haus zu folgen. Der Duft von Rosen verlor sich, aber der eigenartige Ausdruck in Nates Gesicht begleitete sie in Gedanken weiter.

Hayley

„Hast du denn echt nichts Besseres an deinem freien Tag zu tun, als mit mir herumzulungern und Popcorn zu essen?", fragte Hayley und sah zu, wie sich Jules eine weitere Handvoll zwischen die Lippen schob. Sie wollte antworten, hatte aber zu viel im Mund, darum kam nur ein unverständliches Genuschel heraus, das sie beide zum Lachen brachte. Erst als Jules heruntergeschluckt und sich die Hand an ihrer Jeans abgewischt hatte, sprach sie wieder. „Hey, das ist nicht irgendein normales Popcorn. Das hier …", sie hielt die Schüssel hoch, in der es leise raschelte, „… ist Agathas berühmtes salziges Karamellpopcorn. Es ist heilig, wundervoll, einzigartig und sie würde es nie und nimmer für mich machen. Ich nutze dich bloß aus, um an diese Köstlichkeit zu kommen", meinte sie zwinkernd und griff erneut in die Schüssel.

„Ach so ist das also", erwiderte Hayley schmunzelnd und genehmigte sich ebenfalls ein paar der gepoppten Raritäten.

„Und du?"

„Was ist mit mir?"

„Sollte eine Frau deines Standes nicht eher auf einem rauschenden Fest sein, als mit einer niederen Angestellten in ihrem Zimmer zu vergammeln?", fragte Jules herausfordernd. Hayley wusste, dass Jules sie nur necken wollte, trotzdem verzog sie das Gesicht.

„Hör bloß auf! Eines dieser rauschenden Feste wurde mir bereits angedroht. Und ich mag dein Zimmer." Sie drehte sich auf Jules' schmalem Bett auf den Rücken und ließ den Kopf vom Rand hängen.

„Du versteckst dich hier, gibs zu!"

„Ganz genau. Alles ist besser, als Tanzstunden mit Miss Wellington und Percy!", stöhnte sie. „Er benimmt sich, als wäre er der Baronet und nicht mein Vater."

„Das wird er auch einmal werden." Stimmte ja. Darüber hatte Hayley noch nicht nachgedacht. Natürlich würde Percy den Titel ihres Vaters erben.

„Lass uns über etwas anderes reden, du schaust schon wieder so ernst", meinte Jules.

„Warum wohnt Nate nicht im Haus?", platzte es aus Hayley heraus. Sie hatte keine Ahnung, wo diese Frage auf einmal herkam, aber sie beschäftigte sie schon seit längerem und Jules' Vorschlag eines Themenwechsels hatte sie wohl hervorgelockt.

Jules' Blick ließ sie ihre Impulsivität jedoch gleich wieder bereuen. Sie grinste breit, sodass sie mit den Wangen voll Popcorn wie ein niedlicher kleiner Hamster aussah.

„Was?", wollte Hayley wissen, der Jules' immer diebischer werdender Gesichtsausdruck ganz und gar nicht gefiel.

„Warum interessiert dich das?"

Hayley zuckte möglichst unbeteiligt mit den Schultern, was in ihrer Position nicht einfach war und den gewünschten Effekt vermutlich verfehlte. „Einfach so. Ich finde es eigenartig, dass er als einziger nicht im Haus wohnt."

„Der Raum, in dem er lebt, war früher das Arbeitszimmer seines Vaters. Vor dem Brand von 1945 haben alle Gärtner dort gewohnt. Sir Lucas hat die Räume dann aber selbst als Arbeitszimmer genutzt, nachdem er das Gewächshaus hat wiederaufbauen lassen."

„Der damalige Baronet hat in dem kleinen Zimmer neben dem Gewächshaus gearbeitet, obwohl er ein riesiges Haus zur Verfügung hatte?" Das kam Hayley sehr merkwürdig vor. Jules aber schien dieses Detail, wenngleich sie die Geschichte des Hauses besser kannte als Hayley, nicht sonderlich zu interessieren. Sie tat ihren Einwand mit einer wegwerfenden Handbewegung ab. „Vielleicht hat er Pflanzen gemocht?" Jules stand von ihrem Bett auf, zupfte sich einige klebrige Krümel vom Pullover und trat an das schmale Fenster.

„Was hältst du von einem kleinen Ausflug?"

„Ein Ausflug? Wohin?" Jules' leuchtende Augen und ihr schiefes Lächeln riefen Hayleys Skepsis auf den Plan.

„Lass uns heute Abend ausgehen, ja? Es ist Freitag und ich finde, es würde uns allen guttun, mal aus diesen dicken Mauern auszubrechen."

„Wer ist wir?", wollte Hayley vorsichtig wissen, doch Jules' Enthusiasmus vertrieb jeden Argwohn.

„Oh, nur ein paar der Dienstmädchen, du und ich. Und Nate. Und du wirst ihn fragen, ob er mitkommt! Du bist die einzige, bei der er womöglich ja sagen wird."

Da war es. Das lauernde kleine Ungeheuer, das sich hinter Jules' eigenartigem Benehmen versteckt hatte.

„Warum sollte ich das machen?"

„Weil du willst, dass er mitkommt. Stimmt doch, oder? Leugnen bringt nichts. Ich weiß es!", rief Jules mit gespielter Strenge und wackelte mit dem Zeigefinger.

Hayley musste lachen und steckte sich eine große Portion Popcorn in den Mund, um einer Antwort zu entgehen.

„Na, sieh mal einer an, wer sich da in den Garten verirrt hat."

„Hi, Nate", grüßte Hayley und ging den schmalen Weg zwischen den Tischen im Gewächshaus entlang, bis sie neben ihm angekommen war.

„Bist du Miss Wellingtons Fängen entkommen?" Ein mitleidsvoller Ausdruck lag auf seinen Zügen, wohingegen Hayley war, als könne sie in dem hellen Blau seiner Augen Belustigung erkennen.

„Das klingt, als würdest du sie kennen und ziemlich genau wissen, was ich erdulden muss", stellte Hayley in den Raum.

Nate gab ein ersticktes Lachen von sich. „Kennen wäre wohl übertrieben, aber ich kann mich noch gut daran erinnern, wie dein lieber Cousin immer vor ihr Reißaus genommen und sich im Garten versteckt hat." Nun lachte auch Hayley. Sie hatte genügend Fotos von dem heranwachsenden Percy an den Wänden der Korridore gesehen, um sich ihn in jungen Jahren bildlich vorstellen zu können. Darüber hinaus verstand sie nur allzu gut, warum er vor Miss Wellington geflüchtet war.

„Ich habe heute frei. Jules übrigens auch und einige andere Dienstmädchen. Sie wollen mich in irgendeine Bar entführen und du, Retter aller regennassen Amerikanerinnen, kommst mit. Als mein Begleitschutz.“ Hayley hatte einen munteren Plauderton angeschlagen und doch nagte sie jetzt an ihrer Unterlippe, weil es ihr keineswegs egal war, wie Nates Reaktion auf ihre kleine Ansprache ausfallen würde. Hatte Jules recht und er würde ihretwegen mitkommen, obwohl er sonst nicht ausging?

„Ich bin nicht so der Partygänger, und allein mit einem Haufen junger Frauen, das klingt mir eher nach einem Mädelsabend, oder? Da gehöre ich bestimmt nicht hin“, wandte Jonathan ein. Er warf ihr nur einen kurzen Seitenblick zu und widmete sich dann wieder seiner Arbeit.

„Du wärst der Hahn im Korb.“ Hayley sah zwar nur sein Profil, trotzdem entging ihr das umwerfende Lächeln nicht, das seine Mundwinkel hob. Es heizte ihren Wunsch, ihn vom Mitkommen zu überzeugen, nur noch mehr an. Sie konnte nicht einmal wirklich sagen, warum sie wollte, dass er einwilligte, sie und die anderen zu begleiten, aber es war ihr wichtig. Sie mochte Nate. Und an den Tagen, an denen sie zu beschäftigt gewesen war, um ihn im Garten oder dem Gewächshaus zu besuchen, hatte sie oft an ihn denken müssen.

„Alle anderen Typen werden glauben, du hast an jedem Finger eine Frau“, lockte sie ihn weiter. Hayley meinte das alles nicht ernst. Sie schätzte Jonathan nicht wirklich wie einen Mann ein, der sich selbst für einen Womanizer hielt. Obwohl er attraktiv und witzig war und es ihm sicher nicht schwerfallen dürfte, Frauenbekanntschaften zu machen. Wenn man davon absah, dass er fast seine gesamte Zeit in dieser selbstgewählten Isolation verbrachte.

„Die Meinung anderer ist mir egal und ich strebe nicht danach, an jedem Finger eine Frau zu haben", sagte er. Sein Lächeln war schief, aber der Ausdruck in seinen strahlend blauen Augen ernst. „Die Eine würde mir völlig reichen." Er hatte sich wieder aufgerichtet und Hayley zugewandt und plötzlich kam ihr der Abstand zwischen ihnen kleiner vor als zuvor. Es war still und warm im Glashaus, was die undefinierbare Stimmung, die auf einmal herrschte, nur noch verstärkte.

„Die Eine? Gibt es da jemanden, den du ins Auge gefasst hast?", fragte sie betont und mit gesenkter Stimme, während ihr Puls unerwartet in die Höhe schnellte.

„Vielleicht", gab er ebenso leise zurück. Dieses eine Wort brachte etwas in Hayleys Innerem zum Schwingen. Ihr Magen hob und senkte sich auf eine ganz und gar nicht unangenehme Art und Weise.

„Ich überlege es mir, okay?", sagte Nate schließlich, griff nach einer Gießkanne, die Hayley bislang überhaupt nicht aufgefallen war, obwohl sie direkt neben ihr gestanden hatte, und durchbrach damit die wachsende Anziehung, die Hayley verspürt hatte.

„Was?", fragte sie etwas aus dem Konzept gebracht und erntete damit ein weiteres umwerfendes Lächeln von Jonathan.

„Ob ich mitkomme. Ich glaube, ein wenig den Kopf freikriegen wäre gar nicht so schlecht." Da lag er absolut richtig, dachte Hayley und erwiderte sein Lächeln.

Worauf hatte sie sich da nur eingelassen? Hayley stand mitten in ihrem Ankleidezimmer und hatte sich bereits zweimal um die eigene Achse gedreht. Die Schränke um sie herum waren zwar voller Kleider, aber nichts davon war auch nur annähernd dazu geeignet, um es zu einem Anlass wie diesem zu tragen. Und das traf leider nicht nur auf den maßgeschneiderten Teil ihrer Garderobe zu, sondern auch auf die paar Sachen, mit denen sie aus Queens hergekommen war. Sie war schon eine gefühlte Ewigkeit nicht mehr ausgegangen. Abgesehen davon hatte sie sich niemals viel aus Mode gemacht. In solchen Situationen hatte ihr früher immer ihre Mutter beratend zur Seite gestanden oder ihre Freundin Sienna. Sienna! Hayley holte ihr Handy hervor und überprüfte den Empfang. Zur Abwechslung zeigte sogar mehr als bloß ein einzelner Balken die Signalstärke an. Ein Wink des Himmels.

Sie rief die Videofunktion des Anrufdienstes auf und wartete.

„Hey, meine Hübsche", meldete sich Sienna nach wenigen Sekunden. Ihr Gesicht erschien auf dem Display. Ein wenig verpixelt, aber doch gut genug zu erkennen. Die Uhr im Hintergrund verriet Hayley, dass Sienna noch im Salon war und sich dort in die kleine Teeküche der Angestellten zurückgezogen hatte.

„Hi, Sienna. Tut mir leid, dass ich dich bei der Arbeit störe, aber ich brauche deinen professionellen Rat."

„Schieß los."

„Ich gehe heute aus und hab keine Ahnung, was ich anziehen soll. Wenn ich zu einem Pferderennen oder einer Dinnerparty oder ..."

„Stopp mal!", rief Sienna dazwischen und unterbrach damit Hayleys aufgeregten Redefluss. „Wo gehst du hin? Und was mir als die viel wichtigere Frage erscheint – angesichts deines eigenartig aufgedrehten Verhaltens und der Tatsache, dass gerade du dir überhaupt Gedanken über dein Outfit machst -, mit wem gehst du aus?", verlangte Sienna zu wissen und musterte sie mit dem für sie typischen Da-ist-doch-was-im-Busch-Blick.

„Jules hat mich gefragt, ob ich mit ihr und ein paar der anderen Bediensteten in die Stadt gehe." Hayley wusste genau, worauf Sienna hinauswollte, aber sie hatte wenig Lust, jetzt mit ihr über Nate zu sprechen. Irgendetwas war zwischen ihnen, doch Hayley wollte sich lieber erst selbst darüber klarwerden, bevor sie es von Sienna breittreten ließ.

„Und ist da auch ein Mann dabei?" Rasch drehte Hayley das Display ihres Handys Richtung Kleiderschrank und erstickte Siennas bohrende Fragen damit.

„Wow. Wahnsinn!", hörte sie ihre Freundin sagen, während sie das Telefon langsam von links nach rechts bewegte, damit Sienna einen Überblick bekam. Wenn sie denn durch den Videoanruf überhaupt ausreichend sehen konnte, von den auf den Stangen aufgereihten …

„Halt. Da ist was!" Hayley hielt still, konnte aber ein Schmunzeln nicht unterdrücken.

„Bring mich mal näher ran. Da, das dunkelrote, da vorn." Hayley griff nach einem bordeauxroten Kleid, nahm es vom Bügel und breitete es auf dem makellosen, flauschigen Hochflorteppich aus.

„Ja, genau das", sagte Sienna. Es handelte sich um ein schlichtes, schmal geschnittenes Kleid, an dessen Seiten dünne, goldene Kordeln eingezogen waren, mit deren Hilfe man den Rock ein wenig raffen konnte.

„Zieh mal an den Schnüren", kam es von Sienna. Hayley legte das Telefon zur Seite und tat, was ihre Freundin ihr geraten hatte. Das Kleid ließ sich problemlos raffen.

„Mehr. Bis ganz nach oben", meinte Sienna, nachdem Hayley ihr den Fortschritt gezeigt hatte.

„Aber dann ist es ein Minikleid, wenn überhaupt. So gehe ich nicht vor die Tür", protestierte Hayley, zog aber trotzdem weiter an den Kordeln.

„Sollst du auch nicht. Hast du die schwarze Röhrenjeans mit, die wir letztes Jahr im Sommer in Betty's Boutique gekauft haben?" Jetzt verstand Hayley, was ihre Freundin Schrägstrich beste Modeberaterin der Welt im Sinn hatte. So hochgerafft konnte sie das enganliegende Kleid, als Top tragen. Es hatte eine gewisse Eleganz und sah doch nicht so aus, als wolle sie auf eine Teeparty gehen. Schnell zog sie sich die Jeans und das umgemodelte Kleid über und präsentierte Sienna das Ergebnis im Spiegel.

„Du bist der Hit, Sienna. Vielen Dank!", sagte Hayley glücklich.

„Nichts zu danken! Aber morgen will ich gefälligst wissen, wegen wem du so einen Modeaufstand veranstaltest, verstanden?"

„Verstanden", wiederholte sie, warf ihrer Freundin eine Kusshand über den Bildschirm zu und beendete den Anruf.

„Er kommt nicht", sagte Hayley und überspielte ihre innere Enttäuschung mit einem Achselzucken.

„Ach nein?", fragte Jules, die in ihrem schwarzen Longsleevekleid und der Lederjacke absolut umwerfend und im Vergleich zu der üblichen Dienstmädchenkluft wie ein anderer Mensch aussah. Ihr Blick ging über Hayleys Schulter hinweg, und als sich Hayley umwandte und Nate näherkommen sah, huschte ein Lächeln über ihr Gesicht.

„Der wäre auch schön blöd gewesen, dich stehenzulassen, so scharf, wie du heute aussiehst", murmelte Jules ihr ins Ohr, leise genug, dass die anderen beiden Frauen, die sie ebenfalls begleiten würden, nichts davon mitbekamen.

Jonathan sah fantastisch aus. Er trug eine helle Jeans, die weder Grasflecken noch Risse aufwies, unter einem schwarzen, kurzärmeligen Hemd, das seine Statur betonte.

„Oh ja, Mädels. Diesen Anblick haben wir nur unserer Miss Oakwood hier zu verdanken", feixte Jules und stieß Hayley mit der Hüfte an. Die anderen beiden, Jean und Stephanie, die in der Wäscherei arbeiteten, kicherten leise.

Was Hayley in diesem Augenblick verspürte, war reine Unbeschwertheit. Ein Gefühl, das sie sehr vermisst hatte, auch wenn ihr das erst jetzt richtig bewusst wurde.

„Danke", flüsterte sie Jules zu.

„Immer gern", formte diese mit den Lippen, dann hatte Nate sie erreicht.

„Hey. Ihr seht toll aus", begrüßte er alle, wandte seinen Blick dabei jedoch keine Sekunde von Hayley ab.

Jules entging das natürlich nicht. Sie grinste breit, klatschte in die Hände und rückte den Riemen ihrer Handtasche auf der Schulter zurecht.

„Ich fahre", verlautete sie fröhlich und klimperte mit einem Schlüsselbund. „Jeany, Steph, ihr wollt bestimmt vorne sitzen." Keine Frage, eine Ansage, stellte Hayley fest und folgte den anderen durch den Lieferanteneingang hinaus zu einer Einfahrt, die sie noch nicht kannte. Dort erwartete sie ein etwas in die Jahre gekommener Pick-up, auf den Jules zielsicher zusteuerte. Während sie und die beiden anderen Frauen vorne einstiegen, ging Jonathan zur Ladeklappe, entriegelte sie und streckte dann seinen Arm nach Hayley aus. „Sieht so aus, als blieben uns nur noch die Freiluftplätze."

Hayley ging um die Ladefläche herum und entdeckte zwei umgedrehte Kisten, die mit Gurten direkt hinter der Fahrerkabine fixiert waren. Irgendwer hatte Decken daraufgelegt und die Ladefläche schien gefegt worden zu sein, weil sie alles in allem sehr sauber aussah.

„Wem gehört der Wagen?" Hayley hatte schon die schicken Autos ihrer Familie in den Garagen am nördlichen Anbau gesehen, dieses hier schien aber nicht dazuzugehören.

„Er hat meinem Vater gehört. Er hat damit immer Erde, Rindenmulch und was er sonst noch alles für die Pflege der Anlage gebraucht hat, besorgt", erklärte Nate und half ihr auf die Ladefläche, bevor er selbst mit einer Leichtigkeit hinaufstieg, die bewies, dass er das schon hunderte Male zuvor gemacht haben musste.

„Wo ist dein Vater?“ Hayley hatte ihm diese Frage schon vorher stellen wollen, aber der Zeitpunkt hatte nie so recht gepasst.

Nate setzte sich gerade auf eine der beiden Kisten, da rief Jules aus dem Fenster: „Alle bereit? Kanns losgehen?“ Rasch nahm Hayley ebenfalls Platz und Jonathan klopfte zweimal mit der Handfläche auf das Dach der Fahrerkabine. Der Motor erwachte zum Leben, brummte laut und klackernd und Jules fuhr mit einem Ruck an, bei dem Hayley beinahe von der Kiste gerutscht wäre. Instinktiv hielt sie sich zu beiden Seiten fest, wobei sie eine Hand um den Rand der Ladefläche und die andere in Jonathans Schulter krallte.

„Sorry, Leute“, tönte Jules’ Stimme über das Motorengeräusch hinweg, dann lenkte sie den Pick-up in gemächlicherem Tempo die Einfahrt hinunter.

„Entschuldige“, sagte auch Hayley und löste ihren Griff um Nates feste Schultern.

„Du kannst dich auch hier festhalten.“ Er zeigte auf einen Ring, der in der Rückseite der Fahrerkabine verankert war. Dankend legte Hayley ihre Finger um das kühle Metall und sah sich die Umgebung an. Nichts als unbewirtschaftete Wiesen und Waldstreifen soweit das Auge reichte.

„Er ist vor zwei Jahren an einem Herzinfarkt gestorben“, meinte Nate plötzlich und beantwortete damit mit einiger Verspätung Hayleys Frage zu seinem Vater.

„Das tut mir leid.“

„Mir auch.“ Er sah sie nicht an, sondern hatte seinen Blick auf die vorbeiziehende Landschaft gerichtet, so wie Hayley zuvor.

„Er hat vor dir als Gärtner für meine Familie gearbeitet, oder?"

„Ja, und als ich alt genug war, um ihm wirklich helfen zu können, haben wir uns gemeinsam um die Anlage gekümmert. Alles, was ich weiß, habe ich von ihm gelernt."

Jules lenkte den Pick-up von der steinigen Zufahrtsstraße auf eine asphaltierte Fahrbahn und Hayley atmete innerlich auf, weil die Fahrt nun weniger holprig weiterging. Sie lockerte ihren angespannten Griff und lehnte sich in einigermaßen gemütlicher Haltung mit dem Rücken gegen die Fahrerkabine.

„Du kümmerst dich gut um den Garten", sagte Hayley in die Stille hinein. Hinter Jonathan tauchten die Lichter von Corbridge auf.

Er wandte sich ihr zu und ein wehmütiger Ausdruck lag auf seinem Gesicht. Es musste ihm wehtun, über seinen verstorbenen Vater zu sprechen, so wie es Hayley wehtat, über ihre Mutter nachzudenken. Darum stellte sie keine Fragen mehr.

„Ich soll dir von meiner Mutter etwas ausrichten. Sie möchte dir irgendetwas sagen. Am besten besuchst du sie morgen in der Küche." Augenblicklich begann sich das Gedankenkarussell in Hayleys Kopf zu drehen.

„Danke. Das werde ich", erwiderte sie und überlegte, was Olivia ihr wohl zu sagen hatte.

In Gedanken versunken bemerkte sie erst, dass sie in der Innenstadt von Corbridge angekommen waren, als Jules den Motor abstellte.

„Willkommen am Market Square, dem Nightlife-Hotspot der ganzen Gegend", scherzte Jules, nachdem sie ausgestiegen war. Sie reichte Hayley die Hand, um ihr von der Ladefläche des Pick-ups zu helfen, hakte sich dann bei ihr unter und zog sie mit sich zu einem hohen Gebäude, dessen Fassade aus großen, groben Steinen bestand. Die Leuchtreklame neben dem spitzbogenförmigen Eingang zeigte Hayley, dass es sich um eine Bar namens *The Pele* handelte. Ebenso urig wie die äußere Erscheinung hatte vermuten lassen, präsentierten sich der Innenraum und die Einrichtung des Pubs. Große Fässer dienten als Stehtische, Holzstühle mit hohen Lehnen standen neben kleinen schmiedeeisernen Beistelltischchen und ein großer Schwedenofen wärmte den Raum. Es fanden sich allerdings auch moderne Komponenten, die das Ambiente aufmischten, wie helle Halogenspots oder das gläserne Geländer der Galerie, die man vom Erdgeschoss aus sehen konnte.

„Das war früher einmal ein befestigtes Pfarrhaus. Es diente der Bevölkerung als Zufluchtsort vor Plünderern", sagte Jonathan, der hinter Hayley eingetreten war. Er stand dicht hinter ihr und sie konnte seinen warmen Atem auf ihrer Wange spüren. Sie drehte den Kopf und war seinem Gesicht auf einmal so nah, dass sie in seinen Augen den dunklen Ring um die ansonsten eisblaue Iris erkennen konnte.

„Trinkst du Bier? Der Besitzer braut es selbst."

„Woher weißt du das alles, wenn du nicht gerne ausgehst?", stellte Hayley eine Gegenfrage, ohne sich vom Fleck zu rühren. Auch Nate machte keine Anstalten, seine Position zu verändern. Sie genoss seine Nähe, gleichwohl sich damit erneut dieses Kribbeln in ihr ausbreitete.

„Vielleicht bin ich schon das eine oder andere Mal hier gewesen. Du vergisst, dass ich in Corbridge aufgewachsen bin."

„Jetzt kommt schon! Ihr habt die Einrichtung genug bewundert. Wir wollen bestellen!", rief Jules von einem Tisch unweit des Kamins.

Hayley setzte sich in Bewegung, nahm zwischen Jules und Nate Platz und bestellte sich auf seine Empfehlung hin ein Ale.

Die Runde verfiel in muntere Plauderei, sie scherzten und lachten und Hayley erfuhr mehr über Jules und die anderen beiden Frauen. Jules' Großtante hatte noch bis vor wenigen Monaten in Rose Castle gearbeitet. Weil ihre Mutter als Crewmitglied auf einem Kreuzfahrtschiff beinah das ganze Jahr über unterwegs war, hatte Jules ihre Kindheit bei ihrem Vater verbracht, der besagter Tante sehr nahestand. Jules hatte nach ihrer Pensionierung die Stelle übernommen und ihr im Gegenzug das Zimmer in der Wohnung ihres Vaters überlassen.

Der Abend flog nur so dahin, während Hayley, die nur selten Alkohol trank und nun schon einen zweiten der großen Bierkrüge vor sich stehen hatte, spürte, wie ihre Wangen zu glühen begannen und ihr Kopf immer leichter wurde.

„Ich will tanzen!", rief Jules nach ihrer vierten Flasche Cola fröhlich. Sie war zwar die einzige am Tisch, die nur alkoholfreie Getränke konsumiert hatte, aber wie es schien, brachte sie auch Koffein ausreichend in Feierlaune. „Na kommt schon!", forderte sie die Runde lautstark auf und scheuchte einen nach dem anderen von ihren Stühlen. Nur Nate schaffte es irgendwie, sich ihrer Tanzwut zu entziehen.

Eine gute halbe Stunde später war Hayley durchgeschwitzt und durstig, also entschuldigte sie sich bei Jules und den anderen und bahnte sich einen Weg durch die mittlerweile dicht gefüllte Bar zu ihrem Tisch zurück. Nate war nirgendwo zu sehen. Sie setzte sich, ließ die letzten paar Schlucke Ale im Glas und bestellte sich stattdessen ein Wasser, um wieder etwas runterzukommen.

So einen Abend, ohne Sorgen und endlose Grübeleien, hatte sie bitter nötig gehabt, das musste sich Hayley eingestehen. Es war befreiend, zu tanzen, zu plaudern und einfach die Gesellschaft der anderen zu genießen. Nur dass Nate auch nach einer Viertelstunde noch nicht wieder zurück an ihrem Tisch war, machte ihr zu schaffen. Wo war er denn nur abgeblieben? War alles in Ordnung mit ihm?

„Er ist draußen. Ich glaub der Trubel hier drinnen war ihm zu viel", sagte Jules plötzlich und ließ sich neben Hayley auf den Stuhl plumpsen.

„Nun geh schon! Sitz nicht einfach da und schau mich mit diesem Blick an. Ich weiß, dass du auf ihn stehst!", setzte Jules nach und schnappte sich Hayleys Wasserglas. Hayley öffnete den Mund, um etwas zu erwidern, um Jules zu sagen, dass sie falschlag, schloss ihn dann aber unverrichteter Dinge wieder. Es hatte keinen Sinn, mit Jules zu diskutieren. Alles, was sie sagte, würde ohnehin gegen sie verwendet werden. Hayley wusste nicht, was sie für Nate empfand. Sie war noch nie in ihrem Leben richtig verliebt gewesen und hatte daher keine Vergleichsmöglichkeit. Was sie wusste, war, dass sie gern in Nates Nähe war, und dass Jules sich als wahre Freundin entpuppt hatte.

Hayley erwiderte Jules' herzliches Lächeln und machte sich auf den Weg nach draußen, um Nate zu suchen.

Es war kühl geworden, doch beim ersten Blick auf den wolkenlosen Sternenhimmel, vergaß sie die Kälte sofort.

„Fantastisch nicht?", meinte Nate. Er hatte an der Außenmauer neben dem Eingang gelehnt, stieß sich nun davon ab und trat neben Hayley, die ihre Augen nicht vom glitzernden Firmament abwenden konnte.

„Es sind so unglaublich viele. So einen Nachthimmel hab ich noch nie gesehen."

„Ich schätze, in der Großstadt wirst du auch nie so einen Sternenhimmel zu Gesicht bekommen. Es ist zu hell." Hayley riss ihren Blick von den Sternenbildern los und sah zu Nate.

„Bist du deshalb hier draußen?" Er schüttelte den Kopf.

„Ich wollte in Ruhe über etwas nachdenken", erwiderte er. Obwohl Hayley die Stille und Schönheit der Nacht an Nates Seite genoss, fröstelte es sie nun doch. Sie rieb sich mit den Händen über die nackten Oberarme und verfluchte sich, dass sie keine Jacke angezogen und damit die plötzliche Kühle der englischen Frühsommernächte gehörig unterschätzt hatte. Auch Jonathan trug nur das kurzärmelige Hemd, ihm schien die kühle Brise allerdings nichts auszumachen.

„Komm mit." Nate griff nach ihrer Hand und ging mit ihr zurück zum Pick-up, wo er eine der Decken von der Kiste nahm und sie ihr um die Schultern legte.

„Besser?“

„Ja, danke.“ Schon alleine die Berührung seiner Hände und die fürsorgliche Geste hatten es Hayley gleich wärmer werden lassen.

„Willst du nicht wieder reingehen?“, fragte sie und sah ihn abwartend an.

„Willst du?“ Das umwerfende Grinsen, das Hayley so sehr an ihm mochte, erschien und strahlte mit den Sternen um die Wette.

„Nein“, erwiderte sie und folgte Nate zum Heck des Wagens.

„Darf ich?“, wollte er mit ausgestreckten Armen wissen und als Hayley nickte, fasste er sie um die Hüften und hob sie auf die Ladefläche. Mit den Zipfeln der Decke in den Händen stützte sie sich an seinen Schultern ab und verharrte in dieser Position, auch nachdem sie wieder festen Boden unter den Füßen hatte. Nates intensiver Blick hielt sie gefangen und schließlich war er es, der seine Hände zurückzog und den kurzen Moment der Intimität zwischen ihnen beendete. Er schwang sich ebenfalls auf die Ladefläche und nahm seinen Platz auf einer der beiden umgedrehten Kisten wieder ein.

„Du hast vorhin gesagt, ich kümmere mich gut um den Garten“, setzte Nate an und Hayley konnte spüren, dass er etwas auf dem Herzen hatte.

„Ich tue das, weil ich es liebe, aber auch noch aus einem anderen Grund.“ Er lehnte sich an die Fahrerkabine und richtete sein Gesicht nach den Sternen aus. „Mein Vater hat für diese Gärten gelebt. Seine Arbeit war ihm nach mir und meiner Mutter das Wichtigste auf der Welt. Er hat sein ganzes Herzblut dafür gegeben und immer gut für mich und Mum gesorgt. Er war klug und geschickt, treu und verantwortungsvoll. Ich bin es ihm schuldig, seine Arbeit mit demselben Bewusstsein weiterzuführen und mich an seiner Stelle um alles zu kümmern." Er hielt kurz inne und schloss die Augen. Hayley hatte den Eindruck, dass er nicht nur für die Gärten Sorge tragen wollte, sondern auch für seine Mutter und das Vermächtnis seines Vaters.

„Ich will das nicht aufs Spiel setzen", fuhr er fort, öffnete die Augen und wandte sich Hayley zu. „Auch wenn das bedeutet, dass ich nicht ..." Er beugte sich vor und kam ihr immer näher. Seine Haare warfen einen Schatten über sein Gesicht.

„Was?", hauchte Hayley und legte ihre Hand auf seine warme Wange, ohne lange darüber nachzudenken. Die beiden trennte bloß noch ein kleines Stück und Hayley war nur allzu bereit, diese winzige Lücke zu schließen.

„Da seid ihr ja! Mann, hat denn keiner von euch ein Telefon dabei?", dröhnte Jules' Stimme vom Ende des Parkplatzes zu ihnen und ließ sie auseinanderfahren. Hayley zog sich die Decke wieder enger um die Schultern und kramte gleichzeitig ihr Handy aus der Tasche. Zwei verpasste Anrufe von Jules.

„Tut mir leid, meines war auf lautlos gestellt", gestand sie und erntete einen bedeutsamen Blick, als Jules mit den anderen beiden Frauen im Schlepptau den Pick-up erreicht hatte.

„Schon gut", erwiderte sie knapp, grinste dafür aber umso breiter. Sie stiegen ein und diesmal schaffte Jules es anzufahren, ohne dass Hayley und Jonathan auf der Ladefläche durchgeschüttelt wurden.

„Ich finde es toll von dir, dass du Jules eine Freundin bist. Es ist nicht selbstverständlich, so offen mit den Bediensteten umzugehen, und ich bin mir sicher, dass du dir damit ganz schönen Ärger mit Mrs Rose einhandeln könntest“, nahm Nate ihr Gespräch nach ein paar Minuten wieder auf. Hayley wusste nicht gleich, was sie darauf erwidern sollte. Sie versuchte noch immer, Nates letzte Worte zu verstehen, und jetzt tischte er ihr das auf? Sie sah überhaupt keinen Grund, warum sie nicht mit Jules oder einem der anderen Angestellten befreundet sein sollte. Für sie gab es keinen Unterschied zwischen ihnen und sich selbst. Natürlich war ihr klar, dass ihre Tante eine altertümlichere und wesentlich engstirnigere Ansicht dazu hatte, aber Hayley würde sich sicher nicht vorschreiben lassen, mit wem sie ihre Zeit verbrachte. Empfand Nate das etwa anders?

„Nur weil ihr für meine Familie arbeitet, heißt das doch noch lange nicht, dass wir nicht befreundet sein können, oder?“ Eigentlich hätte sie noch mehr sagen wollen, traute sich aber nicht recht, von einer potentiellen Beziehung mit Nate zu sprechen. Immerhin kannte sie ihn noch nicht lange, gleichwohl sie spätestens nach dem heutigen Abend die Anziehung zwischen ihnen nicht mehr leugnen konnte. Aber deshalb die Karten auf den Tisch zu legen, zumal ihr das Spiel selbst noch neu war, wäre sicherlich keine gute Idee gewesen.

„Du denkst nicht weit genug. Wir arbeiten nicht nur für deine Familie, sondern auch für dich. Im Prinzip auch jetzt schon, aber spätestens dann, wenn du die Lady von Rose Castle wirst. Vielleicht kannst du das nicht verstehen, weil du nicht hier aufgewachsen bist.

Doch in unserer Welt herrscht keine Gleichstellung des Adels mit den eigenen Angestellten." Nate klang weder belehrend noch unfreundlich. Womöglich ein wenig verbittert, vor allem aber ruhig und abgeklärt. Trotzdem trafen seine Worte Hayley. Warum war er überhaupt mitgekommen, wenn er der Meinung war, eine Beziehung, welcher Art auch immer, zwischen ihr und ihm sei von vornherein zum Scheitern verurteilt? Und es gab noch ein weiteres Detail, das Hayleys Magen hob, obwohl Jules den Wagen ohne großartige Turbulenzen über die Straße lenkte. Sie, die Lady von Rose Castle?

„Mein Cousin wird den Titel meines Vaters erben und ich habe sicher nicht vor, ihn zu heiraten."

Kurz huschte bei Hayleys Worten ein Lächeln über Jonathans Lippen, die ihren nur Minuten zuvor so nah gewesen waren.

„Das war vielleicht vor deinem Auftauchen der Plan. Aber du stehst in der Erbfolge über ihm. Rechtmäßig steht also dir der Titel mitsamt den Ländereien zu."

Was? Hayley wandte sich ab und umgriff mit beiden Händen den Rand der Ladefläche, fester als nötig gewesen wäre. Tausend Gedanken schossen ihr durch den Kopf, einer verrückter als der nächste. Begegneten Clementine und Percy ihr deshalb mit einer solchen Ablehnung und Kälte? Fürchteten sie, dass Hayley nur das Erbe im Sinn hatte.

„Das wollte ich nie. Ich bin nicht hergekommen, um irgendetwas zu übernehmen. Weder den Titel noch Rose Castle. Ich wusste das nicht", presste sie hervor und spürte eine warme Berührung an der Schulter. Nate drehte sie sanft zu sich herum und suchte ihren

Blick. Den ganzen Abend lang hatte sie seine Anwesenheit genossen, jetzt aber wünschte sie sich einfach nur, alleine zu sein. Am besten in ihrem richtigen Zuhause in Queens, weit weg von all diesen verwirrenden Gefühlen.

„Hey, ich weiß das", sagte er leise und beschwichtigend. „Doch das ändert wohl nichts an den Tatsachen."

Hayley war heilfroh, als Jules den Pick-up durch das Tor des Lieferantencingangs fuhr. Kaum dass Hayley das knarzende Geräusch der Handbremse hörte, streifte sie sich auch schon die Decke von den Schultern und stand auf.

„Danke für den wundervollen Abend", sagte sie aufrichtig, schwang ein Bein über den Rand der Ladeklappe und sprang vom Wagen. Sie meinte, was sie sagte, denn der kleine Ausflug war wirklich befreiend und schön gewesen. Zumindest bis zu ihrem Gespräch mit Jonathan.

„Hayley", rief Nate ihr hinterher und nach dem Geräusch von zuschlagenden Autotüren hörte sie auch Jules' Rufe. Doch sie konnte nicht stehenbleiben und so tun, als wäre alles in Ordnung. Was sie jetzt brauchte, war Ruhe, um ihre wild kreisenden Gedanken zu ordnen. Darum lief sie in Richtung des Hauses und weiter die verlassenen Korridore entlang, bis sie den oberen Absatz der Treppe fast erreicht hatte. Das Licht war überall im Haus gedimmt, darum bemerkte sie nicht, dass jemand sie dort erwartete.

„Sieh dich nur an, Hayley Oakwood", erklang plötzlich die Stimme ihrer Tante aus den Schatten, wobei sie ihren Nachnamen besonders betonte. Sie trat an den Rand der Treppe, die Hände übereinandergelegt und den Hals in die Länge gereckt. Der Ausdruck auf ihrem Gesicht, die Haltung, ja ihre gesamte Erscheinung sprachen von Überlegenheit.

Auf ihrem Weg durchs Haus hatte Hayley einen Moment lang den irrwitzigen Wunsch gehabt, ihre Tante zu wecken und sie zu fragen, ob alles, was Nate behauptet hatte, alles, was sie daraus geschlussfolgert hatte, tatsächlich zutraf. Jetzt aber wollte sie nichts lieber, als einen großen Bogen um sie zu machen und sich im Damenzimmer in ihr Bett zu kuscheln. Doch das herausfordernde Funkeln in Mrs Roses Augen und die Tatsache, dass ihre Tante offensichtlich auf sie gewartet hatte, verhießen, dass sie der Konfrontation wohl nicht entgehen konnte. Vielleicht würde dadurch wenigstens ein Teil der Wahrheit ans Licht kommen.

Also hielt Hayley Clementines Blick stand und wartete auf ihren nächsten Zug.

„Du willst ein Teil dieser Familie sein? Ziehst aber mit den Bediensteten um die Häuser und machst keine Anstalten, dich in irgendeiner Form anzupassen", schoss sie Hayley entgegen und ließ ihren Blick mit eindeutigem Unmut über ihre Kleidung wandern.

„Dieses Benehmen, dieser Aufzug wären vielleicht gut genug, wenn du als kleine Frisörin in Amerika arbeiten würdest. Aber als ...“

„Als was?", fuhr Hayley ihr dazwischen und spürte, wie ihr heiß wurde. „Als Lady von Rose Castle geht das alles nicht?"

Kurz flackert ein Funke in den Augen ihrer Tante auf, wie das Schussfeuer einer Kanone. Dann verzog ein höhnisches Grinsen ihr Gesicht.

„Du wirst niemals den Titel tragen. Mag sein, dass unser Blut durch deine Adern fließt, aber du wirst nie verstehen, was es heißt, eine Rose zu sein, genauso wenig wie deine Mutter. Auch wenn Dean dich als seinen Erben einsetzen will, mein Sohn ist viel besser dafür geeignet." Clementine hatte sich in Rage geredet. Ihr Atem ging schnell und ihre Gesichtszüge waren nicht mehr so glatt und emotionslos wie gewöhnlich.

„Ich werde dir zeigen, was es heißt. Welche Opfer du bringen musst. Und dann wirst du die Beine in die Hand nehmen und in dein altes Leben zurücklaufen." Sie hatte nicht vor, Hayley antworten zu lassen. Stattdessen machte sie auf dem Absatz kehrt und verschwand den Gang entlang. Hayley hielt den Handlauf umklammert und war bemüht, ihr nicht hinterherzulaufen.

Amelia

10. Januar 1939

Die letzten Wochen waren hart gewesen, einsam und auf eine verzehrende Weise trostlos. Nicht nur, weil das strahlende Weiß des Winters unter Stürmen und Eisregen ergraut war, sondern auch, weil es um die Feiertage noch stiller als sonst im Haus gewesen war. Viele der Bediensteten hatten das Weihnachtsfest und den Jahreswechsel bei ihren Familien verbracht. Lucas, der selbst keine Angehörigen mehr hatte, legte keinen Wert auf Feierlichkeiten und Amelia hatte sich nicht getraut, ihn zu bitten, ihre Familie einzuladen. Da die Lady des Hauses nach Rose Castle und nirgendwo anders hingehörte, erübrigte sich auch die Möglichkeit, ihrerseits ihre Familie zu besuchen. Darum hatte Amelia schweren Herzens dabei zusehen müssen, wie ein Angestellter nach dem anderen in froher Erwartung, seine Lieben zu sehen, aufgebrochen war. Darunter auch Isaac. Mit ihm war etwas verschwunden, das Amelia nie wirklich bewusst gewesen war. Ihn zu sehen, und sei es nur von weitem, mit ihm zu sprechen, auch wenn es nur gelegentlich war, schlichtweg die Gewissheit zu haben, dass er hier war, war eine Art Anker für sie gewesen. Und nun war dieser Anker endlich nach

Rose Castle zurückgekehrt. Heute Morgen war Isaac von seinem Familienbesuch zurückgekommen und das beschwerende Gefühl der Haltlosigkeit, das Amelia während seiner Abwesenheit verspürt hatte, war verflogen.

„Ich hoffe, du hast die Zeit bei deiner Familie genossen?" Amelia streifte sich die dicke, pelzgefütterte Kapuze ihres Mantels vom Kopf und zog sich die Handschuhe von den Fingern. Er stand in der Tür, die das Gewächshaus mit seinen privaten Räumen verband, und sah ihr entgegen. Ein Lächeln lag auf seinen Lippen, aber seine Augen sprachen von vielen schlaflosen Nächten und Gram.

„Was ist denn passiert?" In wenigen Schritten war sie bei ihm und musste sich mit Gewalt davon abhalten, den respektablen Abstand zu ihm einzuhalten. Immer wenn sie in seiner Nähe war, fühlte sie eine Vertrautheit, die sie jegliche angebrachte Distanz vergessen ließ. Ähnlich wie es bei Celia der Fall war und doch gänzlich anders.

„Ich will Euch nicht damit belasten, Lady Rose", antwortete er leise. „Sagen wir, ich bin froh, wieder bei Euch zu sein." Ihr Herz, das beim Anblick des traurigen Ausdrucks auf seinem Gesicht zu schmerzen begonnen hatte, machte bei seinen letzten Worten einen kleinen Satz. Sie wollte ihm sagen, dass sie ebenso froh war, ihn wieder bei sich zu haben, und dass er sie nicht zu schonen brauchte. Amelia wollte für ihn da sein, wie er es für sie war.

Es bedurfte kein Wort, um ihm das begreiflich zu machen. Alleine durch ihren intensiven Blick verstand Isaac wie so oft, was in ihr vorging. Er seufzte schwer.

„Meine Mutter ist zwei Tage nach Weihnachten gestorben. Sie war die letzte Angehörige, die ich noch hatte. Wie es aussieht, bin ich nun alleine auf dieser Welt.“ Diese drei Sätze durchfuhren Amelia wie ein Blitz. „Es tut mir so leid, Isaac.“ Sie schluckte schwer und griff nach seiner Hand. „Aber du bist nicht alleine.“ Die Worte flossen über ihre Lippen wie ein Meerestosen. Unaufhaltsam, kraftvoll und mit einer Tiefe, die das Summen in ihrem Inneren anschwellen ließ. Langsam löste Isaac den Blick seiner leuchtenden Augen von ihrem Gesicht und richtete ihn auf die Stelle, an der sie ihn berührte. Seine Hand drehte sich in ihrer, sodass er seine Finger seinerseits um die ihren schließen konnte. Sachte fuhr er mit dem Daumen über ihren Handrücken und brachte damit ihre Haut zum Kribbeln. Diese kleine Geste stand der Fülle an Gefühlen gegenüber, die Amelia in diesem Augenblick empfand, und sie schwor sich, Isaac irgendwann zu beweisen, dass sie für ihn da war. Komme, was wolle.

Hayley

24. Juni 2018

Der Regen hatte den Garten zurückerobert. Dicke Tropfen peitschten gegen die Fensterscheiben, die in den Ecken angelaufen waren. Der Wind sang ein wehmütiges Lied und Hayleys Herz schlug einen langsamen, gleichmäßigen Takt dazu.

Jules hatte ihr zahlreiche Nachrichten geschickt. Ebenso Sienna, die den versprochenen Bericht über ihren Ausgehabend erwartete. Aber die einzige Person, mit der Hayley gesprochen hatte, war Miss Prudence gewesen.

Weil Jules am Samstagmorgen aufgebrochen war, um das freie Wochenende bei ihrer Familie in Durham zu verbringen, hatte an ihrer Stelle Miss Prudence höchst persönlich heute Hayleys benutzte Handtücher und schmutzige Kleidung geholt und das Bett gemacht.

Wie ein wandelndes Sinnbild der Haltung von Mrs Rose war sie durch das Damenzimmer stolziert und hatte Hayley mit ihren missbilligenden Blicken eindeutig zu verstehen gegeben, dass sie über alles informiert war. Natürlich hätte ihre Tante auch ein anderes Zimmermädchen schicken können, aber dass gerade Miss Prudence gekommen war, verdeutlichte Hayley nur einmal mehr, wie sicher Clementine die Zügel hier im Haus in den Händen hielt.

Hayley hingegen hatte sich haltlos gefühlt und nicht gewusst, wie ihr nächster Schritt aussehen sollte.

Mrs Rose hatte recht. Sie verstand nichts von dem, was anscheinend von ihr erwartet wurde. Vermutlich würde sie dem nie genügen können und das wollte sie auch gar nicht. Auf der anderen Seite kam es für Hayley nicht infrage aufzugeben. Endlich hatte sie einen kleinen Vorstoß bei ihrem Vater geschafft. Es gab Hoffnung. Was es allerdings nicht zu geben schien, waren Antworten. Zumindest im Moment noch nicht.

Sie hatte sich diese kurze Verschnaufpause gegönnt, um Kraft zu sammeln und sich über einiges klarzuwerden. Jetzt aber hieß es, die Beine aus dem Bett schwingen und weitermachen.

Hayley holte den Ehering ihrer Mutter hervor und befühlte das hautgewärmte Metall mit ihren Fingerspitzen. Das war ihr Anker. Das Bindeglied zwischen ihrem alten Leben und den neuen Herausforderungen. Eine Verbindung zu ihren Eltern, die über Worte und Taten hinausging.

Es klopfte an der Tür, Hayley ließ den Ring rasch wieder unter ihr Shirt gleiten und stand auf.

„Ja?“

Olivia erschien. Sofort holte Hayley die Erinnerung an etwas ein, das sie durch den Trubel völlig vergessen hatte, und Aufregung machte sich in ihr breit.

„Jean sagte, du wärst nicht bei den Mahlzeiten gewesen und es ginge dir womöglich nicht gut. Da dachte ich, ich bringe dir etwas Besonderes hoch.“ Sie schob die Tür mit der Hüfte ins Schloss und hob das Tablet in ihren Händen an.

„Hausgemachter Porridge mit Schokolade. Das beste Mittel gegen …" Olivia sah Hayley von oben bis unten an, als versuchte sie abzuschätzen, was genau mit ihr nicht stimmte. „Ach, gegen eigentlich alles", schloss sie dann mit dem für sie typischen warmen Lächeln auf den Lippen.

„Danke, Olivia, du bist die Beste", sagte Hayley aus vollem Herzen und sog den köstlich süßen Geruch des Porridges ein, nachdem Olivia das Tablett auf dem Tisch abgestellt und die Servierhaube gelüftet hatte.

„Ich habe noch etwas anderes für dich."

„Entschuldige. Nate hat mir gesagt, dass du mit mir sprechen wolltest, aber …" Aber Hayley war zu sehr mit anderen Dingen beschäftigt gewesen. Olivia überging ihr Zögern und zeigte auf einen der Polsterstühle. „Darf ich?"

„Natürlich. Bitte, setz dich." Hayley tat es ihr gleich und nahm den Teller vom Tablett.

„Darüber musst du dir wirklich keine Gedanken machen, Liebes. Ich kann mir vorstellen, dass du es zur Zeit alles andere als leicht hast. Mir ist bloß etwas eingefallen. Sarah hat mich einmal nach etwas gefragt, aber ich konnte ihr da nicht wirklich weiterhelfen."

Hayley hatte gerade einen Löffel voll Porridge zu ihrem Mund führen wollen, hielt aber in der Bewegung inne. Eine Spur. Olivia hatte womöglich eine Information, die sie endlich weiterbringen konnte.

„Was war es?"

„Sie wollte die Haushaltsbücher einsehen. Allerdings bin nicht ich diejenige, die diese Bücher führt, sondern Miss Prudence – damals wie heute.“

Hayleys Schultern sackten gemeinsam mit dem Löffel in ihrer Hand herab. Miss Prudence würde ihr niemals helfen.

Nachdem Olivia sich verabschiedet hatte, holte Hayley ihr Handy hervor. Fest entschlossen, Jules endlich zu antworten und Sienna auf den neuesten Stand zu bringen.

Sienna reagierte wie erwartet heftig auf ihren Bericht, bestärkt Hayley aber in ihrem Vorhaben, in Rose Castle zu bleiben und die Tücken ihrer Tante auszusitzen.

„Was soll sie schon machen? Wenn du mich fragst, ist das vor allem viel heiße Luft“, meinte ihre Freundin gerade, als es klopfte.

Eigentlich hatte Hayley antworten wollen, dass sie sich da nicht so sicher war, sagte aber nun stattdessen: „Sienna, ich glaube, Jules ist da. Ich muss jetzt Schluss machen“, und dann lauter: „Komm rein.“

„Okay, halt die Ohren steif und lass mich ja nie wieder so lange zappeln“, erwiderte Sienna und beendete das Gespräch genau in dem Moment, in dem Jules die Tür hinter sich schloss.

„Was auch immer dieser Vollidiot zu dir gesagt hat, vergiss es ganz schnell wieder! Den kriegt man genauso schwer aus seinem Schneckenhaus wie einen tiefsitzenden Holzsplitter aus dem Finger.“ Jules kam auf Hayley zu, ihr Blick weder beleidigt noch distanziert –

was Hayley ihr nicht mal übelgenommen hätte, nachdem sie ihren gemeinsamen Ausgehabend mit einem so filmreifen Dramaqueen-Abgang beendet und dann erst mit einiger Verspätung auf ihre Nachrichten reagiert hatte. Jules wirkte jedoch einfach nur besorgt.

Hayley war so dankbar und glücklich, Jules an ihrer Seite zu haben, dass sie aufsprang und ihre Arme ausbreitete. „Tut mir leid, ich muss das jetzt einfach machen." Und damit umarmte sie das Dienstmädchen und drückte sie fest an sich.

„Schon gut. Alles in Ordnung." Jules lachte etwas überrascht auf, erwiderte Hayleys Umarmung aber.

„Wie war es bei deiner Familie?"

„Schön, aber sicher nicht halb so spannend wie bei dir. Was zum Teufel war denn los?"

Hayley nahm Jules an der Hand und setzte sich mit ihr auf die breite Fensterbank.

„Alle sind der Meinung, dass es sich nicht gehört, dass ich mit euch befreundet bin", begann sie zu erzählen.

„Nate?", wollte Jules wissen und verzog verärgert das Gesicht.

„Und meine Tante", ergänzte Hayley. „Sie meint, ich würde es nie schaffen, mich, ich zitiere, *meinem Stand gemäß zu benehmen*, und dass sie mir zeigen würde, was es mich kostet, wenn ich hierbleibe. Sie will mich rausekeln."

Jules überlegte kurz. „Aber das versucht sie doch schon von Anfang an, oder?"

„Stimmt", pflichtete Hayley ihr bei.

„Und du bist noch hier."

Hayley nickte.

„Und das wirst du verdammt nochmal auch bleiben. Ob sie es nun einsieht oder nicht, du bist das Beste, was dieser Familie hätte passieren können. Ich habe mitbekommen, wie Clark mit Olivia über Sir Rose gesprochen hat", sagte sie bedeutungsvoll.

„Und?"

„Er bemerkt eine Veränderung in ihm. Sir Rose scheint glücklicher zu sein", berichtete sie mit Nachdruck. Ihre Worte waren Balsam für Hayleys Seele.

„Das trifft auf Clementine und Percy aber ganz sicher nicht zu. Sie haben Angst, dass ich Percy seinen zukünftigen Titel streitig mache, was ich ja überhaupt nicht will. Trotzdem wird meine Tante wohl alles tun, um das zu verhindern."

„Lass dich davon bitte nicht unterkriegen. Sollen sie doch paranoid sein. Immerhin entscheidest du, ob du den Titel annimmst oder nicht."

Kurz ließ sich Hayley Jules' Worte durch den Kopf gehen. Nein, sie wollte den Titel nicht und es war ihre Entscheidung. Aber sie wollte hierbleiben, vor allem jetzt, da sich endlich etwas zu bewegen schien.

„Da ist noch etwas anderes", erklang ihre Stimme und brachte die Überlegungen zum Verstummen. „Olivia hat mir erzählt, dass meine Mutter sie vor Jahren nach den Haushaltsbüchern gefragt hat."

„Was wollte sie denn damit?", fragte Jules und fuhr sich mit den Fingern übers Kinn.

„Das ist die Preisfrage. Aber viel wichtiger ist: Wie komme ich an diese Bücher, ohne dass Miss Prudence es mitbekommt?" Sofort formte sich auf Jules' Gesicht ein teuflisches Grinsen, das Hayley noch nie bei ihr gesehen hatte. „Das überlass nur mir."

Hayley

27. Juni 2018

„Und du bist dir wirklich hundertprozentig sicher, dass Miss Prudence nicht auftauchen wird?"

„Ich bin mir tausendprozentig sicher, dass sie nicht auftauchen wird!"

Hayley folgte Jules den schmalen Korridor im zweiten Stock des Hauswirtschaftsflügels entlang, wo sich die Schlafzimmer der Angestellten befanden. Der dicke Teppichboden dämpfte ihre eiligen Schritte, trotzdem blickte sich Hayley immer wieder um, in der Erwartung, doch irgendjemanden anzutreffen. Sie passierten eine Tür nach der anderen, bis Jules schließlich vor der letzten, am Ende des Korridors, stehenblieb.

„Jetzt schau doch nicht so verkniffen. Sie wird nicht kommen, glaub mir. Steph hat den Dichtungsring an einer der Waschmaschinen gelöst, darum gibt es jetzt eine kleine Überschwemmung unten in der Wäscherei. Miss Prudence ist dort beschäftigt und wie ich sie kenne wird sie nicht eher verschwinden, bis der Handwerker da war und das Chaos beseitigt ist. Außerdem sind noch ein paar andere eingeweiht, die die Augen offenhalten und im Notfall ein weiteres Ablenkungsmanöver starten. Und wenn wirklich alle Stricke reißen, wird Jean mich anrufen. Sie hat im Treppenhaus Posten bezogen", erklärte Jules mit einem verschmitzten Glitzern in den Augen. Das hatten sie alle für Hayley getan? So viele der Bediensteten riskierten Ärger oder Schlimmeres, um ihr zu helfen?

Das Schloss klickte leise, wobei Hayley gar nicht mitbekommen hatte, wie Jules die sicherlich verschlossene Tür aufbekommen hatte. Doch das Geräusch riss sie aus ihren Gedanken und machte ihr bewusst, was sie hier eigentlich im Begriff waren zu tun. Einbruch.

„Hereinspaziert." Jules schob Hayley in den kleinen, einfach eingerichteten Raum und schritt dann ohne Hemmungen an das hohe Regal, das zahlreiche schwarz eingebundene Bücher beherbergte.

„Wonach genau suchen wir?", wollte sie wissen und nahm eines der Bücher in die Hand.

„Ich weiß es leider nicht", gestand Hayley und setzte sich ebenfalls in Bewegung. Sie mussten die Zeit, die ihnen zur Verfügung stand, nutzen – plötzliche Skrupel hin oder her. Sie schnappte sich ebenfalls ein Buch vom Regalbrett und musterte die Vorderseite. 2014 stand da in sauberer Handschrift auf dem kleinen, weißen Klebeetikett.

„Meine Mutter hat Rose Castle 1998 verlassen, also brauchen wir die Bücher von den Jahren danach nicht durchzusehen. Ich fange hier an ...", beschloss Hayley und griff nach dem Buch in der linken oberen Ecke. „... und du mit dem aus 1997. Und wir treffen uns in der Mitte."

Die Haushaltsbücher zu durchforsten war nicht nur sterbenslangweilig, obendrein kamen sie auch nur schleppend langsam voran. Jules bekam zwar immer wieder Statusberichte aus der Waschküche, trotzdem lief ihnen allmählich die Zeit davon.

Hayley überblätterte gerade eine seitenlange Auflistung von neu gekaufter Bett- und Tischwäsche, als Jules eine weitere Nachricht bekam. Hayley sah auf und begegnete Jules' amüsiertem Blick.

„Der Installateur hat den Grund gefunden, warum die Waschmaschine leckt, und Miss Prudence ist Stephanie zufolge kurz vorm Explodieren."

Hayley schluckte. Die Bedenken und das schlechte Gewissen waren mit einem Schlag zurück. „Habt ihr denn keine Sorge, dass ihr Schwierigkeiten bekommt?", fragte sie und richtete ihren Blick zurück auf das Buch in ihrem Schoß. Die obere Ecke der Seite zeigte Spuren symmetrischer Knicke und sofort schlug Hayleys Herz schneller. Die feinen Rillen im Papier waren kaum mehr zu sehen, Hayley wusste aber auch so, wie sie zustande gekommen sein mussten. Sie faltet die Ecke erneut, auf dieselbe Weise, wie ihre Mutter es vor Jahren getan haben musste. Ein kleiner Pfeil entstand und zeigte auf die Mitte der Seite.

Während Hayley den Inhalt der Zeilen gierig in sich aufsaugte, machte Jules eine wegwerfende Handbewegung.

„Hunde, die bellen, beißen nicht. Mag sein, dass Miss Prudence uns allen mit der Kündigung gedroht hat, wenn wir uns der Familie gegenüber unangemessen verhalten. Aber was soll sie denn schon tun. Sie kann schlecht den ganzen Hausstand entlassen."

„Sei dir da mal nicht so sicher, Jules", erwiderte Hayley mit Grabesstimme. Sie blickte inzwischen mit weit aufgerissenen Augen auf das Papier vor sich. „Sieh mal", sagte sie und hielt ihrer Freundin das aufgeschlagene Haushaltsbuch aus dem Jahre 1945 unter die Nase.

„In diesem Jahr wurde unter Sir Lucas und Lady Amelia Rose die gesamte Belegschaft entlassen, inklusive der damaligen Hausaufseherin. Nur eine einzige der Bediensteten arbeitete danach noch weiter für die Familie Rose und zwar Miss Celia Vandervine. Den Aufzeichnungen zufolge war sie zuerst Lady Roses Zimmermädchen und hat dann die Aufsicht über den neuen Hausstand übernommen."

Die Selbstsicherheit und das Grinsen waren aus Jules' Gesicht verschwunden. Nun sah sie ebenso bleich um die Nase aus wie Hayley. Was sich noch zusätzlich verstärkte, als sie die nächste einkommende Nachricht auf ihrem Handy las.

„Wir müssen los. Der Drache ist im Anmarsch! Schnapp dir das Buch und dann nichts wie weg hier."

Obwohl Hayley nichts lieber getan hätte, als das Buch mit in ihr Zimmer zu nehmen und es später in Ruhe zu studieren, traute sie sich nicht. Wenn Miss Prudence sein Fehlen bemerken würde, wäre bestimmt der Teufel los, und sie wollte auf keinen Fall riskieren, dass Jules und die anderen ihretwegen doch noch Ärger bekamen.

Also fotografierte sie rasch die Seite ab, klappte das Buch wieder zu und stellte es an seinen Platz zurück. Vorm Verlassen des Zimmers warf sie noch einen letzten Blick auf das Regal und hoffte inständig, dass Miss Prudence nichts von ihrem Eindringen bemerken würde.

„Wie war dein Tag?“ Die Frage kam unerwartet und riss Hayley aus ihren Gedanken, die sich allein um Celia Vandervine gedreht hatten. Sie saß mit ihrem Vater beim Abendessen, zum ersten Mal seit ihrer Ankunft ohne Percy oder ihre Tante. Die beiden waren Jules zufolge zu einem Reitturnier nach Darlington gefahren, bei dem Percy antrat.

Wäre Hayley nicht so abgelenkt von ihrem Fund gewesen, hätte sie bestimmt von sich aus versucht, diese Gelegenheit zu nutzen, um mit ihrem Vater ins Gespräch zu kommen. Umso mehr freute es sie, dass er es nun war, der einen Vorstoß machte.

„Gut. Ich war mit Jules unterwegs“, antwortete sie, sehr darum bemüht, es so klingen zu lassen, als hätte sie einen Spaziergang durch die Gärten oder ähnliches gemacht, und nicht, als wären sie in die Privaträume von Miss Prudence eingedrungen, um dort herumzustöbern.

„Du verbringst viel Zeit mit ihr“, stellte er fest, ohne von seinem Suppenteller aufzustehen. Es hörte sich nicht nach einem Vorwurf an und trotzdem schien ihr Vater nicht sonderlich begeistert zu sein.

„Ist das ein Problem für dich?“ Nach allem was Nate und Clementine zu dem Thema Beziehungen mit Angestellten von sich gegeben hatten, musste Hayley ihren Vater einfach direkt fragen. Sie wollte wissen, wie er dazu stand.

„Nun, ich habe Miss Curling gebeten, sich gut um dich zu kümmern, damit du dich rasch eingewöhnst. Wie mir scheint, hat das gut funktioniert.“ Er warf ihr einen kurzen Seitenblick zu. „Dir muss nur bewusst sein, dass es keine echten Freundschaften zwischen der Familie und unseren Angestellten geben kann. Versteh mich nicht falsch, ich für meinen Teil schätze beispielsweise Clark sehr. Er steht schon seit Jahren treu an meiner Seite und ich vertraue ihm. Aber unsere Beziehung ist rein professionell und wird auch nie mehr sein."

Hayley dachte über seine Worte nach, konnte ihrem Vater aber nicht zustimmen.

„Aber man kann sich doch nicht aussuchen, wen man gernhat. Freundschaft und Liebe entwickeln sich einfach, egal, wie man zueinander steht."

„Liebe?", fragte Sir Rose und sah seine Tochter nun unverwandt an.

„Rein hypothetisch", beeilte sie sich zu sagen, brannte aber darauf, zu sehen, wie er reagieren würde.

„Wenn man sich wie wir in bestimmten Kreisen bewegt, ist das mit einigen Privilegien verbunden." Er hob die Hände und sah sich in dem herrschaftlichen Speisesaal um.

„Geld, Einfluss, ein schönes Leben, wenn man es zu schätzen weiß. Aber das alles hat seinen Preis. Es ist wichtig, seine Freunde ..." Dieses Wort betonte er besonders. „... mit Bedacht zu wählen." Hayley war klar, dass er mit dem Wort *Freunden* in Wirklichkeit jegliche Art von Beziehungen meinte. Trotzdem wollte sie es aus seinem Mund hören.

„Und Partner?" Einige Herzschläge lang sahen sie einander an. Hayley hielt seinem Blick stand, hinter dem sich die Antwort und so viel mehr versteckte.

„Vor allem gilt dies für unsere Partner." Auf einmal lächelte er. Breit und warm und Hayley konnte die Sehnsucht, welche in diesem Lächeln lag, regelrecht spüren. Sie fühlte dasselbe.

„Und hast du dich daran gehalten?" Ihre Stimme war dünn, doch ihr Herz schwoll bei dieser Frage an. Zwar war ihre Mutter keine Angestellte der Familie gewesen, aber wenn man Clementines Worte bedachte, hatte sie ihre gesellschaftliche Position betreffend weit unter Hayleys Vater gestanden. Trotzdem hatte er sich für sie entschieden. Er hatte ihre Mutter geliebt, vermutlich mehr als gut für ihn oder seinen Titel gewesen war, und sie hatte ihn enttäuscht, verletzt, alleine gelassen.

„Nein." Dieses eine Wort war voller Stärke, voller Liebe. Keine Reue, keine Unsicherheit. Egal, was geschehen war, er würde sich wieder so entscheiden. Daran hatte Hayley keinen Zweifel.

Amelia

22. März 1940

Amelia liebte den Frühling in Corbridge. Wenn sie daran dachte, dass ihr das regnerische Wetter und die zarten Frühjahrsblumen vor gut zwei Jahren noch missfallen hatten, konnte sie nur den Kopf über sich selbst schütteln. Viel hatte sich seither verändert. Sie war nicht mehr das Mädchen, das an der Seite von Sir Rose zum Traualtar geschritten war. Amelia war zur Frau, zur Lady von Rose Castle herangereift. Sie hatte so viel verloren und mindestens genauso viel gewonnen. Die Ehe mit Lucas, die lediglich auf dem Papier und in den Nächten, wenn er zu ihr ins Bett stieg, existierte, seine unberechenbaren Launen, seine Ausbrüche – all das hatte ihr einiges abverlangt und das tat es immer noch. Aber durch all den Kummer, die Angst und die Demütigungen hindurch war ihr Wille gewachsen, zart und gleichzeitig stark wie die hellgrünen Halme der Tulpen, die jedes Jahr aufs Neue das schwere Erdreich durchstießen.

Sie hatte sich ihre eigene kleine Insel geschaffen, in dem Meer aus Wahnsinn, das Lucas umgab und in dem sie zwangsläufig mitschwimmen musste, wann immer es ihm beliebte. Darin ertrinken würde sie allerdings nicht, dank Celia und dank Isaac.

Auch jetzt war er es, der sie über Wasser hielt. Vor wenigen Tagen war Lucas zu einem Jagdausflug aufgebrochen, nachdem er sie eine schreckliche Nacht lang mit Vorwürfen und Raserei wachgehalten hatte. Sobald er fort gewesen war, hatte Amelia die Spuren seines Ausbruchs so gut sie konnte beseitigt und den Weg in den Garten eingeschlagen. Wind und Regen hatten sie schließlich ins Gewächshaus flüchten lassen, wo Isaac eine ganze Armada an kleinen Torftöpfchen auf den Pflanztischen vorbereitet hatte.

Seit drei Tagen waren sie nunmehr damit beschäftigt, die Töpfchen mit den unterschiedlichsten Blumen- und Gemüsesamen zu bestücken. Die monotone Arbeit hatte etwas ungemein Beruhigendes an sich. Und das war genau das, was Amelia nach den Turbulenzen mit Lucas bitter nötig gehabt hatte. So verbrachte sie auch ihren Hochzeitstag umringt von Erde und Glas mit Isaac. Sie verlor sich ganz in ihrem Tun und in dem warmen Braun von Isaacs Augen, wann immer sich ihre Blicke trafen.

Hayley

28. Juni 2018

Sie hatte kaum geschlafen und doch war Hayley schon im Morgengrauen aufgestanden. Die Ereignisse des gestrigen Tages hatten sie rastlos zurückgelassen. In ihrem Kopf spukten die Geister der Vergangenheit herum und trieben sie nach draußen. Obwohl der Sommer Einzug in Corbridge gehalten hatte, war es heute Morgen noch kühl im Garten. Das Gras war feucht und der Dunst der Nacht hielt sich an den Zweigen der Büsche und Bäume fest. Ebenso diesig und schwer waberten die Fragen in Hayleys Kopf. Warum hatte ihre Mutter nach diesem Haushaltsbuch gesucht? Was hatte die Entlassungswelle von 1945 mit ihrer Entscheidung zu tun, Rose Castle zu verlassen? Wie konnte etwas, das so viele Jahre zurücklag, Einfluss auf das Leben ihrer Mutter gehabt haben? Hayley verstand es einfach nicht, und auch wenn die Anhaltspunkte verwirrend und undurchsichtig waren, war sie fest entschlossen, dem auf den Grund zu gehen.

Rund um die Gräber war es gefühlt noch ein wenig kälter als im Rest der Anlage, und Hayley, die nur einen dünnen Pullover trug, fröstelte es.

Sie schritt die Grabsteine ab, las all die Namen und verglich sie mit jenen, die auf der abfotografierten Seite des Haushaltsbuches aufgelistet waren. Nachdem sie den gesamten Friedhof zweimal durchgegangen war, blieb sie mit dem Rücken zum Mausoleum stehen. Ein Name fehlte. Sowohl auf der Liste als auch auf den Gräbern. Celia Vandervine. Sie war nicht hier bestattet worden, was einfach keinen Sinn ergab. Sie war die einzige, die 1945 nicht entlassen worden war, was nur daran liegen konnte, dass sie eine besondere Verbindung zu Sir Lucas oder vermutlich eher zu Lady Amelia gehabt haben musste. Warum also war sie nicht hier bestattet worden? Hayley hörte ihr eigenes rasches Einatmen. Was, wenn sie noch lebte? War das möglich? Automatisch setzte sich Hayley in Bewegung, ging zwischen den Grabsteinen hindurch, verließ den Friedhof, während ihr Herz laut pochte und sich ihre Gedanken überschlugen.

Die neue Erkenntnis, oder vielmehr die Eventualität einer weiteren Spur, nahm sie vollkommen ein, lenkte sie derart ab, dass Hayley erst bemerkte, wohin sie ihre Füße gebracht hatten, als sie vor dem Gewächshaus stand. Sie hatte nicht hierherkommen wollen. Oder doch?

Ihr Puls wurde erneut befeuert und obwohl sie nicht wusste, wie Nate auf ihr unangekündigtes Erscheinen reagieren würde, schloss sie den Abstand zum Eingang und griff nach dem Messingknauf der Glastür. Einen Moment lang hielt sie inne, nicht, weil sie zögerte, sondern weil ihr Blick von der kleinen Gedenktafel über der Türlaibung angezogen wurde.

1945. Das Jahr des Brandes. Das Jahr, in dem die Bediensteten entlassen wurden. Das Jahr, das ihre Mutter in den Haushaltsbüchern nachgeschlagen hatte.

Als sie den Kopf wieder senkte, sah sie durch die Glasscheibe hindurch in Jonathans Gesicht. Ihr Magen machte einen Satz. Er stand hinter der Tür und musterte sie. Hayley hielt seinen Blick, die Hand immer noch auf dem Türknauf. Nate sah überrascht aus. Und obwohl seine Mundwinkel nicht gehoben waren, erkannte sie die Andeutung eines Lächelns in seinen wundervollen Augen.

Weil sie immer noch keine Anstalten machte einzutreten, fasste nun Nate nach dem Griff und öffnete die Tür des Gewächshauses für sie.

„Miss Oakwood", begrüßte er sie und im Vorbeigehen war Hayley, als würden seine Mundwinkel nun doch kurz nach oben zucken.

Sie ging bis zur Mitte des Gewächshauses und blieb dann unvermittelt stehen. Ein nervöses Kribbeln breitete sich in ihrem Bauch aus und sie spürte Jonathans Blick auf sich, so intensiv wie eine Berührung. Aber was wollte sie eigentlich hier? Was sollte sie sagen oder tun, um Nate davon zu überzeugen, dass alles zwischen ihnen okay war, nachdem sie bei ihrem letzten Treffen einfach davongerauscht war?

„Du bist hier", stellte er fest. Seine Stimme erklang dicht hinter ihr und Hayley schloss für einen Moment die Augen, sog die schweren Gerüche der Pflanzen und der Erde ein, genoss es schlichtweg, bei ihm zu sein. Sie hatte es sich nicht eingestehen wollen, hatte sich nicht erlaubt, darüber nachzudenken, aber sie hatte Nate vermisst. Diese undefinierbare Distanz, die er an jenem Abend mit seinen Worten geschaffen hatte, schmerzte sie mehr, machte Hayley mehr Angst, als die Abneigung ihrer Tante es tat. Sie schluckte schwer.

„Und du redest mit mir, als würde dir das mehr bedeuten, als es deiner Meinung nach sollte", erwiderte sie rau und spürte die Hitze durch ihre Adern fließen. Stockend drehte sie sich zu Jonathan um, sah in sein Gesicht, in dem so viel Wärme lag, und in seine Augen, die dieselbe Furcht widerzuspiegeln schienen, die auch sie empfand. Er war ihr nah, stand nur eine Armeslänge von ihr entfernt, und doch fühlte es sich wie eine unüberbrückbare Distanz an. Bis, ganz langsam, dieses umwerfende Lächeln auf seinen Mund trat. Es wärmte Hayley von innen heraus, obwohl auch ein Hauch von Unsicherheit darin lag.

„Wenn mir ein Mitglied der Familie Rose einen Besuch abstattet, dann ist daran nichts Verwerfliches", sagte er leise, aber betont. Ein Mitglied. Diesmal nannte er sie nicht die zukünftige Lady von Rose Castle, und mit diesem simplen Satz machte er klar, dass er Hayley nicht völlig aus seinem Leben verbannen wollte.

„Hayley, es tut mir ..."

„Nicht", unterbrach sie ihn rasch. „Du hast recht, auch wenn ich anderer Meinung bin als du. Es ..." Nun fehlten Hayley die Worte, das auszudrücken, was ihr auf dem Herzen lag. Ihr Leben war in den letzten Wochen unglaublich kompliziert geworden. Einfach alles hatte sich geändert. Und das meiste davon war verwirrend. Dieses angenehm warme Prickeln, das sie in Jonathans Nähe verspürte, gehörte zu dieser Kategorie. Hayley hatte keine Ahnung, was es hieß, eine Lady zu sein, weil sie es schlichtweg nicht wollte. Aber ihr Umfeld, ihre Tante und sogar Nate selbst waren offenbar der unerschütterlichen Ansicht, dass es bedeutete, dieses Prickeln sei fehl am Platz. Stünden die Dinge anders und Hayley hätte Nate an einem anderen Ort und unter anderen Voraussetzungen kennengelernt, dann … ja, was dann?

„Es war ein Fehler von mir, dir das einfach alles an den Kopf zu werfen." Führte er den von ihr begonnen Satz weiter, nur um gleich darauf selbst zu stocken. „Immerhin weiß ich ja nicht einmal, ob …" Ob sie ihn mochte? Vielleicht sogar mehr als nur das? Wollte er wissen, ob sie an ihn denken musste, obwohl ihr Geist randvoll mit tausend anderen Dingen war? Ob sie sofort nach ihm Ausschau hielt, sobald sie einen Fuß in den Garten setzte? Und ob sie ihm nah sein wollte, viel näher?

„Ja", platzte es aus ihr heraus und die folgenden Sekunden der Stille füllten den gesamten Raum. Hayleys Anspannung wuchs mit jedem ihrer Herzschläge und die eisblauen Flammen in Nates Augen machten es nur noch schlimmer. Gleichzeitig merkte sie, wie sehr er mit sich kämpfte und in diesem Moment war es ihr wichtiger, den Druck von ihm, von ihnen beiden, zu nehmen, als das zu hören, was sie sich insgeheim wünschte.

„Das war das eigenartigste Gespräch, das ich seit langem geführt habe", sagte sie in die Stille hinein und vertrieb damit ihre eigene Anspannung ein wenig. Nate sprang auf den rettenden Zug auf, grinste schief und lachte sogar kurz, aber ehrlich auf.

„Na, das will ich doch hoffen, immerhin habe ich mir redlich Mühe gegeben, unzusammenhängendes und irgendwie peinliches Zeug von mir zu geben.“

„Dito.“

Nate hob den Arm und rieb sich über die Haare am Hinterkopf. „Willst du mir erzählen, was ihr angestellt habt, Jules und du?“

Hayleys Augenbrauen hoben sich. „Du weißt davon?“ Wieder lachte er.

„In diesem Haus dauert es nicht lang, bis sich gewisse Dinge rumsprechen.“

„Sieht so aus.“

Jonathan lud sie auf eine Tasse Tee in seine kleine Wohnung im hinteren Teil des Gewächshauses ein und Hayley erzählte ihm von dem Einbruch in Miss Prudences Zimmer, der eindeutig von ihrer Mutter markierten Seite und von ihren Überlegungen in Bezug auf Celia Vandervine. Gleichwohl er ihr mit nichts davon weiterhelfen konnte, war es schön, einfach mit ihm zusammenzusitzen und darüber zu sprechen.

Der Tag war lang und ereignisreich gewesen und Hayley war heilfroh, als sie am Abend nach einem ausgiebigen Bad nur noch das Abendessen vor sich hatte. Anschließend würde sie in ihr Bett fallen und den dringend nötigen Schlaf nachholen.

Sie fühlte sich erleichtert, dass zwischen Nate und ihr wieder alles normal, wenn auch nicht restlos geklärt war. Unter die Freude darüber mischten sich Euphorie, weil sie endlich einen Schritt weitergekommen war, und Neugier, wo ihr eingeschlagener Weg sie hinführen würde.

Ihre positive Stimmung bekam allerdings einen herben Dämpfer, als sie den Speisesaal betrat.

Clementine und Percy saßen bereits am Tisch. Von ihrem Vater fehlte hingegen jede Spur. Wahrscheinlich hatte er einen Termin außer Haus, was bedeutete, dass sie dieses Essen im Haifischbecken alleine hinter sich bringen durfte.

Obwohl ihre Tante mit dem Rücken zur Tür saß, schien sie Hayleys Ankunft sofort bemerkt zu haben. „Du bist zu spät. Das darfst du dir morgen nicht erlauben", lautete ihre Begrüßung.

Hayley warf einen verstohlenen Blick auf die Uhr. Sie war gerade einmal zwei Minuten zu spät, wenn man das überhaupt so nennen wollte, und trotzdem ließ Clementine die Gelegenheit, sie zu tadeln, nicht aus. Der Appetit verging Hayley augenblicklich und sie hätte das Abendessen liebend gern ausfallen lassen.

„Also, Miss Oakwood, darf ich Sie bitten, Platz zu nehmen, damit wir die Suppe servieren können", kam es von Miss Prudence, die in einer Ecke des Zimmers gewartet, oder wie Hayley es viel eher empfand, gelauert hatte. Seit dem Vorfall in der Wäscherei lief ihr die Haushälterin ungewöhnlich oft über den Weg und sah sie mit durchdringenden Blicken an. Ob sie etwas ahnte?

Hayley schüttelte diesen erschreckenden Gedanken ab, ignorierte die vor Höflichkeit triefende und doch unterschwellig unfreundliche Bitte von Miss Prudence und setzte sich an den Tisch.

Innerlich knirschte Hayley mit den Zähnen, aber sie schaffte es dennoch, über der Feindseligkeit der Anwesenden zu stehen. Es wäre sinnlos gewesen, darauf einzusteigen. „Entschuldigt, ich werde morgen früher zu den Mahlzeiten erscheinen."

„Das will ich hoffen, aber ich habe nicht von dem Essen mit der Familie gesprochen", erwiderte Clementine kühl und musterte ihren auf Hochglanz polierten Suppenlöffel.

Nicht? Wovon denn dann?

Percy grinste breit und entblößt dabei seine etwas zu großen Schneidezähne, was Hayley Böses ahnen ließ.

Hayleys Schweigen zauberte schließlich auch ein Lächeln auf das Gesicht ihrer Tante, gleichwohl es bei ihr erhaben wirkte. Als wäre sie vollkommen Herrin der Lage, was wahrscheinlich auch zutraf, denn Hayley hatte keine Ahnung, was auf sie zukam.

„Morgen erwarten wir enge Freunde der Familie zum Vier-Uhr-Tee. Es ist der erste offizielle Termin, an dem wir dich als Deans Tochter vorstellen." Als Deans Tochter vorstellen? Beinahe hätte sie laut gelacht. Das klang ja geradezu so, als würde Hayley eine Rolle spielen müssen. In gewisser Weise tat sie das wohl auch, trotzdem klang es in ihren Ohren einfach nur lächerlich.

Percy hatte immerhin den Anstand, sein Auflachen hinter einem aufgesetzten Hüsteln zu verbergen.

„Damit du ordentlich gekleidet und zurechtgemacht sein wirst, wird dir Miss Prudence morgen behilflich sein", fuhr sie ungerührt fort.

„Aber Jules ist ...", wollte Hayley protestieren - sie konnte sich wahrlich Schöneres vorstellen, als von Miss Prudence Hilfe zu bekommen -, aber Clementine fiel ihr mit scharfem Ton ins Wort. „Miss Curling hat in letzter Zeit genug für dich getan." Ihre harsche, wenn auch absolut beherrschte, Stimme und der harte Blick ließen Hayleys Einwand ersterben. In ihr kam das ungute Gefühl auf, dass hinter den Worten ihrer Tante mehr mitschwang, als es den Anschein hatte. Sie konnte nicht sagen, ob es reine Paranoia war, die sie so empfinden ließ, oder ob womöglich mehr dahintersteckte. Sollte Miss Prudence wirklich von der Aktion mit den Haushaltsbüchern Wind bekommen haben, hätte sie es bestimmt sofort Clementine erzählt. Sie brach den Blickkontakt mit ihrer Tante ab und redete sich selbst gut zu. Jetzt war nicht der richtige Zeitpunkt, um sich von den Anwesenden oder ihren eigenen haarsträubenden Annahmen aus der Ruhe bringen zu lassen. Hayley schluckte ihre Sorge und den Ärger über Percys hämischen Ausdruck herunter. Zum Glück wurde in diesem Moment die Suppe serviert und sorgte für Ablenkung. Einen Augenblick lang hatte Hayley Zeit, um sich zu sammeln, ihr Pokerface zurechtzurücken und tief durchzuatmen.

Sie würde sich nicht unterkriegen lassen, auf keine der subtilen Provokationen einsteigen und das Essen hinter sich bringen, ohne Percy die dampfenden Brokkolicremesuppe über den Kopf zu kippen.

„Wer sind diese Freunde der Familie, die uns morgen besuchen?", fragte sie zwischen zwei Löffeln Suppe.

„Hayden Stewart ist mit deinem Vater zur Schule gegangen. Er besitzt eine der größten Herrenmodeketten in England, die er erfolgreich in der 3. Generation führt. Ein wohlhabender und angesehener Mann aus gutem Hause. Seine Frau Lydia, sein ältester Sohn Henry und seine Tochter Victoria werden ihn begleiten."

Während des gesamten Abendessens durfte sich Hayley anhören, wie reich, wie erfolgreich und wie angesehen Hayden Stewart und seine Familie waren und wie wichtig es sein würde, dass sie sich angemessen benahm. Percy beteiligte sich nicht an dem Gespräch. Dafür hing er mit einem unsäglich spitzen Grinsen an den Lippen seiner Mutter und warf Hayley immer wieder äußerst amüsierte Blicke zu. Wahrscheinlich malte er sich in Gedanken schon aus, wie Hayley beim morgigen Teeempfang von einem Fettnäpfchen ins nächste treten würde. Oder aber es steckte mehr dahinter, als sie ahnen konnte.

Jedenfalls fühlte sich Hayley nach dem gemeinsamen Essen und den vielen Informationen, die sie sich hatte anhören müssen, völlig ausgelaugt. Als sie endlich zurück ins Damenzimmer gehen durfte, schaffte sie es gerade noch so, sich bettfertig zu machen, und sank dann mit einem tiefen Seufzen in die Kissen.

In dem sich daraufhin einstellenden Traum war es nicht ein gesichtsloser Mr Stewart, mit dem sie Tee trank, sondern ein ganz bestimmter Gärtner, dessen eisblaue Augen sie in ihren Bann zogen.

Hayley

29. Juni 2018

Obwohl Hayley mit dem Bild von Nates lachendem Gesicht im Geiste erwachte, nahm der Tag rasch albtraumhafte Dimensionen an. Direkt nach dem Frühstück hielt Miss Wellington Einzug im Damenzimmer und Hayley musste eine Litanei an guten Ratschlägen für den Teeempfang mit der Familie Stewart über sich ergehen lassen.

„Sitz gerade. Überschlage die Beine unter dem Kleid schön eng. Nicht wie ein Rocker, sondern wie es sich für eine Dame gehört. Sprich nur, wenn du gefragt wirst. Am besten wäre, du überlässt Mrs Rose das Reden. Und um Himmels Willen, lass bitte nie deinen Mund offen. Sonst siehst du aus wie ein Maultier", palaverte Miss Wellington ohne Punkt und Komma. Als sie endlich ging - natürlich nicht, ohne Hayley noch einen letzten strengen Blick zuzuwerfen –, kam sofort Miss Prudence herein. Allem Anschein nach war Hayley heute keine Verschnaufpause vergönnt.

Die Haushälterin sah pflichtschuldig und konzentriert aus. Da lag kein Funke von Freundlichkeit in ihrem Gesicht. Sie ließ Hayley ein Bad ein, das nach

Orchideen duftete, und verschwand dann wortlos in den Ankleideraum.

Hayley stieg ergeben in das dampfende Wasser, auf dessen Oberfläche kleine, runde Inseln aus goldgelbem Öl dahintrieben. Gerade als sich ihre Muskeln einigermaßen zu entspannen begannen, ließ sie ein forsches Klopfen zusammenzucken. Miss Prudence wartete keine Antwort ab, sondern platzte ins Bad, begleitet von einem Schwall kühler Luft.

„Das genügt, Miss Oakwood, wir wollen ja nicht, dass Sie wie eine verschrumpelte Rosine vor unsere Gäste treten." Natürlich nicht, dachte Hayley und verbarg ihr Seufzen hinter dem Geräusch der Duschbrause, die sie rasch anstellte, um sich die Haare abzuspülen.

Danach folgte ein straffes Programm bestehend aus Föhnen, Frisieren und Ankleiden.

Nicht nur einmal wünschte sich Hayley Jules an Miss Prudences Stelle. Mit ihr hätte sie plaudern und lachen können. Miss Prudence allerdings war schweigsam und grimmig. Wenn sie überhaupt mit ihr sprach, dann gab sie knappe, mit höflichen Floskeln gespickte Anweisungen wie *Den Kopf etwas zur Seite drehen, Miss Oakwood* oder *Wenn Sie sich zu mir herumdrehen würden, wäre ich Ihnen mit dem Verschluss des Kleides behilflich* von sich.

Kaum hatte Hayley sich versehen, steckte sie in einem steifen, knielangen Etuikleid mit Rosenprint samt farblich darauf abgestimmter Feinstrickweste. Das Outfit erinnerte sie an eine kitschige Gardine. Nie und nimmer hätte sie es ausgewählt. Ihr Haar hatte Miss Prudence am Hinterkopf etwas toupiert und ansonsten glattgeföhnt. Nur die Spitzen drehten sich ein wenig nach außen. Viel Aufsehen für einen schlichten Vier-Uhr-Tee.

Mit den Worten „Sie haben noch fünfzehn Minuten, Miss Oakwood. Setzen Sie sich bloß nicht hin, sonst gibt es Falten im Kleid“, verabschiedete sich Miss Prudence nach einer gefühlten Ewigkeit endlich.

Kaum war sie durch die Tür des Damenzimmers verschwunden, klopfte es an eben jener.

Was denn noch?, dachte Hayley entnervt, wurde aber positiv überrascht, als Jules den Raum betrat und sie mit großen Augen betrachtete.

„Du siehst …“, setzte sie an und legte den Kopf schief.

„Idiotisch aus?“, schlug Hayley vor.

„Verkleidet“, meinte Jules. „Aber sehr hübsch.“

Skeptisch warf Hayley einen weiteren Blick in den ovalen Spiegel des Frisiertisches.

„Wenn man dich nicht kennt, könnte man glatt meinen, du seist eine feine Lady“, sagte Jules voller Ernst. Dabei stand ihr allerdings der Schalk in den Augen.

„Na, schönen Dank auch“, erwiderte Hayley trocken. Einen Herzschlag später mussten sie beide lachen.

„Danke, Jules. Das hab ich jetzt gebraucht.“

„So schlimm?“

„Den Tag mit den beiden alten Jungfern zu verbringen, ohne Unterlass belehrt zu werden und dann auch noch herausgeputzt wie eine Weihnachtsgans? Ja, definitiv. Was den Rest des Tages betrifft erfährst du mein Urteil später.“

„Oh, ich glaube, da gibt es eine Kleinigkeit, die dir den Tee mit der Familie Stewart versüßen wird“, sagte Jules mit geheimnisvollem Unterton in der Stimme und wackelte mit den Augenbrauen.

„Und zwar?“ Hayley konnte sich nichts vorstellen, was diese Farce besser machen sollte.

„Henry Stewart ist ein wahrer Augenschmaus.“ Theatralisch fächelte sich Jules Luft zu und zog am Kragen ihres Kleides, als wäre ihr plötzlich fürchterlich heiß.

Hayley schmunzelte, überging Jules’ Theater aber ebenso wie den Gedanken, der ihr dabei in den Kopf schoss. Sie würde so viel lieber auf eine Tasse Tee in Nates kleine Wohnung gehen, als eine mit diesem Henry und seiner Familie zu trinken.

„Lass uns runter gehen. Wir wollen doch nicht zu spät kommen.“

Miss Prudence erwartete Hayley im Korridor vor den Empfangsräumen, griff wortlos nach einer verirrten Strähne ihres Haares und strich sie ihr hinters Ohr. Dann rückte sie noch den Kragen ihrer Strickweste zurecht und nickte steif.

„Mrs Rose erwartet Sie schon. Die Gäste werden in den nächsten Minuten eintreffen.“ Mit diesen Worten schob Miss Prudence sie durch die nächstgelegene Tür.

Es war nicht der kleine, gemütliche Raum, in dem sie ihren ersten Tee in Rose Castle serviert bekommen hatte, sondern ein größeres, weitläufiges Zimmer mit hellem, spiegelglattem Steinboden und cremefarbener Einrichtung. Die einladende Sitzgruppe war mit rosa und mintfarbenen Zierkissen bestückt.

„Du sitzt zu meiner Rechten“, bestimmte ihre Tante und klopfte auffordernd neben sich auf die Bank. Auf dem Sessel ihr gegenüber hatte Percy Platz genommen. Beide waren ebenso ausstaffiert wie Hayley selbst. Mrs Rose trug ein bodenlanges dunkelblaues Kleid, dessen Rock sich eng an ihre Beine schmiegte. Dazu eine

Menge filigranen Schmuck an ihrem Hals, den Handgelenken und Fingern. Sogar in ihrem Dutt entdeckte Hayley eine mit farblich passenden Edelsteinen besetzte Silberrose. Percy trug einen beigefarbenen Anzug, der sich perfekt ins Interieur des Raumes einfügte. Ein dunkelblaues Einstecktuch und silberne Manschettenknöpfe rundeten seine Garderobe ab. Die Haare hatte er sich wie immer mit reichlich Pomade nach hinten frisiert, was sein schmales Gesicht und die abstehenden Ohren zur Geltung brachte. Er wirkte entspannt, überlegen. Gänzlich anders fühlte sich Hayley.

Sie war heilfroh, dass die Polsterung der Bank um einiges fester war als die in dem anderen Empfangszimmer und versuchte, die erhabene Haltung ihrer Tante zu imitieren.

„Miss Prudence hat ganze Arbeit bei dir geleistet", merkte Clementine an. Sollte das etwa ein Kompliment sein? Oder viel eher der Ausdruck ihrer Zufriedenheit?

„Dieses Treffen ist von ausnehmender Wichtigkeit. Ich verlasse mich darauf, dass du dich zu benehmen weißt."

Hayley ignorierte die Aussage ihrer Tante und fragte stattdessen nach ihrem Vater.

„Dean ist anderweitig beschäftigt", war die einzige Erklärung, die Hayley bekam. Bevor sie nachhaken konnte, öffnete sich auch schon die Tür und Miss Prudence kündigte die Familie Stewart an.

Hayden Stewart trat als erster ein, dicht gefolgt von seiner Frau, die ein kleines Mädchen an der Hand führte. Das Familienoberhaupt der Stewarts war ein rundbauchiger Mann mit einem dichten, akkurat gestutzten Bart und einer im Gegensatz dazu stehenden blank polierten Glatze. Lydia Stewart hingegen schien dem Essen um einiges weniger zugetan zu sein. Ihr gertenschlanker, beinahe dürrer Körper steckte in einem enganliegenden, rot schimmernden Kleid. Sie war eine Schönheit, diesen Eindruck konnten weder die schmalen Lippen noch die Fältchen um ihre Augen mindern.

Das kleine Mädchen, das Victoria Stewart sein musste, trug ein Kleid, das dem ihrer Mutter in nichts nachstand. Sie sah lächelnd zu ihrem Vater auf, der ihren Blick mit einem Zwinkern erwiderte.

Die drei traten an die Sitzgruppe heran und machten Platz für das letzte Mitglied der Stewart-Familie. Jules hatte absolut nicht übertrieben. Henry war groß, schlank und verdammt gut gebaut. Anders als die übrigen Herren in der Runde trug er keinen Anzug, sondern eine dunkle Hose und darüber einen glatten Feinstrickpullover in dem warmen Braunton seiner Haare und Augen. Eben jene Augen fixierten Hayley sofort, als er sie erblickte, und ließen nicht mehr von ihr ab. Man hätte meinen können, dass er mit seiner Kleidung im negativen Sinne herausstechen würde, war er doch im Prinzip nicht gleichermaßen edel angezogen wie der Rest der Runde. Tatsächlich machte seine Ausstrahlung das vermeintlich fehlende Jackett wieder wett.

Clementines Hand legte sich auf Hayleys Rücken. Die Geste wirkte vermutlich behütend, vielleicht sogar liebevoll auf die Anwesenden, aber Hayley empfand sie als das, was sie mit Sicherheit war: eine Aufforderung, höflich zu sein, aufzustehen und die angekommenen Gäste gebührend zu begrüßen. Ein kurzer Blick in das Gesicht ihrer Tante bestätigte Hayleys Gefühl. Sie lächelte wie immer hohl und der Ausdruck in ihren Augen schien zu sagen: *Mach mir bloß keine Schande.* Hayley gab sich einen Ruck, kopierte das stumpfe Lächeln, erhob sich und wandte sich Hayden Stewart zu, der gerade dabei war, Percy seine Aufwartung zu machen.

„Percival! Sieh dich nur an! So ein stattlicher junger Mann ist aus dir geworden", meinte Hayden, packte Percys schmale Schulter mit einer seiner riesigen Hände und drückte zu. Mit der anderen Hand schüttelte er Percys derart enthusiastisch, dass dieser ordentlich durchgerüttelt wurde. Ihr Cousin war äußerst bemüht, sich sein Unbehagen nicht ansehen zu lassen, aber Hayley war sicher, dass er mit sich zu kämpfen hatte. Nun klopfte Hayden ihm feierlich auf die eben gedrückte Schulter und sie konnte sehen, dass ein roter Abdruck vom Händeschütteln auf Percys Fingern zurückgeblieben war. Offenbar hatte Mr Stewart einen gehörigen Händedruck. Als Hayden sich als nächstes Clementine zuwandte, und Hayley sah, wie Percy sich über die Hand rieb, bevor er Lydia Stewart begrüßte, konnte sie das aufsteigende Grinsen nicht mehr verbergen. Kurz fing sie Henrys Blick ein, der sie forschend betrachtete, dann war sie an der Reihe, Hayden zu begrüßen.

Sie legte ihre Hand in seine, war insgeheim froh, dass er sich seine Kraft offenbar für Percy alleine aufgespart hatte, und öffnete schon den Mund, um sich vorzustellen, da legte sich eine Hand auf ihre Schulter, die nicht Hayden gehörte. „Hayden, Lydia." Clementine schloss Mr Stewart und seine Frau mit einer Geste ein. „Darf ich euch Miss Hayley Rose vorstellen?" Hayley Rose?

War das ihr Ernst? Vielleicht hätte sich Hayley in einer anderen Situation dafür erwärmen können, wie liebevoll ihre Tante nun mit ihr umging und über sie sprach, aber sie wusste, dass das alles nur Show war. Nichts davon kam von Herzen. Es war reines Kalkül.

„Wie schön, dich kennenzulernen, Hayley. Dean hat mir bereits erzählt, dass du erst vor kurzem aus Amerika hergekommen bist", sagte Hayden und Lydia lächelte freundlich.

„Ja, sie hat nach dieser langen Zeit endlich heimgefunden", brachte sich Clementine ein und geleitete die beiden zu ihren Plätzen.

Hinter ihrer Mutter tauchte Victoria auf, stürzte sich ohne Vorwarnung auf Hayley und schlang ihre zarten Arme um ihre Taille.

„Hallo", sagte Hayley etwas überrascht und blickte in das kleine, freudestrahlende Gesicht des Mädchens, das zu ihr aufsah. Sanft fasste sie sie an den Händen und ging vor ihr in die Hocke, um mit Victoria auf Augenhöhe zu sein. Ihr Kleid ließ Hayley zwar nur geringfügige Bewegungsfreiheit, aber sie wollte es sich nicht nehmen lassen, die Kleine, die sich aufrichtig zu freuen schien, angemessen zu begrüßen.

„Du bist so hübsch", platzte Victoria heraus. Ihre Augen leuchteten und ihre Finger schlossen sich um den Ring an Hayleys Kette, der unter dem Kleid hervorgerutscht war.

„Warum trägst du den nicht an deinem Finger?", fragte sie ohne Scheu, ließ die Kette aber wieder los.

„Vici, spar dir dein Verhör bitte für später auf“, mischte sich Henry ein, nahm die Hand seiner Schwester und zog sie ein Stück nach hinten, damit Hayley sich wieder aufrichten konnte.

„Schon gut. Der Ring hat meiner Mutter gehört und ich trage ihn viel lieber nah an meinem Herzen als am Finger“, erklärte Hayley und konnte ein etwas trauriges Lächeln nicht verhindern.

„Wo ist deine Mutter?“, wollte Vici wissen.

„Das reicht jetzt, junge Dame. Komm und setz dich zu uns“, bestimmte Lydia und ihre Tochter lief gehorsam zu ihr hinüber.

„Du musst ihre Neugier entschuldigen. Ich bin sicher, sie wäre glücklicher mit einer großen Schwester, die ihre Obsession für Glitzer und Einhörner teilt. Aber leider hat sie mich abbekommen. Ich bin Henry.“ Er streckte seine Hand vor und Hayley schüttelte sie kurz.

„Das ist überhaupt kein Problem. Ich …“

„Henry, Hayley, setzt euch doch auch zu uns“, rief Mrs Rose in ihrem freundlichsten Ton und machte eine einladende Geste.

„Jetzt lüfte endlich das Geheimnis, wie mein ältester Freund auf einmal zu einer Tochter gekommen ist“, verlangte Hayden, nachdem der Tee serviert worden war. Clementines Lächeln wurde zusehends schmaler, aber sie wirkte weiterhin völlig Herrin der Lage. Hayley war äußerst gespannt, was sie nun sagen würde, und sah sie ebenso erwartungsvoll an wie der Rest der Anwesenden.

„Nun, wie ihr wisst, ist Sarah nach Amerika gezogen, um dort ihre Großtante zu pflegen. Ich habe nie eine fürsorglichere oder verantwortungsbewusstere Seele als sie kennenlernen dürfen", begann Clementine zu berichten und Hayley wurde schlagartig kalt. Was sollte das?

„Parkinson, richtig?", fragte Lydia voller Anteilnahme und legte ihre Hand auf Haydens.

Mrs Rose nickte bedächtig. „Eine grässliche Krankheit, die sich lange hinziehen kann."

„Ich verstehe aber noch immer nicht, warum Sarah ihre Tante nicht hergeholt hat oder zumindest ihre Tochter in geeigneteren Verhältnissen hat aufwachsen lassen", warf Hayden ein. Hayley brannten tausende Erwiderungen auf der Zunge. Sie wollte nicht schweigen und dieser Lüge Raum geben. Sie wollte ihre Tante vor allen Anwesenden fragen, welcher Teufel sie ritt, so einen Unsinn von sich zu geben. Es fiel ihr unendlich schwer, ruhig zu bleiben und nicht zu zeigen, was in ihr vorging. Aber Hayley wusste, wenn sie jetzt nicht mitspielte, würde das nicht nur Clementine, sondern auch ihren Vater vor den Kopf stoßen. Irgendetwas sagte ihr, dass er diese Maskerade ebenso wenig gutheißen würde wie sie, aber womöglich blieb ihm nichts anderes übrig, als die Wahrheit hinter dieser Geschichte zu verbergen. Hayley war vernünftig genug und hatte mittlerweile eine ausreichende Vorstellung davon, was es bedeutete, sich in diesen elitären Kreisen zu bewegen, um zumindest in Erwägung zu ziehen, dass es das Klügste war, nicht gleich die Karten auf den Tisch zu legen. Trotzdem brodelte es zunehmend in ihr. Sie wich Henrys Blick aus, der auf ihrem Gesicht ruhte.

„Du kannst Sarah nicht vorwerfen, dass sie ihre kleine Tochter bei sich haben wollte. Eine Mutter und ihr Kind zu trennen kam nicht infrage, da wirst du mir sicherlich beipflichten. Vor allem dann nicht, wenn es sich um ein so zartes Gemüt wie das von Sarah handelt. Sie war schon genügend belastet. Dean und ich, wir hätten es nie übers Herz gebracht, irgendwelche Forderungen an sie zu stellen.“

Ein schaler Geschmack legte sich auf Hayleys Zunge. Sie nahm einen großen Schluck vom noch etwas zu heißen Tee, um ihn zu vertreiben und sich zu beschäftigen, bevor ihr doch noch etwas herausrutschte, das Clementines Erzählung ins Wanken bringen könnte.

Der heiße Tee trieb ihr Tränen in die Augen und Hayleys Tante nutzte die Gelegenheit für ihre Geschichte.

„Dass Sarah, nachdem sie sich so aufopfernd bis zum Schluss um ihre Großtante gekümmert hat, dann selbst …“ In einer dramatischen Geste senkte sie den Kopf und legte ihre Fingerspitzen auf die Lippen, als müsse sie sich davon abhalten, den Satz zu beenden.

Obwohl Hayley eben erst einen Schluck getrunken hatte, war ihr Mund auf einmal staubtrocken. Eine unangenehme Hitze stieg in ihr auf und bildete einen brennenden Kontrast zu der Kälte, die sie zur selben Zeit erfüllte. Gleichwohl sie keine Ahnung hatte, was sie eigentlich sagen wollte, holte sie Luft.

„Ich bin mir sicher, Hayley würde euren Henry jetzt gern ein wenig herumführen. Es schmerzt sie von uns allen natürlich am meisten. Ein kleiner Spaziergang in der richtigen Gesellschaft würde ihr bestimmt guttun“, sagte Clementine an Hayden und seine Frau gewandt. Hayley wurde weder gefragt noch sonst irgendwie miteinbezogen. Schön. Alles war besser, als sich weiter diese Lügen anzuhören. Sollte ihre Tante den Stewarts doch erzählen, was sie wollte.

Sie zwang sich zu einem Lächeln und stand auf. „Gern." Zum Glück klang ihre Stimme nicht so erstickt, wie Hayley befürchtet hatte. Henry folgte ihrer Bewegung und erhob sich ebenfalls.

„Ich will auch mitkommen", rief Victoria freudig. Ihre Begeisterung bekam jedoch einen Dämpfer, als sie das Kopfschütteln ihrer Mutter bemerkte. Sie schob die Unterlippe vor und sah sehr unzufrieden aus, ergab sich aber ansonsten klaglos ihrem Schicksal.

„Viel Spaß. Lasst euch nur Zeit", ließ Percy von sich hören und grinste breit. Hayley war, als hätte sie irgendeinen unausgesprochenen Scherz verpasst, beschloss aber, ihrem Cousin und seinen Allüren keine Beachtung zu schenken. Immerhin hatte sie genug damit zu tun, ihre aufgewühlten Gefühle unter Verschluss zu halten. Erst recht, als sie dem warnenden Blick ihrer Tante begegnete.

Hayley hatte gehofft, die Anspannung würde von ihr abfallen, sobald sie die Tür zum Teezimmer hinter sich geschlossen und sich mit Henry im Schlepptau einige Schritte entfernt hatte. Aber weder die kribbelnde Hitze in ihren Gliedern noch das brennende Pochen in ihrer Brust verschwanden. Henry folgte ihr schweigend den Korridor entlang, durch die Empfangshalle und zum Hinterausgang in den Garten. Erst die frische Luft und das leise Flöten der Vögel in den Büschen neben der Hauswand schafften es, Hayley ein wenig Ruhe zu schenken.

„Es tut mir leid, dass sich mein Vater so rücksichtslos verhalten hat. Ich schätze, die Neugierde hat Victoria von ihm geerbt“, sagte Henry hinter ihr.

Hayley wandte sich zu ihm um. In seinem Gesicht lag echte Reue, aber auch noch etwas anderes, das Hayley nicht recht benennen konnte.

„Ich verspreche, dass ich dir keine unangenehmen Fragen stellen werde. Trotzdem würde ich mich freuen, dich etwas besser kennenzulernen“, ergänzte er.

„Warum?“ Das Wort war heraus, bevor Hayley es hatte aufhalten können. Henry runzelte im ersten Moment die Stirn und lächelte dann auf eine Art, bei der vermutlich die gesamte weibliche Bevölkerung Englands weiche Knie bekommen hätte.

„Brauche ich dafür wirklich einen Grund?“, erwiderte er nach kurzem Zögern.

Hayley konnte fühlen, wie auch auf ihre Lippen ein Lächeln trat, obwohl ihr noch vor wenigen Minuten ganz und gar nicht danach gewesen war. Henry war offen, freundlich und konnte nichts für die Spielchen ihrer Tante.

„Vermutlich nicht.“

Amelia

28. Februar 1941

Der Winter lag wie eine dicke weiße Decke über dem Garten. Die immergrünen Gewächse waren davon ebenso verschluckt worden, wie die kahlen Äste der Obstbäume und Sträucher. Alles war wenn nicht von Schnee dann von einer glitzernden Eisschicht überzogen und der helle Sonnenschein brachte die Szenerie an diesem Nachmittag von innen heraus zum Leuchten.

Lucas hatte seit dem Morgengrauen vor dem Kamin im Teezimmer gesessen und wie hypnotisiert in die Flammen gestarrt. Also hatte Amelia beschlossen, sich warm anzuziehen und den Tag in diesem Wunderland aus Schnee und Sonnenstrahlen ausklingen zu lassen. Gute zwei Stunden war sie mit dampfendem Atem durch den Garten spaziert und hatte dabei ihre eigenen Fußabdrücke unter dem wirren Muster aus Tierspuren im Schnee hinterlassen. Erst nachdem die Sonne längst untergegangen, die Kälte ihr langsam aber unaufhaltsam unter die Kleider gekrochen war und ihre Schritte immer träger wurden, kehrte sie ins Haus zurück.

Sie hatte eben den Mantel abgelegt und war aus den Stiefeln gestiegen, da ertönte ein Geräusch, das ihr einen kalten Schauer über den Rücken jagte, der nichts mit den winterlichen Temperaturen draußen zu tun hatte.

Lucas hatte vor einigen Wochen die Angewohnheit entwickelt, beim Gehen mit dem Handrücken die Wände entlang zu fahren. Dabei verursachten seine Ringe einen scharrenden Ton, der sich je nach Untergrund mal dumpf und mal hell anhörte. In jedem Fall trieb das sich stetig nähernde Geräusch Amelia den Schweiß auf die Stirn. Es zeugte davon, dass Lucas kurz davor war, einen seiner Anfälle zu erleiden.

Sie sah ihn langsam näherkommen, wie erwartet die Hand an die Wand gepresst, wo schon dünne Rillen in der Tapete entstanden waren.

„Wo warst du?", fragte er. Seine Stimme kroch ihr dabei gleichermaßen unter die Haut wie das Geräusch des Rings, der über die Wand strich.

„Ich habe einen Spaziergang gemacht", erwiderte sie leise und hielt seinem Blick stand.

„Ich verstehe nicht, wie du es dir erlauben kannst, nach draußen zu gehen, während ich ans Feuer gefesselt bin, um mich warmzuhalten." Die Worte ergaben wie so oft keinen Sinn, aber dafür war der Vorwurf in ihnen deutlich zu hören. Amelia schwieg. Nichts, was sie sagen konnte, würde Lucas besänftigen. Seine Hände zitterten und die Augen huschten rastlos in ihren Höhlen umher.

„Du weißt nicht, welche Kälte mich heimsucht. Du weißt nicht, was es heißt, dem ausgesetzt zu sein. Aber du wirst es wissen", wisperte er und kam auf sie zu. Er packte Amelia und sie ließ es geschehen. Sie hatte ihm nichts entgegenzusetzen und so holte sie tief Luft, bereit, von ihm in die Fluten seines Zornes gerissen zu werden.

Er schlug sie nicht, wenngleich seine Finger sich schmerzhaft in ihren Oberarm gruben. Dafür riss er sie mit sich, weiter nach hinten, bis er die Tür erreicht hatte. Jetzt begriff Amelia, was er vorhatte.

„Nein. Lucas, bitte. Ich setze mich zu dir. Ich bleibe im Haus. Bitte, bitte nicht", keuchte sie, obwohl sie aus Erfahrung wusste, dass sie ihn mit ihrem Flehen niemals erreichen würde.

Er öffnete die Tür und mit einem einzigen festen Ruck stieß er sie hinaus in den eisigen Schnee. Ohne Schuhe und Mantel fraß sich die kalte Nässe augenblicklich durch ihr Kleid, aber die alles verzehrende Leere in Lucas' Augen war schlimmer als jede andere Empfindung.

Wortlos schloss er die Tür und beim Klicken des Schlosses gefror Amelia das Blut in den Adern.

„Nein", keuchte sie abermals, rappelte sich hoch und warf sich gegen die Tür. Ihre Finger rutschten über den eisverkrusteten Griff in dem erfolglosen Versuch, sie zu öffnen. Mit geballten Fäusten schlug sie gegen die Tür und schrie aus Leibeskräften. Aber Lucas kannte keine Gnade. Als schließlich das Licht hinter den Fenstern erlosch, wandte sie sich mit tränennassem Gesicht ab und lief dicht an die Hauswand gedrängt zum nächsten Eingang. Ihre Zähne klapperten laut und jeder Schritt war die reinste Qual. Das winterliche Paradies hatte sich in eine frostige Hölle verwandelt. Schmerz und Angst vernebelten ihren Geist und nachdem sie auf zwei weitere verschlossene Türen stieß, sank Amelia kraftlos in den Schnee.

Rufe erklangen, aber sie war sich nicht sicher, ob es nur ihre Fantasie war, die ihr einen Streich spielte. Erst als sich kräftige Arme um sie schlossen und sie aus dem Schnee hoben, erkannte sie, dass es Isaac war, der auf sie einredete. Er war gekommen, um sie zu retten. Ein schöner Gedanke und doch hatte Amelia nur eines im Kopf – dass er hier draußen mit ihr zusammen erfrieren würde. Lucas' Zorn würde sie beide zu Eis erstarren lassen. Isaac hatte mit ihr am Arm schon fast das Gewächshaus erreicht, da begann sich Amelia zu winden, bis er sie loslassen musste.

„Was tust du denn da? Amelia, du musst ins Warme, sonst holst du dir noch den Tod!" Zum ersten Mal nannte er sie nicht Lady Rose, was Amelia in jeder anderen Situation mit Freude erfüllt hätte. Jetzt allerdings verstärkte es ihre Sorgen.

Erneut wollte er sie hochnehmen, aber sie stolperte einige Schritte von ihm weg und hob die Hände, die sie der Kälte wegen schon nicht mehr spürte.

„Du siehst, wozu er fähig ist! Ich kann nicht zulassen, dass du auch unter seinem Wahnsinn leidest. Was glaubst du, wird passieren, wenn er erfährt, dass du mir hilfst?" Sie konnte kaum sprechen, so sehr zitterte ihr ganzer Körper.

„Das ist mir egal", erwiderte Isaac mit fester Stimme und kam wieder auf sie zu.

„Aber mir nicht!", schrie sie in heiserem Ton und schlang die Arme um sich.

„Komm, ich bringe dich in meine ..."

„Nein!", fuhr sie ihm harsch dazwischen. „Ich gehe in den Holzschuppen." Sie wandte sich um und stapfte durch den Schnee, wankte immer mehr, weil ihre tauben Glieder allmählich den Dienst versagten.

Isaac war neben ihr, schlang seinen Arm um ihre Hüfte und stützte sie. Sie blickte für einen Moment in sein Gesicht, sah die Wut und den Kummer darin. Aber er beugte sich ihrem Wunsch. Er setzte sich nicht über sie hinweg, obwohl es ein Leichtes für ihn und vermutlich auch das Beste für sie gewesen wäre. Amelia wurde klar, dass dieser Mann alles für sie tun würde. Er stand ihr zur Seite und gleichzeitig respektierte er sie und ihren Willen. Das machte ihn aus, das war es, was Amelia an ihm liebte.

Hayley

„Heraus damit! Wie war es gestern mit Mr Henry Stewart? Ich habe euch durch den Garten spazieren gesehen. Hat er dir schöne Augen gemacht? Gefällt er dir? Oder kann er Nate nicht das Wasser reichen?" Jules unterbrach ihr Bombardement mit Fragen nur, um die Vorhänge zur Seite zu ziehen, und nahm dann erwartungsvoll auf der Bettkante neben Hayley Platz.

„Ich bin mir sicher, Miss Prudence setzt dich vor die Tür, wenn ich ihr erzähle, wie fürchterlich du mich eben geweckt hast", murmelte Hayley verschlafen und zog sich die Decke über den Kopf. Jules ignorierte die halbherzige Drohung.

„Also ist Nate noch nicht aus dem Rennen?", fragte sie weiter.

Grummelnd hob Hayley die Decke wieder von ihrem Gesicht und sah die breit grinsende Jules verständnislos an. „Welches Rennen. Wovon bitte sprichst du da?"

Jules führte beide Hände zusammen und legte sie sich auf den Brustkorb, direkt über die Stelle, unter der ihr Herz lag. „Oh, es ist fantastisch. Zwei attraktive Männer, die um deine Gunst buhlen." Meinte sie das Ernst? Hayley stieß geräuschvoll Luft durch die Nase.

„Niemand buhlt um mich. Henry und ich, wir haben uns nur unterhalten. Über völlig belanglose Dinge. Ich habe ihn über seine Schullaufbahn ausgefragt, damit ich bloß nicht in die unangenehme Situation komme, irgendetwas über mich erzählen zu müssen. Immerhin weiß ich ja nicht, welche Daten und Fakten sich mit den Märchen decken, die meine Tante den Stewarts aufgetischt hat, um das schändliche Verschwinden meiner Mutter unter den Tisch zu kehren." Die Bitterkeit in ihrer Stimme wischte Jules das Lächeln aus dem Gesicht. Hayley schlug die Decke zurück und flüchtete ins Bad, wo sie sich kaltes Wasser ins Gesicht spritzte, um richtig wach zu werden.

Sie hatte Jules nicht anfahren wollen und hatte vor, sich gleich bei ihr zu entschuldigen. Stattdessen drang aber Jules' dünne Stimme durch die Badezimmertür. „Es tut mir leid, Hayley. Ich wusste ja nicht ..."

„Schon gut. Ich war auch nicht darauf vorbereitet. Aber es war gestern. Es ist vorbei. Und es hat keinen Sinn, wenn ich mich weiter davon runterziehen lasse", fiel Hayley ihr ins Wort, nachdem sie wieder aus dem Bad getreten war.

Jules' verkniffenes Gesicht machte Hayley zunehmend nervös. „Du weißt doch etwas, oder? Spucks schon aus!"

Obwohl die Worte vor wenigen Minuten nur so aus Jules herausgesprudelt waren, schien sie nun nicht unbedingt erpicht darauf, etwas zu sagen.

„Jules!"

„Schon gut! Mrs Rose hat uns informiert, dass die Mitglieder der Familie Stewart zu dem Benefizball in zwei

Wochen als Ehrengäste geladen sind." Sie biss sich auf die Lippe.

„Ehrengäste?" Was bedeutete das? Hatte es überhaupt etwas zu bedeuten? Und warum musste sich Hayley plötzlich über Henry Stewart Gedanken machen? Immerhin hatte sie ausreichend andere Dinge, die sie beschäftigt hielten.

„Mehr weiß ich leider auch nicht", gestand Jules nun etwas kleinlaut.

„Hast du etwas über Celia Vandervine herausgefunden?", wechselte Hayley das Thema. Seit sie Jules von dem fehlenden Grabstein der einstigen Angestellten berichtet und sie gebeten hatte, sich umzuhören, brodelte diese spezielle Frage besonders in ihr.

Jules schüttelte entschuldigend den Kopf. Hayley hatte eigentlich nicht erwartet, dass sie so schnell etwas in Erfahrung würde bringen können, trotzdem war sie enttäuscht.

„Ich habe Olivia und alle anderen der älteren Bediensteten gefragt, ob deine Mutter damals ihren Namen erwähnt hat. Aber keiner scheint etwas zu wissen."

„Danke trotzdem. Ich bin so froh, dich zu haben, auch wenn du mich überfallsartig weckst." Nun war Jules' Grinsen zurück, breiter als zuvor.

„Gefällt er dir wenigstens?", fragte sie in ihrer unschuldigsten Tonlage.

„Wer?" Hayley wusste sehr wohl, dass Jules von Henry sprach, fand es aber durchaus angebracht, sie etwas zappeln zu lassen.

„Na, der Erbe von Englands bedeutendstem Herrenmodelabel. Das Gesicht auf einer zukünftigen Ausgabe der Vogue. Der feuchte Traum aller Frauen im Bedienstetentrakt dieses Hauses, mich eingeschlossen." Hayley prustete los und auch Jules fiel in ihr Lachen mit ein.

„Er ist attraktiv und nett und …", setzte Hayley an und wusste nicht, wie sie ihre Aufzählung weiterführen sollte. Ein nachsichtiger Ausdruck erschien auf Jules' Gesicht.

„Aber er ist nicht ein gewisser, mindestens genauso gutaussehender Gärtner?", half sie ihr aus.

„Jules." Die Rüge war schwach, zeigte aber trotzdem Wirkung.

„Schon gut, schon gut. Ich werde Mylady nun ihre Robe für das herrschaftliche Frühstück richten, damit sie nicht zu spät kommt und den Zorn ihrer Tante auf sich zieht", sagte Jules mit einem Zwinkern und verschwand dann tatsächlich ohne weiteren Kommentar zu Henry oder Jonathan ins Ankleidezimmer.

Hayley

1. Juli 2018

„Wie mir berichtet wurde, hast du bei Hayden und seiner Familie einen ordentlichen Eindruck hinterlassen." Sir Rose legte das Besteck beiseite und wischte mit der Stoffserviette etwas Bratensoße aus seinem Mundwinkel. Bevor Hayley auch nur ein Wort erwidern konnte, setzte ihre Tante das Glas, das sie sich soeben an die Lippen geführt hatte, wieder ab. „Es hat sich alles wunderbar gefügt", erklärte sie und erntete ein zufriedenes Lächeln von Sir Rose.

Wunderbar gefügt, so bezeichnete Clementine also ihr falsches Spiel und die Tatsache, dass sich Hayley der Maskerade untergeordnet hatte.

„Henry ist begeistert von ihr", fügte ihre Tante noch hinzu und nahm nun endlich einen Schluck aus ihrem Weinglas. Hayley runzelte die Stirn. Warum war es von Bedeutung, dass Henry angeblich begeistert von ihr war? Jules' Worte kamen Hayley in den Sinn und sie nutzte die Chance, um wenigstens eine ihrer zahllosen Fragen zu stellen: „Hat es einen bestimmten Grund, warum die Stewarts als Ehrengäste zu dem Bankett geladen sind? Ihr habt doch gesagt, es handle sich um eine Benefizveranstaltung zu Gunsten von Percys Reitclub.

Haben die Stewarts denn etwas mit Pferden am Hut?"
Allein die Tatsache, dass für einen elitären Reitsport-
club, der mit Sicherheit keinerlei Geld benötigte, Spen-
den gesammelt wurden, empfand Hayley als absurd.
Aber dass Hayden und seine Familie gerade zu diesem
Anlass als besondere Gäste geladen wurden, ergab für
sie noch weniger Sinn. Henry zufolge betrieb keiner
der Stewarts Reitsport, nicht einmal die kleine Victoria.

Percys stupides Grinsen, das er in den letzten Tagen
fast ausschließlich zur Schau stellte, sobald Hayley in
der Nähe war, war zurück. Was Hayley allerdings viel
mehr verunsicherte, waren die bedeutungsschweren
Blicke, die sich ihr Vater und Clementine auf die Frage
hin zuwarfen.

Dean atmete tief ein, sagte aber nichts – weil Mrs Rose
ihm Einhalt gebietend die Hand auf den Arm legte.

„Lass mich es ihr erklären", bat sie und wartete Sir Roses Nicken ab, bevor sie sich Hayley zuwandte. In ihrem Gesicht lag ein Ausdruck, der Hayley bereits erkennen ließ, dass ihr nicht gefallen würde, was gleich auf
sie zukam.

„Wir haben uns neulich über die Pflichten und Aufgaben unterhalten, die dich nun erwarten, da du dich entschieden hast, ein vollwertiger Teil dieser Familie zu
sein", setzte sie an und Hayley ahnte Böses. Das sonst
so starre Gesicht ihrer Tante zierte ein diebisches Lächeln. Weil ihr Vater Hayley die ganze Zeit über aufmerksam ansah, war sie sehr bedacht darauf, sich das
wachsende Unbehagen nicht anmerken zu lassen, das
bei der Erinnerung an den nächtlichen Zusammenstoß
mit ihrer Tante und deren unverhohlene Drohungen in
ihr aufstieg.

„Egal, ob du dich dazu entscheidest, den Titel anzunehmen oder nicht ...“ Bei diesen Worten wurde Hayley von allen am Tisch derart intensiv gemustert, dass ihr heiß und kalt zugleich wurde. „... es ist in jedem Fall unumgänglich, dich angemessen in die Gesellschaft einzuführen und deine Zukunft zu sichern.“ Ja, und weiter? Hayleys Nerven waren bis zum Zerreißen gespannt. Am liebsten wäre sie aufgesprungen und im Zimmer umhergelaufen, so unruhig machte sie die nichtssagende Ansprache ihrer Tante, die bestimmt explosionsartig enden würde – daran hatte Hayley keinen Zweifel.

„Darum haben dein Vater und ich nach reichlicher Überlegung beschlossen, ...“ Clementine wechselte einen weiteren wissenden Blick mit ihrem Bruder, den er wie zuvor mit einem Nicken quittierte. „..., dass es für dich an der Zeit ist, Verantwortung für dich und deine Familie zu übernehmen.“

Hayley hätte am liebsten laut aufgeschrien, als ihre Tante nach den letzten Worten eine weitere effektheischende Pause einlegte.

„In Anbetracht dessen wirst du sicherlich ebenso überglücklich wie wir alle darüber sein, dass wir die Verlobung zwischen Henry Stewart und dir arrangiert haben. Wir werden die frohe Botschaft beim Benefizball verkünden, sodass alle Anwesenden ...“ Der Rest des Satzes ging in dem stetig anschwellenden Rauschen in Hayleys Ohren unter. Verlobung? Mit einem Mann, den sie erst einmal gesehen hatte? Den sie im Grunde nicht kannte und für den sie vor allem rein gar nichts empfand?

„Ist das euer Ernst?" Hayleys Stimme war laut und spiegelte zweifelsohne das volle Maß an Schrecken und Ungläubigkeit wider, das sie in diesem Moment erfüllte. Sofort wurden die Lippen ihres Vaters schmal und er löste seinen Blick von ihr, sah stattdessen Clementine an, die hell auflachte, als hätte Hayley nur einen albernen Scherz gemacht.

„Aber natürlich. Beweisen wir dir damit nicht, wie ernst wir dich nehmen und was für ein wertvoller Teil unserer Familie du geworden bist?", fragte sie.

Ja und vor allem beweist du damit, wie leicht es dir fällt, über mein Leben zu bestimmen, dachte Hayley voller Bitterkeit. Obwohl ihr unzählige Erwiderungen auf der Zunge brannten, zwang sich Hayley zu einem steifen Nicken, denn sie sah nur allzu deutlich, wie sehr ihre Reaktion ihren Vater verunsichert hatte. Hayley war klar, dass dieses Spektakel von ihrer Tante eingefädelt worden war. Bestimmt hatte sie ihren Bruder in einem ruhigen Moment davon überzeugt, dass sie ja nur das Beste für ihre Nichte wollte. Wenn sich Hayley jetzt querstellte, würde sie ihren Vater damit vermutlich vor den Kopf stoßen und die dünnen Bande, die sie mittlerweile mit ihm geknüpft hatte, wieder kappen.

„Henry Stewart ist eine hervorragende Partie. Ich habe ihn nach bestem Wissen und Gewissen für dich ausgesucht", sprach Clementine weiter. „Aber es gäbe da auch noch so einige andere Kandidaten, wenn du wirklich keinerlei Sympathie für ihn hegst. Den Baronet von Rockford zum Beispiel. Er ist zwar schon ein paar Jahre älter als du, aber ein sehr kluger und gutherziger Mann. Oder den ..."

„Henry ist toll", fuhr Hayley ihrer Tante dazwischen, bevor sie noch Gefahr lief, als nächstes einem Mann versprochen zu werden, der alt und grau war. Natürlich wusste sie, dass sie Clementine damit in die Hand spielte, doch das musste Hayley angesichts dieser verfahrenen Situation in Kauf nehmen. Sie drückte den Rücken durch und schwor sich, das durchzustehen. Einen Weg zu finden, dieser Heirat zu entkommen, ohne ihrem Vater wehzutun.

„Ich habe mich sehr gut mit ihm unterhalten. Trotzdem finde ich eine Verlobung zu diesem Zeitpunkt etwas voreilig", versuchte es Hayley auf einem anderen Weg.

„Oh, zerbrich dir darüber nicht den Kopf. Ihr werdet nach der Hochzeit noch ausreichend Zeit haben, euch kennenzulernen. Euer ganzes Leben lang, würde ich sagen. Es mag dir fremd erscheinen, aber ich kann dir aus eigener Erfahrung sagen, dass es auch seine Vorteile hat, wenn man sich nicht selbst entscheiden muss."

Was zum Teufel sollte Hayley darauf nur erwidern? Sie würde sich durch nichts, was sie in diesem Moment sagen oder tun konnte, elegant aus der Affäre ziehen können. Unmöglich. Also ergab sie sich ihrem Schicksal für den Augenblick und hörte Mrs Rose weiter dabei zu, wie sie über die Vorteile einer arrangierten Ehe berichtete. Das einzige, das Hayley indes tröstete, war das warme Lächeln, das ihr Vater ihr schenkte, wann immer sich ihre Blicke trafen.

Die laue Luft und der idyllische Anblick des Gartens kamen Hayley unwirklich vor. Nach den Offenbarungen, die das Abendessen mit sich gebracht hatte, hätte ein Schneesturm wohl besser zu ihrer Stimmung gepasst. Die einzige Errungenschaft, die sie dem Debakel noch hatte abgewinnen können, war ein weiteres Treffen mit Henry vor dem Benefizball gewesen. Hayley wollte mit Henry alleine sprechen und herausfinden, wie er zu der Sache stand. Gleichwohl sich die Augen ihrer Tante bei dieser vermeintlich unschuldigen Bitte in Argwohn verengt hatten, gab es keinen Grund, warum sie ihr diese hätte ausschlagen können.

„Na, bist du schon wieder auf der Flucht vor Miss Wellingtons Tanzlektionen?" Nate trat aus den Schatten einer Buschreihe auf sie zu. Ein amüsiertes Lächeln lag auf seinem Gesicht, das immer schmaler wurde, je näher er Hayley kam. Wenn sie nur ein wenig so aussah, wie sie sich fühlte, dann würde er sofort merken, dass etwas nicht stimmte. Und da Hayley um keinen Preis ausgerechnet mit ihm über ihre baldige Verlobung sprechen wollte, zwang sie sich ein Lächeln auf die Lippen und schluckte den Kloß in ihrem Hals hinunter.

„Erwischt. Du hast ja keine Ahnung, wie anstrengend das sein kann. Ich war immer der Meinung, tanzen sei etwas, das Spaß macht, aber unter diesen Umständen ..." Hayley ließ den Satz bedeutungsschwer in der Luft hängen.

„Die guten alten klassischen Tänze? Bin ich froh, dass mir das erspart bleibt."

„Nicht dein Ding? Dann würdest du nicht mit mir tanzen, wenn ich in einem schönen Kleid hier erscheine?" Hayley wusste nicht recht, woher dieser Gedanke gekommen war, und er ließ sofort ihre Wangen heiß werden. Trotzdem brachte sie die Vorstellung, mit Nate zu tanzen, unwillkürlich erneut zum Lächeln. Und dieses Mal war es echt.

„Ich schätze, dass du und ich nicht auf denselben Festen tanzen", gab Nate zurück. Er klang scherzhaft und doch holte Hayley seine Aussage wieder auf den Boden der Tatsachen zurück. Sie konnte fühlen, wie ihr Lächeln verblasste, und wandte den Blick von Jonathans blauen Augen ab.

„Aber ich würde mit dir tanzen, auch ohne schönes Kleid", setzte er nach. Seine Stimme war leise und dabei so sanft, dass sie Hayleys ohnehin schon aufgewühltem Gemüt den Todesstoß versetzte. Tränen brannten plötzlich in ihren Augen und die Last der letzten Wochen brach mit einem Mal über sie herein.

„Hey." Warme Hände legten sich auf ihre Wangen und hoben vorsichtig ihren Kopf an. Nates Daumen strichen über ihr Gesicht und die Besorgnis in seinen Augen versetzte Hayley einen weiteren Stich.

„Es ist nichts. Ich bin nur müde und ..." Es fiel ihr schwer, eine passende Ausrede für die aufsteigenden Tränen zu finden. Sie wollte Jonathan nicht irgendeine Geschichte auftischen, aber ebenso wenig fühlte sie sich in der Verfassung, ihm die Wahrheit zu sagen.

„Du musst mir nicht sagen, was los ist. Ich bin für dich da, okay?", wisperte Nate und brachte wieder ein wenig Abstand zwischen sie beide. Seine Hände glitten von ihren Wangen und legten sich sanft um ihre Oberarme. Hayley nickte dankbar und gab dann ihrem Impuls nach. Sie ließ sich nach vorne und damit direkt in Nates Arme sinken, verbarg das Gesicht an seiner Schulter und atmete tief seinen Geruch ein. Er zögerte einen

Herzschlag lang, dann schlossen sich seine Arme fest um sie und er legte sein Kinn auf ihren Scheitel.

Sie waren sich so nah wie nie zuvor. Das Gefühl war berauschend und gab ihr gleichzeitig Geborgenheit, Sicherheit und noch etwas anderes, das Hayley nicht benennen konnte. Aber eines wusste sie mit Gewissheit: Sie hätte in diesem Augenblick nirgendwo anders sein wollen als in Jonathans Armen.

Amelia

13. Oktober 1941

„Es sieht nicht gut aus", erklärte Doktor Feldon. „Wenn sich Euer Ehemann nicht behandeln lässt, kann ich ihm auch nicht helfen."

Amelia nickte, während ein weiterer Blitz über den Himmel zuckte und den Korridor vorm Herrenzimmer in gleißendes Licht tauchte.

Vor zehn Tagen war Lucas mitten in der Nacht aufgebrochen. Er hatte das ganze Haus geweckt und war dann trotz des schlechten Wetters und allen Einwänden zur Jagd gegangen. Fünf Tage später war er heimgekehrt, als der Mond seinen höchsten Punkt am Himmel erreicht hatte, und hatte sich anschließend in seinem Zimmer eingeschlossen.

Es war nicht das erste Mal gewesen. Amelia hatte gehört, wie die Bediensteten munkelten, dass ihr Baronet von dunklen Geistern heimgesucht werde, die ihn zwangen, rastlos in der Dunkelheit der Nacht umherzuwandern.

Aber sie wusste es besser. Doktor Feldon hatte ihr erklärt, woran Lucas litt. Es war eine psychische Störung, die schon seinen Vater und vor ihm auch dessen Vater ereilt hatte. Eine Krankheit, die ihm im einen Moment zu manischem Antrieb verhalf und ihn im nächsten lähmte.

Niemand kannte die einzelnen Facetten seiner Pein besser als Amelia, obwohl sie nichts von Medizin verstand.

„Dann brechen wir die Tür auf", erwiderte sie.

Der Arzt sah sie lange an, begleitet vom tiefen Donnergrollen des Sturms, der sich über Rose Castle zusammengebraut hatte.

„Seid Ihr sicher, Lady Rose?"

„Es wird dem Baronet zwar nicht gefallen, aber wir haben wohl keine andere Wahl."

Wieder schwieg Doktor Feldon und musterte Amelia mit nachdenklichem Blick.

„Man hat immer eine Wahl", sagte er bedeutungsvoll. Sofort wollte sie etwas erwidern, aber der Arzt sprach einfach weiter. „Lady Rose, ich habe zahlreiche Male gesehen, was er Euch angetan hat. Ich habe Eure Wunden versorgt und auch das schlimme Fieber, nachdem er Euch im ärgsten Schneetreiben aus dem Haus ausgesperrt hat. Er hätte es verdient, dass ..."

„Sie sollten nichts mehr dazu sagen, Doktor Feldon", fiel Amelia ihm ins Wort. Sie konnte ihm erst nicht in die Augen sehen, zwang sich aber schließlich dazu. Er hatte gesehen, wie sehr Lucas ihr überlegen war. Es war demütigend gewesen, selbst vor dem Arzt. Jetzt wollte sie ihm ihre Stärke zeigen.

Doch er schüttelte mitleidsvoll den Kopf, was Amelia Hitze ins Gesicht trieb.

„Ihr solltet für euch selbst einstehen, anstatt das weiter zu erdulden."

„Wenn mein Ehemann stirbt, geht der Titel mitsamt seinem Besitz zurück an die englische Krone und wird neu vergeben. Ich würde alles verlieren.“

„Aber wäre es nicht besser, zu Eurer Familie zurückzukehren. Ihr seid noch so jung, Lady Rose, gewiss findet Eure Mutter einen besseren ...“

„Genug!“, fuhr sie ihm erneut dazwischen. „Ich will nichts mehr davon hören. Sie werden meinem Mann helfen!“ Amelia hatte gemeint, was sie gesagt hatte. Wenn Lucas starb, ehe sie seinen Erben geboren hatte oder wenigstens schwanger war, würde sie alles verlieren. Sie würde Isaac und Celia verlieren. Und was noch viel schlimmer war, alle, die für den Hausstand arbeiteten, würden ihre Stellen verlieren. Das konnte sie nicht zulassen.

Doktor Feldon widersprach nicht mehr und nachdem zwei der Bediensteten die Tür zum Herrenzimmer aus ihren Angeln gehoben hatten, betrat er das Zimmer.

So kraftlos und wirr Lucas auch war, er schrie und tobte dennoch. Stieß wüste Beschimpfungen und die übelsten Drohungen aus, die er Amelia je an den Kopf geworfen hatte, ehe der Arzt ihn behandeln konnte.

Es war schrecklich und schnürte ihr immer weiter die Luft ab, bis sie es nicht mehr aushielt. Sie ließ Lucas' Schreie hinter sich und eilte nach draußen, wo das Gewitter ebenso tobte wie der Baronet. Mochte sein, dass er sie dafür büßen lassen würde, aber wenigstens im Moment konnte sie seinem Zorn entfliehen. Der Arzt würde ihm Medikamente geben und es würde Tage dauern, bis er wieder auf den Beinen war.

Sie lief durch die aufgeladene Luft, die den Garten erfüllte, und erreichte das Gewächshaus gerade, als die ersten dicken Tropfen auf die Erde trommelten.

Isaac hatte sich bereits in seine Räume zurückgezogen und saß bei Kerzenschein am Tisch vor einer Schale Suppe.

„Amelia!" überrascht sprang er auf und kam ihr entgegen. Tränen der Anspannung verschleierten ihr die Sicht, aber sie konnte, auch ohne sein Gesicht genau zu sehen, erkennen, wie erschrocken er war.

Sie erlaubte sich eine Atempause von ihrer Rolle als Lady Rose, denn die Art, wie Isaac ihren Namen sagte, gab ihr das Gefühl, mehr als nur das zu sein. Begleitet von einem verzweifelten Schluchzen warf sie sich ihm entgegen und sofort schlossen sich seine starken Arme um ihren bebenden Körper. Die Wärme seiner Berührung durchfuhr sie wie einer der Blitze, die draußen niedergingen.

„Er hasst mich", würgte sie hervor, das Gesicht an seine Schulter gedrückt. Die meiste Zeit über konnte sie diesen Gedanken verdrängen, sperrte ihn einfach aus wie einen räudigen Hund. Aber in dieser Nacht und nachdem der Doktor sie gedrängt hatte, Lucas einfach seinem Schicksal zu überlassen, hatte er sie übermannt.

„Schhh", machte Isaac und strich ihr sanft über den Rücken. „Ich bin ja da."

Langsam beruhigte sie sich, hob den Kopf und sah Isaac an, ohne ihn loszulassen.

„Er ist der einzige Mensch auf Gottes Erde, der es schafft, dich nicht zu lieben, Amelia. Glaub mir, du hast alle Liebe dieser Welt verdient, auch wenn ich in deinen Augen sehen kann, dass du daran zweifelst. Du bist besser als er. Stärker. So unglaublich stark, dass du es selbst nicht begreifst. Aber ich weiß es. Ich sehe es. Ich sehe dich.“

Hayley

4. Juli 2018

Es war heute glücklicherweise Jules, die Hayley bei den Vorbereitungen für das Treffen mit Henry unterstütze. Sie scheuchte Hayley nicht wie Miss Prudence nach zehn Minuten aus der Badewanne, sondern ließ ihr alle Zeit, die sie sich dafür nehmen wollte. Aber weder Jules' Anwesenheit noch das heiße Wasser schafften es, Hayleys Anspannung zu mindern. In ihr tobte ein Tornado aus Gefühlen und Gedanken. Eine Überlegung jagte die nächste und Hayley wusste überhaupt nicht mehr, wo ihr der Kopf stand.

Die letzten Tage hatte sie in einer Art Schockstarre verbracht und sich einzureden versucht, dass das alles nur ein böser Traum war. Sie wusste, was sie wollte. Hayley wollte hierbleiben und mehr Zeit mit ihrem Vater verbringen. Sie wollte auch immer noch wissen, was es mit den Ungereimtheiten in der Vergangenheit auf sich hatte und in welchem Bezug diese zu dem Verschwinden ihrer Mutter standen. Und sie wollte Nate. Letzteres hatte sie sich endlich selbst eingestehen müssen. Sie konnte es nicht länger leugnen. Wann immer Hayley in Jonathans Nähe war, begann ihr Bauch zu flattern. Diese besondere Art der Zuneigung, die sie ihm entgegenbrachte, war neu, aufregend, verwirrend und gleichzeitig fantastisch. Hayley hatte keine Ahnung, wohin sie diese Gefühle bringen würden, aber sie wollte die Möglichkeit haben, es herauszufinden.

Umgekehrt wusste Hayley auch haargenau, was sie nicht wollte. Allem voran wollte sie ihr Leben nicht von einer Person bestimmen lassen, die nichts als Verachtung für sie übrig hatte. Clementine durfte nicht gewinnen. Hayley musste einen Weg finden, wieder aus dieser Nummer herauszukommen, ohne dabei ihren Vater zu verletzen. Das war nämlich das allerletzte, das sie wollte. Es kam nicht infrage auch noch ihn zu verlieren, nachdem ihr bereits ihre Mutter genommen worden war.

„Bereit?", fragte Jules durch die geschlossene Badezimmertür.

„Bereit!", rief Hayley zurück und meinte es auch so. Jetzt war nicht der richtige Zeitpunkt, um sich in Ängsten zu verlieren. Jetzt hieß es anpacken und eine Lösung finden. Eine Lösung und Antworten.

Hayley verzichtete auf die schicken Kleider, das Make-up und die perfekte Frisur. Sie zog sich Jeans und eine hübsche Bluse an, in deren feinen, weichen Stoff sie sich schon bei der Anprobe verliebt hatte, und ließ sich das Haar von Jules zu einem französischen Zopf flechten.

Wenig später verabschiedete Jules sie mit einem warmen Lächeln und den Worten: „Hals- und Beinbruch!"

Natürlich wusste ihre Tante ebenfalls von dem Treffen mit Henry und ließ es sich darum auch nicht nehmen, einen letzten Blick auf Hayley zu werfen, bevor sie den Gast in Empfang nehmen konnte. Sie erwartete sie in Gefolgschaft von Miss Prudence am Treppenabsatz und machte große Augen, als Hayley näherkam. Obwohl Clementine sichtlich überrascht über Hayleys legere Aufmachung zu sein schien, war es die Haushälterin, die als erstes losschoss.

„In diesem Aufzug wollen Sie sich Mr Stewart präsentieren? Ein Kleid wäre wohl angebrachter gewesen als diese Hosen." Sie verzog demonstrativ das Gesicht, um ihren Unmut zu unterstreichen.

„Ich bin der Meinung, dass mich der Mann, der zugestimmt hat, sein restliches Leben mit mir zu verbringen, vorher zumindest einmal in diesen Hosen gesehen haben sollte", erwiderte Hayley seelenruhig und blieb vor ihrer Tante und Miss Prudence stehen.

„Das kann doch nicht …", schimpfte die Haushaltsvorsteherin, wurde aber von Mrs Rose unterbrochen.

„Lass sie nur, Prudence. Ich kann Hayley gut verstehen. Sie fühlt sich der Situation nicht gewachsen und zeigt uns auf diese Weise ihre Unsicherheit. Ich bin mir sicher, Henry wird es ihr nachsehen. Er weiß ja bereits, dass sie in anderen Verhältnissen aufgewachsen ist als er." Die Sticheleien prallten an Hayley ab wie Seifenblasen, die bei der ersten Berührung mit ihr einfach zerplatzten.

„Sind wir hier fertig? Ich will Henry nicht warten lassen", sagte sie und setzte sich in Bewegung. Ließ ihre Tante und die verkniffen dreinblickende Miss Prudence einfach stehen und schritt weiter den Korridor entlang zur Eingangshalle.

Sie hörte bereits den Gong und kurz darauf Clarks Stimme, die den Ankömmling begrüßte.

Hayleys Magen hob sich. Die Aufregung war zurück. Aber immerhin schaffte sie es nicht, ihre Entschlossenheit zu dämpfen. Was auch immer das Gespräch mit Henry ergeben würde, Hayley war bereit, die Konsequenzen zu tragen. Mit gestrafften Schultern und einem Lächeln auf den Lippen betrat sie die Eingangshalle. Sofort lag Henrys Blick auf ihr. Warm und forschend. Hayley wurde mit einem Mal klar, dass er es schon bei seinem letzten Besuch gewusst haben musste. Er war über die geplante Verlobung informiert gewesen.

„Miss Rose." Henry nickte ihr höflich zu und erwiderte ihr Lächeln.

„Mr Stewart", gab sie zurück und ignorierte das Ziehen in ihrer Brust, das unweigerlich bei der Verwendung des Nachnamens aufkam. Sie wollte zur Familie Rose gehören und würde früher oder später auch ihren Namen tragen. Es durfte ihr also nichts ausmachen.

„Wollen wir das schöne Wetter ausnutzen und unseren Rundgang durch die Gärten fortsetzen?" Hayley wollte möglichst ungestört mit Henry sein und dafür gab es keinen besseren Ort als den Garten. Überall im Haus liefen sie Gefahr, von Miss Prudence oder gar ihrer Tante heimgesucht zu werden. Das Risiko, im Garten Nate über den Weg zu laufen, musste sie in Kauf nehmen.

„Liebend gern", erwiderte Henry und hielt ihr galant den Arm hin.

Kaum hatten sie das Haus hinter sich gelassen, war es Hayley schon um einiges leichter ums Herz.

„Ich habe mich sehr über deine Einladung gefreut“, sagte Henry und blieb vor einer steinernen Statue stehen. Es handelte sich um eine Frau, die ihre moosgesprenkelten Arme zum Himmel richtete.

„Warst du überrascht?“

Er sah Hayley direkt in die Augen. Sie konnte ihm ansehen, dass er nicht wusste, worauf sie hinauswollte.

„Vielleicht ein wenig“, gab er zu.

„Dann hättest du kein Problem damit gehabt, wenn wir uns erst bei der offiziellen Verkündung unserer Verlobung wiedergesehen hätten?“ Hayley bemühte sich, die Frage nicht herausfordernd oder sogar anklagend klingen zu lassen. Sie musste wissen, was er von der ganzen Sache hielt. Ob es normal für ihn war, mit einer Frau verheiratet zu werden, die er kaum kannte.

Henry nahm sich Zeit für seine Antwort. Er umrundete die Statue, ließ Hayley dabei aber keinen Moment aus den Augen. Als er schließlich sprach, lag Überzeugung in seiner Stimme. „Ich bin in dem Bewusstsein aufgewachsen, dass Loyalität der Familie gegenüber das höchste Gebot ist. Meine Eltern haben viel für mich getan und mich immer liebevoll und mit Respekt behandelt. Wie könnte ich also nicht meinen Beitrag zum Wohl meiner Familie beisteuern wollen?“

Man hörte an jedem einzelnen Wort, wie ernst es ihm war. Ob Hayley genauso empfinden würde, wenn sie in Rose Castle groß geworden wäre? Mit all den Gepflogenheiten und in dem Bewusstsein, von dem Mrs Rose ständig sprach. Würde sie dann auch das Glück ihrer Familie über ihr eigenes stellen, ohne auch nur einen Moment zu zögern? Hätten dann bei ihrer Partnerwahl ebenso Geld, Einfluss und Ansehen eine höhere Priorität gehabt als die Möglichkeit auf wahre Liebe?

„Haben deine Eltern auch aus Pflichtgefühl geheiratet?", stellte Hayley eine Gegenfrage und diesmal schaffte sie es nicht, die Frustration gänzlich aus ihrer Stimme zu halten. Henry runzelte die Stirn und trat hinter der Statue hervor.

„Nein. Sie haben sich während ihres Studiums kennen und lieben gelernt." Wie ihre Eltern, dachte Hayley und Wehmut erfüllte sie.

„Warum verlangen sie dann von dir, dass du einen anderen Weg einschlägst?"

„Das tun sie nicht. Mein Vater hat es mir freigestellt." Hayley konnte fühlen, wie ihre Augen groß wurden. Er machte das freiwillig? Er hatte die freie Wahl und entschied sich dennoch dafür, ihr das Jawort zu geben?

„Jetzt bist du überrascht", stellte er fest und suchte ihren Blick. Mehr als ein steifes Nicken brachte sie im ersten Moment nicht zustande. Henry war absolut selbstlos, treu und er liebte seine Familie. Er war nicht wie Hayley in diese Verbindung gedrängt worden.

Sollte sie ihm alles erzählen? Die volle Wahrheit über sich, ihre Mutter und die vielen Lügen, die Mrs Rose konstruiert hatte. Er hätte es verdient, zu wissen, worauf genau er sich hier einließ. Es brannte ihr auf der Zunge und doch konnte sie es nicht aussprechen. Ihre eigene Loyalität, von der sie nicht gewusst hatte, dass sie so stark war, kam ihr in die Quere. Nicht ihrer Tante gegenüber, aber ihrem Vater. Er hatte schon genug gelitten. Sie konnte ihn nicht vor seinen Freunden bloßstellen, indem sie alles ausplauderte.

„Und es gibt niemanden, dem dein Herz gehört?" Die Frage kam aus dem Nichts. Sie hatte sich hinter all den anderen versteckt, die wirbelnd in Hayleys Kopf Kreise zogen. Im Prinzip war es die alles entscheidende Frage. Gleichwohl sie es Henry nicht völlig nachempfinden konnte, verstand sie nun seine Beweggründe und konnte ihn dafür nicht verurteilen.

Zum ersten Mal seit sie ihn in der Eingangshalle in Empfang genommen hatte, wandte er seinen Blick von ihr ab. Nur für die Länge einiger Herzschläge, trotzdem genügte diese kleine Geste der Unsicherheit, um Hayley erkennen zu lassen, dass es tatsächlich jemanden gab.

„Bitte, erzähl mir von ihr." Ihr war durchaus bewusst, dass sie damit viel von Henry verlangte. Ein hohes Maß an Vertrauen und Intimität. Aber immerhin war er bereit, sie zu heiraten.

Erneut dauerte es eine Weile, bis er antwortete. In seinem Blick konnte Hayley sehen, wie sehr er mit sich kämpfte. „Ihr Name ist Alice Goldham. Sie ist die Tochter eines Stofffabrikanten, mit dem meine Familie schon seit Jahren Geschäfte macht. Wir waren in den letzten Monaten häufig miteinander aus. Ich mag sie, aber ..." Er hielt inne und sah Hayley an.

„Aber?", hakte sie nach.

„Dann kam das Thema einer Verbindung mit dem Hause Rose auf den Tisch."

Nun war es Hayley, die schwieg. Sie hatte es hören wollen und musste jetzt auch mit den Gefühlen klarkommen, die die Wahrheit in ihr auslöste. Nur ihretwegen war Henry in dieser Situation. Nur weil ihre Tante Hayley unbedingt zeigen wollte, welche Opfer es forderte, Teil der Familie zu sein.

„Wie ist es mit dir?“ Henrys Stimme klang ein wenig belegt und das Lächeln auf seinem Gesicht erreichte seine warmen, braunen Augen nicht.

„Es gibt da jemanden“, sagte sie gerade heraus, auch wenn ihr diese vier kleinen Wörter viel abverlangten.

Henry nickte. „Und dieser Jemand ...?“

„Will nicht mit mir zusammen sein, meiner Familie wegen.“

Henry öffnete schon den Mund, um etwas zu erwidern, da ertönten Rufe hinter ihnen. „Miss Rose, wir haben uns erlaubt, Tee und einen Imbiss für Sie und ihren Gast vorzubereiten.“ Miss Prudence stand in respektablem Abstand zu ihnen auf dem Weg und wartete auf ihre Reaktion. Sie war zu weit weg, als dass sie hätte hören können, worüber sich Hayley mit Henry unterhalten hatte. Zumindest hoffte Hayley das. Aber die Haushälterin machte auch keine Anstalten, wieder zu verschwinden. Erst als Hayley ihr versicherte, dass sie gleich ins Haus zurückkehren würden, wandte sie sich um und marschierte davon.

Die Chance, mit Henry gemeinsam eine Möglichkeit zu finden, der Verlobung zu entgehen, schien vertan. Hayley wusste zwar nun, warum er in die Sache eingewilligt hatte und was er dafür aufgeben musste, aber ihr blieb keine Zeit mehr, um weiter mit ihm darüber zu sprechen.

Ergeben hakte sie sich wieder bei ihm unter und folgte Miss Prudence ins Haus.

Hayley

5. Juli 2018

Die halbe Nacht hatte Hayley wachgelegen und nachgedacht. Noch immer kam ihr alles surreal vor. Aber sie konnte die Entscheidungen und Ansichten ihrer Tante, die von Henry und seiner Familie, ja sogar die von Nate nicht mit ihrem Maß messen. Das, was ihr völlig absurd erschien, war für sie Normalität.

Nachdem sie beim Frühstück Percys dämliches Grinsen und die auf so unterschiedliche Weise zufriedenen Blicke ihres Vaters und ihrer Tante ertragen hatte, zog es Hayley nach draußen. Bei dem kleinen Weiher am südlichen Ausläufer der Anlage stieß sie auf Nate, der gerade dabei war, den Schilfgürtel auszudünnen. Er trug kniehohe Gummistiefel und diesmal sogar seine Arbeitshandschuhe.

Obwohl er Hayley schon beim Näherkommen entdeckt hatte, widmete er sich jetzt, wo sie neben ihm am Ufer des Weihers stehengeblieben war, weiter seiner Arbeit, ohne aufzusehen.

„Hey", grüßte sie ihn in der Hoffnung, dass er einfach zu sehr in seine Tätigkeit vertieft war und ihr nicht wirklich die kalte Schulter zeigte.

„Hey", erwiderte er mit einem kurzen Blick in ihre Richtung, bevor er seine Hand um ein weiteres Schilfbüschel schloss und es mit einer einzelnen kräftigen Bewegung mitsamt den Wurzeln aus dem schlammigen Ufergrund riss.

Irgendetwas war los mit ihm. Aber Hayley hatte nicht vor, ihn zu drängen, obwohl ihr sein Verhalten sofort zu schaffen machte. Sie wollte ihm auf dieselbe Weise begegnen, wie er ihr vor wenigen Tagen. Also setzte sie sich an den Rand des Ufers und beobachtete ihn durch die wogenden Schilfblätter hindurch bei seiner Arbeit. Es dauerte einige Minuten, in denen Nates Blick sie immer wieder streifte, bis er schließlich mit dem Arm voll ausgerissener Schilfbüschel aus dem Weiher stieg. Er warf die Pflanzen in die bereitgestellte Schubkarre, wischte sich mit dem Rand seines Shirts den Schweiß von der Stirn und setzte sich neben Hayley ins Gras.

Nun waren seine Augen, die im einfallenden Sonnenlicht hell strahlten, auf ihr Gesicht gerichtet.

„Ich habe dich mit deinem Zukünftigen durch den Garten spazieren gesehen", sagte er und Hayley hörte deutlich, dass es ihm schwerfiel, das anzusprechen. War er etwa eifersüchtig?

„Ich werde Henry nicht heiraten", erwiderte sie ohne Umschweife. Nate hob die Augenbrauen.

„Ach nein?" Er sah überrascht aus und Hayley hatte darüber hinaus den Eindruck, Erleichterung in seinem Gesicht erkennen zu können.

„Ich kann nicht einfach jemanden heiraten, den ich erstens nicht richtig kenne und für den ich zweitens nichts empfinde", erklärte sie ruhig.

Jonathan ließ sich nach hinten ins Gras sinken und verschränkte die Arme hinter seinem Kopf.

„Glaubst du wirklich, dass du dir das aussuchen kannst?" Seine Worte waren leise und spiegelten dieselben Zweifel wider, die auch Hayley umtrieben. Sie tat es ihm gleich und legte sich neben ihn auf die weichen Halme, leicht zur Seite gedreht, damit sie ihm ins Gesicht sehen konnte.

„Das will ich glauben, ja", sagte sie und fing seinen Blick ein. Ein sanftes Lächeln erschien auf seinem Gesicht.

„Wie schaffst du es nur, immer daran zu glauben, dass alles gut wird?" Tat sie das? Sie hoffte es. Sie bemühte sich nach Leibeskräften darum, ja. Aber war sie wirklich davon überzeugt, dass sich diese verfahrene Situation lösen ließ? Hayley wusste es selbst nicht.

„Eine meiner vielen positiven Eigenschaften", erwiderte sie trotz der Unsicherheit, die in ihr aufsteigen wollte, was Nate zum Lachen brachte.

„Da hast du recht." Er dreht den Kopf in ihre Richtung und augenblicklich verspürte Hayley den Wunsch, sich an ihn zu schmiegen und ihn zu …

„Wenn …", brachte Jonathan stockend hervor. Nur ein einzelnes Wort, das so viel mehr auszusagen schien. Wenn sie sich in einer anderen Situation kennengelernt hätten. Wenn die Dinge anders stehen würden. Wenn Hayley nicht darum kämpfen müsste, trotz der Schikanen ihrer Tante Fuß in ihrer Familie zu fassen. Wenn diese vermaledeite Verlobung nicht wie ein Damoklesschwert über ihr schweben würde.

„Ja, wenn“, wisperte sie und gab sich der Vorstellung hin, wie es sein würde, Nates Lippen auf ihren zu spüren.

Amelia

28. August 1942

„Ihr seht wunderschön aus, Lady Amelia." Celia drückte ihre Hände und lächelte sie mit einer Unbeschwertheit an, die Amelia nicht empfinden konnte, so gern sie es auch gewollt hätte.

„Du freust dich auf das Fest?" mutmaßte sie.

„Es ist der erste große Empfang seit eurer Hochzeit", erwiderte Celia eindringlich, als würde das alleine ihre freudige Aufregung erklären. Aber Amelias fehlende Begeisterung schmälerte ihr Lächeln. „Freut Ihr euch denn nicht, Lady Amelia, Eure Mutter und jüngste Schwester hier zu haben?"

Es war eigenartig gewesen, ihrer Mutter gestern bei ihrer Anreise entgegenzutreten. Sie hatte ihr in unzähligen Briefen geschrieben, wie es ihr ergangen war, hatte aber nie auch nur einen einzigen davon abgeschickt. Die einzigen Briefe, die ihre Mutter je erreicht hatten, waren voller Lügen gewesen. Gefüllt mit allem, was ihre Mutter hören wollte, aber ohne ein Fünkchen Wahrheit. Also hatte ihre Mutter keine Ahnung, was ihr widerfahren war, was sie hatte erdulden und erleiden müssen. Ihre Mutter kannte sie nicht mehr und das einzige, was sie interessierte, war, dass ihre Tochter dem Baronet eine gute Ehefrau war. Und das war Amelia. Nur eine ihrer vielen Pflichten hatte sie nicht zu erfüllen vermocht. Sie hatte ihrem Mann noch kein Kind geschenkt. Amelia hatte die Enttäuschung darüber in den Augen ihrer Mutter sehen können. Nichts anderes schien ihr wichtig gewesen zu sein, als sie ihre Tochter nach dieser langen Zeit der Trennung das erste Mal wiedergesehen hatte.

„Sie sind mir fremd geworden“, war alles, was Amelia auf die Frage ihres Zimmermädchens erwidern konnte.

Als sie nach unten kam, war der Garten erfüllt vom Lachen und den Stimmen ihrer Gäste. Es waren bei weitem nicht alle gekommen, die Lucas geladen hatte, aber es reichte, um den festlich geschmückten Teil der Anlagen zu bevölkern.

Isaac hatte sich mit der Gestaltung selbst übertroffen. Wunderschöne Blumenarrangements fassten die sauber geschnittene Rasenfläche ein. Bänke wechselten sich mit Stehtischen ab und im Festzelt standen Speisen und Getränke bereit.

„Da ist sie ja“, erklang Lucas’ Stimme. Amelia straffte die Schultern und hob ihre Mundwinkel, bevor sie sich ihm zuwandte und ihm entgegen schritt. Er sah gut aus. Attraktiv und gesund. Der Anblick seiner Uniform erinnerte Amelia an ihre Hochzeit und die wenigen Tage danach, in denen sie noch nichts von seiner anderen Seite geahnt hatte. Von den Schatten, die ihn heimsuchten. Die mittlerweile wöchentlichen Besuche von Doktor Feldon und die Medikamente, die Lucas recht

regelmäßig einnahm, zeigten Wirkung und doch sah A-
melia ihrem Mann an, wie viel Kraft es ihn kostete,
diese Fassade der Normalität aufrechtzuerhalten.

„Eine wunderschöne Frau hast du dir ausgesucht.
Wurde auch langsam Zeit, dass ich sie zu Gesicht be-
komme“, sagte einer der Männer, mit denen Lucas bei-
sammenstand. Sie begrüßte die Herren und wurde ihrerseits von Lucas vorgestellt.

„Schön anzusehen ist sie, fürwahr“, meinte ein anderer. „Aber wenn du willst, dass sie dir endlich Kinder
gebärt, wirst du zusehen müssen, dass sie etwas runder
um die Hüften wird.“ Alle lachten, nur Lucas blieb still.
Amelia spürte seinen Zorn und die Schmach, die er
empfand, und wusste nur zu gut, was sie mit sich bringen würden. Doch im Moment sorgte sie sich mehr darum, dass er die Fassung nicht vor all den Gästen verlor.

„In meiner Familie bekommen die Frauen zwar erst
etwas später Kinder, dafür aber umso mehr. Ich bin mir
sicher, wir werden noch viele Kinderzimmer einrichten müssen“, sagte sie rasch und griff in der Hoffnung,
es würde das wütende Funkeln in seinen Augen vertreiben, nach Lucas’ Hand.

„Es ist schön, in so prekären Zeiten eine Frau wie sie
an meiner Seite zu haben.“ Lucas’ Stimme war hohl und
seine Hand in ihrer kalt und schlaff. Amelias Lächeln
verrutschte bei seinen Worten. Was redete er da? Hatte
er diesen Männern von seinem geistigen Zustand erzählt? Das konnte sie nicht glauben.

„Wie wahr. Die Lage spitzt sich immer weiter zu.
Deutschland ist stark, aber wir werden stärker sein“,
bekräftigte ein schnauzbärtiger Mann neben ihm.

Sie sprachen vom Krieg, von den Gräueltaten, die sich
außerhalb von Rose Castle abspielten. Amelia wusste
nicht viel über die Geschehnisse im Osten, aber zumindest wusste sie, dass Lucas früher oder später darin verwickelt sein würde. Noch waren nicht alle Militärange-
hörigen des Adels eingezogen worden, aber irgendwann würde es auch sie treffen. Wenigstens Isaac
würde verschont bleiben. Als Hausangestellter hielt
Lucas ihn zurück, wie es auch in vielen anderen Häu-
sern der Fall war. Wer sollte auch sonst die Arbeiten im
Hausstand verrichten, wenn die Herrschaften auf ihr
Personal verzichten müssten?

Die Männer sprachen weiter über Luftangriffe, Kon-
ferenzen und Offensiven. Lauter Dinge, bei denen Amelia ihnen nicht folgen konnte. Irgendwann wurde sie
von einer Ehefrau eines der Generäle in ein Gespräch
verwickelt und konnte dem Männerreigen und Lucas'
aufgesetzter Fassade endlich entfliehen.

Wahrscheinlich sollte sie der Krieg mehr interessieren, aber das einzige, an das sie denken konnte, war
Lucas. Je höher er flog, desto tiefer würde er am Ende
fallen, dessen war sie sich gewiss.

Langsam versank der goldene Sonnenschein hinter
den Hügeln und das Fest neigte sich dem Ende zu. Manche der Gäste verließen Rose Castle, andere zogen sich
in die Gästezimmer zurück. Auch Lucas war ins Herrenzimmer verschwunden. Er war trunken vom Wein
und Amelia konnte sich sicher sein, dass er sie heute
nicht mehr im Damenzimmer besuchen würde. Wenigstens blieb ihr so nach diesem anstrengenden Tag
die Möglichkeit, noch einmal unbemerkt zu Isaac zu
gehen. Sie hatte ihn seit Tagen nicht gesehen und auch

schon in den Wochen davor waren ihre Treffen rar gewesen. Mochte sein, dass Lucas sich dank der Medizin besser im Griff hatte, das hieß aber auch, dass er aufmerksamer war als sonst.

Obwohl nur das sanfte Mondlicht den Garten erhellte, war Isaac noch auf den Beinen. Er war dabei, die wunderschöne Gartendekoration, an der er schon Tage vorher gearbeitet hatte, abzubauen.

„Du kannst auch nicht schlafen, wie ich sehe", grüßte sie ihn leise. Er hatte ihr den Rücken zugewandt, hielt einen Herzschlag lang in seiner Bewegung inne, wandte sich aber nicht zu ihr um.

„Isaac?"

„Ich bin froh, dass dieser Tag vorüber ist", erwiderte er schließlich knapp und hob einen weiteren Korb Blumen in die Schubkarre.

„Nun, ich auch", sagte Amelia etwas verwirrt ob seiner abweisenden Reaktion.

Sie wartete noch einige Sekunden, dann hielt sie es nicht mehr aus.

„Habe ich dich irgendwie verärgert?"

Erneut hielt er inne, wandte sich diesmal aber zu ihr um. Seine sonst so warmen Augen wirkten verhärmt und auch im schwachen Schein des Mondes konnte Amelia erkennen, dass seine Lippen schmal vor Anspannung waren.

„Es gefällt mir nicht, wie er dich heute vor den Gästen herumgezeigt hat. Als wärst du ein besonders fetter Fang, den er bei der Jagd erlegt hat. Dabei weiß ich genau, wie er dich hinter verschlossener Tür behandelt", presste Isaac hervor. Amelias Herz zog sich in ihrer Brust zusammen. Isaac redete nie über ihren Mann, oder das, was er ihr antat. Es war ein unausgesprochenes Gesetz zwischen ihnen, nichts dergleichen zu erwähnen. Isaac konnte sie nicht davor bewahren, obwohl sie wusste, dass er es wollte. Aber würde er Sir Rose die Stirn bieten, wäre alles verloren. Dass sie nie etwas Anstößiges getan hatten, würde sie dann auch nicht retten können. Lucas würde Isaac entlassen, ihn anprangern und auch Amelia müsste mit Konsequenzen rechnen. Isaac wusste das genauso gut wie sie.

„Du darfst nicht eifersüchtig sein. Ich bin mit ihm verheiratet", erwiderte sie kaum hörbar. Er schluckte schwer und fuhr sich mit der Hand durchs Haar. „Ich weiß, ich kann dir nichts von dem bieten, was er dir bieten kann. Ich besitze kein Anwesen, habe keinen Titel und keine Ländereien. Aber wir wären glücklich miteinander. Du müsstest keine Angst mehr haben, keine Schläge mehr erdulden. Amelia ..." Er trat auf sie zu und nahm ihre Hände in seine. „Geh mit mir fort. Ich habe Geld gespart. Genug, um uns wochenlang über die Runden bringen zu können. Ich werde für dich sorgen und dich lieben und ..."

Mit einer Vehemenz, die Isaacs Worte ersterben ließ, schüttelte sie den Kopf.

„Ich würde auf alles verzichten. Ich würde mit dir auf dem Erdboden schlafen, wenn das nur bedeutete, dass wir zusammen sein könnten. Aber es geht nicht." Sie entzog sich Isaacs Nähe. „Wo sollen wir denn hin? In Europa herrscht Krieg. Und selbst wenn wir es hier rausschaffen, ich kann mich meinen Verpflichtungen nicht entziehen. Wenn ich gehe, hat das auch Folgen für meine Familie. Meine Mutter müsste in Schande leben und würde keinerlei Unterstützung mehr erhalten.

Meine Schwester hätte kaum noch eine Aussicht darauf, verheiratet zu werden."

Isaac stolperte nach hinten, als hätte sie ihn geschlagen. Er sah zu Boden. Ihn so verletzt zu sehen zerriss sie. Sofort taten Amelia ihre vorherigen Worte leid und sie sprach die folgenden voller Inbrunst aus.

„Ich liebe dich. Mehr, als ich sagen kann. Und ich weiß, irgendwann wird unsere Zeit kommen. Ich verspreche dir, ich werde nicht aufgeben. Wir werden zusammen sein." Langsam hob er den Kopf. Das Mondlicht spiegelte sich in seinen Augen, doch selbst in völliger Dunkelheit hätte sie die Intensität seines Blicks auf sich spüren können. Tränen rannen über ihr Gesicht und Amelia hätte nichts lieber getan, als ihren Schwur mit einem Kuss zu besiegeln. Aber das musste warten, ebenso wie die erdachte Zukunft mit Isaac.

Hayley

6. Juli 2018

Hayley hatte sich in die Bibliothek zurückgezogen. Weil Sir Rose wieder einmal geschäftlich unterwegs war, Percy mit den Vorbereitungen auf sein nächstes Turnier und Clementine mit denen für den bevorstehenden Benefizball beschäftigt war, blieb ihr endlich ein wenig Zeit, um zu verschnaufen.

Sie hatte versucht, ein weiteres Treffen mit Henry und seiner Familie zu arrangieren, was allerdings erfolglos geblieben war. Mrs Rose hatte ihr klar und deutlich zu verstehen gegeben, dass sie die Stewarts erst zum Ball wiedersehen würde. Also musste sich Hayley damit abfinden, diese Anspannung noch die nächsten Tage mit sich herumzuschleppen. Sie hatte einen Plan. Ob der sich allerdings tatsächlich umsetzen ließe und ob er am Ende aufgehen würde, stand in den Sternen.

Beim Durchstöbern der Regale entdeckte Hayley schließlich einige Bücher über die Geschichte der Familie Rose. Es handelte sich dabei um Aufzeichnungen über besondere Verdienste rund um die englische Krone oder ähnliche herausragende Errungenschaften der Lords und Ladys. Genau die Art von Ablenkung, die sie jetzt brauchen konnte. Ein Abschnitt erregte ihre

Aufmerksamkeit dabei besonders. Er beschrieb das Leben von Sir Lucas Rose. Sobald sie seinen Namen las, begann ihre Kopfhaut in freudiger Erwartung zu kribbeln. Konnte es sein, dass sie in diesem Buch einen Anhaltspunkt finden würde? Waren womöglich einige Antworten die ganze Zeit über direkt vor ihrer Nase gewesen?

Konzentriert studierte sie die Erzählung und erfuhr, dass Lady Amelia Lucas' zweite Frau gewesen war. Er war leidenschaftlicher Jäger gewesen und hatte wohl einen der größten Eber in der Geschichte von Corbridge erlegt. 1944 war er dann als General in die Schlacht um die Normandie gezogen und im Februar 1945 siegreich heimgekehrt. Den Aufzeichnungen zufolge wurde die Freude seiner Rückkehr von dem schrecklichen Brand überschattet, der nur wenige Monate zuvor die Grundfesten von Rose Castle erschüttert hatte.

Hayley las weiter, ihr Blick flog regelrecht über die Zeilen, aber da stand nicht mehr über den Brand und auch kein Wort über die Entlassungswelle. Niemand der Bediensteten wurde erwähnt, mit Ausnahme von Isaac Powell, der in den Flammen umgekommen war. Keine Begründung, keine Erklärung. Keine weiteren Anhaltspunkte. Nichts.

Frustriert klappte Hayley das Buch zu, ließ es mit einem lauten Knall auf den Beistelltisch neben sich fallen und vergrub das Gesicht in ihren Händen.

Es wäre ja auch zu schön gewesen, wenn sich ihr die Antworten einfach so präsentiert hätten.

„Du siehst aus, als könntest du einen großen Eisbecher mit extra viel Schokoladensoße vertragen", kam es aus Richtung der Tür. Jules stand dort in Jeansshorts, einem bunten Tanktop und einem breiten Lächeln im Gesicht. Bei ihrem Anblick und der Aussicht darauf, Jules' freien Nachmittag mit ihr gemeinsam zu verbringen, wurde Hayley warm ums Herz.

„Kommen da auch Zuckerstreusel oben drauf?"

Hayleys Frage brachte Jules zum Lachen.

„Ich glaube, das können wir einrichten, und jetzt komm endlich, ich will raus hier!"

„Nichts lieber als das", bekräftigte Hayley und schwang sich aus dem Sessel.

Erst nachdem sie mit Jules aus Corbridge zurückgekehrt war, fiel ihr wieder ein, dass sie das Buch über die Geschichte der Familie Rose nicht wieder ins Regal zurückgestellt hatte. Also schlug sie erneut den Weg in die Bibliothek ein, bevor sie ins Damenzimmer ging. Der kleine Beistelltisch neben dem Ohrensessel, auf dem sie vorhin gesessen hatte, war allerdings leer. Hayley glaubte zuerst, dass vielleicht eine der Bediensteten hinter ihr aufgeräumt hatte, doch auch die Stelle im Regal, aus dem sie das Buch genommen hatte, war leer. Jemand musste nach ihr in die Bibliothek gekommen sein und das Buch mitgenommen haben. Genau dieses Buch. Denn alle anderen, die sie ebenfalls durchgesehen hatte, standen an ihren Plätzen. Das war mehr als eigenartig. Wer außer ihr sollte sich für die Geschichte der Familie Rose interessieren? Oder gab es vielleicht einen anderen Grund, warum das Buch verschwunden war?

Verwundert und zunehmend frustriert darüber, dass sich zu den zahllosen Fragen, die sie umtrieben, immer wieder neue gesellten, stieg Hayley ein Stockwerk höher und zog sich in ihr Zimmer zurück.

Jules hatte bislang auch nichts über den Verbleib von Celia Vandervine herausfinden können. Was bedeutete, dass Hayley weiterhin völlig im Dunklen tappte. All die Dinge, die sie in den letzten Wochen in Erfahrung gebracht hatte, waren höchst eigenartig und schienen nur einen gemeinsamen Nenner zu haben. Sie hatten irgendetwas mit Amelia und Lucas Rose zu tun. Aus irgendeinem Grund hatte ihre Mutter eben jene Vorfahren der Familie in Augenschein genommen. Aber warum nur? Und was hatte das mit ihrer Entscheidung zu tun, ihren Ehemann und Rose Castle zu verlassen?

Hayley

In den folgenden Tagen hatte Hayley kaum Zeit, auch nur über eine dieser zahlreichen Fragen nachzudenken, geschweige denn mehr in Erfahrung zu bringen. Ihre Tante hatte über Nacht beschlossen, dass Hayley ihr bei den letzten Vorbereitungen für den Benefizball zur Hand gehen sollte. Was ihre Tage neben den Lektionen mit Miss Wellington von früh bis spät füllte. So blieb ihr auch kaum eine Pause, in der sie mit Jules sprechen oder sich in den Garten zu Nate schleichen konnte. Ebenso wenig bekam sie ihren Vater zu Gesicht, der, wenn er denn überhaupt zu Hause war, in seinem Arbeitszimmer verschwand. Die wenigen Familienessen, an denen er teilnahm, wurden vom ständigen Klingeln seines Handys begleitet.

Obwohl Hayley also stets beschäftigt war, zogen sich die Tage trotzdem wie Kaugummi.

Für diesen Nachmittag hatte Mrs Rose sie in den Bankettsaal bestellt, wo Hayley von Percy erwartet wurde. Am hinteren Ende des riesigen Saals war bereits eine Bühne aufgebaut worden. Der Boden glänzte mit den Spiegeln an der den Fenstern gegenüberliegenden

Wand um die Wette und sogar die ersten runden Tische standen schon bereit.

„Mutter hat mich gebeten, mit dir noch ein letztes Mal die Tanzschritte durchzugehen, damit du dich morgen nicht völlig blamierst", verkündete Percy und hielt ihr ohne Umschweife die Hand hin.

Hayley konnte sich wahrlich Schöneres vorstellen, als einen weiteren Tanz mit ihrem Cousin, vor allem, weil er es immer wieder schaffte, ihr auf unverblümte Art mitzuteilen, wie wenig er von ihr hielt.

„Macht ihr euch wirklich Sorgen, dass ich mich blamiere? Oder vielmehr, dass ich euch schlecht aussehen lassen könnte?", gab sie trocken zurück und legte ihre Hand in seine. Percy nickte Clark zu. Dieser stand neben der Treppe, die von einem Verbindungsgang im oberen Stockwerk direkt in den Saal führte, und hielt die Fernbedienung der Musikanlage bereit. Nur Sekunden später erklangen die ersten Takte eines Walzers und Percy brachte Hayley und sich in Position.

„Glaubst du wirklich, dass das einen Unterschied macht?" Er fasste sie an der Taille und gab ihr mit leichtem Druck seiner Hand zu verstehen, dass sie nach hinten steigen sollte. „Mir scheint, werte Cousine, du hast immer noch nicht begriffen, dass alles, was du tust, auf die Familie zurückfällt", ergänzte er und drehte mit Hayley im Arm eine enge Kurve.

Diese suchte nach einer Erwiderung, aber Percy wechselte immer schneller von einer Figur zur nächsten, sodass sie vollauf damit beschäftigt war, sich auf die Schrittfolge zu konzentrieren.

Ihrem Cousin schienen weder das Tempo noch die schwungvollen Drehungen etwas auszumachen. Ohne außer Atem zu kommen, sprach er weiter und genoss es dabei sichtlich, Hayley überlegen zu sein.

„Als Teil der Familie hast du Verantwortung, mehr als ich dir anvertraut hätte, wäre ich der Baronet. Und wenn du dich danebenbenimmst, hat das Konsequenzen für alle, die in deinen Verantwortungsbereich fallen." Hayley hatte zunehmend das Gefühl, dass ihr Percy diese kleine Ansprache nicht aus heiterem Himmel angedeihen ließ. Dieses Gefühl verstärkte sich, als er das für ihn typische hämische Grinsen aufsetzte, von dem Hayley bereits wusste, dass es nichts Gutes verhieß.

„Von was genau sprichst du da bitte?", wollte sie wissen und kam beinah aus dem Takt, weil Percy sie durch gleich zwei Drehungen hintereinander führte.

„Es wirft kein gutes Licht auf dich, und damit auch auf uns, wenn du deine Freizeit in aller Öffentlichkeit mit unseren Bediensteten verbringst. Mutter hat schon vor Wochen versucht, dir klarzumachen, dass ein derartiges Benehmen unerwünscht ist. Aber du glaubst ja, über den Dingen zu stehen." Während Percys Grinsen immer breiter wurde, kroch Hayley Kälte den Rücken hinunter.

„Da du in diesem Punkt unbelehrbar zu sein scheinst, hat Mutter sich nun selbst um das Problem gekümmert."

Hayley stoppte mitten in der Bewegung und Percy krachte mit Schwung gegen sie, was ihr die Luft aus der Lunge trieb.

„Was soll das heißen?", fragte sie scharf. Hayley hatte genug von Percys Spielchen.

Er klimperte unschuldig mit den Wimpern und strich sich über den Revers seines Sakkos.

„Bist du wirklich so dumm, oder stellst du dich nur so? Man hat dich mit deinem Zimmermädchen in der Stadt gesehen. Glaubst du wirklich, wir können es tolerieren, dass du dich mit Bediensteten herumtreibst. Was sollen denn die Leute von uns denken? Und da du das ja nicht einsehen willst, mussten wir die Sache auf andere Weise lösen."

Bei seinen Worten hob sich Hayleys Magen.

„Was habt ihr getan?", hörte sie sich mit schwacher Stimme über die leise ausklingende Musik fragen. Plötzlich war es völlig still in dem riesigen Raum, nur Percys Stimme hallte laut durch den Saal.

„Auf Mutters Geheiß hin hat Miss Prudence deine kleine Freundin heute Morgen entlassen. Du siehst, deine zum Himmel schreiende Ignoranz bringt Folgen mit sich."

Hayley wandte sich von dem gehässigen Ausdruck in Percys Gesicht ab und suchte Clarks Blick. Der Butler sah sie ernst an und nickte kurz.

Nein! Das durfte nicht wahr sein!

Sie ließ Percy stehen und rannte aus dem Bankettsaal. Ihre eiligen Schritte trugen sie durchs Haus, geradewegs in die Küche, wo einige der Bediensteten mit Olivia am Tisch saßen.

Ein einziger Blick in das betrübte Gesicht der Köchin reichte Hayley, um sicher zu sein, dass Percy sich nicht bloß einen schlechten Scherz mit ihr erlaubt hatte.

Olivia hob die Hand, vermutlich um Hayley zu sich zu winken, aber Hayley konnte jetzt nicht mit ihr sprechen. Sie machte auf dem Absatz kehrt und rannte schnurstracks in den Wohnflügel.

Obwohl sie wusste, dass ihr Vater erst Morgen wieder in Rose Castle sein würde, klopfte sie in ihrer Verzweiflung an seine Tür, natürlich ohne Erfolg. Mit heißen Wangen und laut pochendem Herzen wandte sie sich nach rechts und lief in den gegenüberliegenden Korridor.

Miss Prudence öffnete ihr die Tür zum Zimmer ihrer Tante. Hayley warf jegliche Manieren über Bord und drängte sich einfach an ihr vorbei.

„Wie konntet ihr das nur tun?", fuhr sie Clementine und die Haushälterin gleichermaßen an. Ihre Tante, die mit einer Tasse Tee in der Hand dasaß, nahm seelenruhig einen Schluck daraus und stellte sie dann langsam und gediegen wie immer auf den Untersetzer.

„Ich entnehme deiner aufbrausenden Erscheinung, dass du eben davon erfahren hast, dass uns Miss Curling verlassen musste. Sollte dir das sauer aufstoßen, würde ich dir raten, in Zukunft keine unangemessenen Beziehungen mehr zu unseren Bediensteten zu unterhalten."

Mrs Rose sprach in einem so belanglosen Plauderton, als würde sie Hayley vom englischen Wetter berichten, was die Hitze in ihrem Inneren nur noch mehr anfachte.

„Holt sie zurück! Sie hat nichts Falsches getan. Ich verspreche euch, dass ich mich zurückhalten werde", presste Hayley hervor. Sofort hatte sie Nates Bild im Kopf und seine Worte von jenem Abend. Und sie schwor sich, nichts mehr zu unternehmen, das auch seine Anstellung in Rose Castle gefährden könnte.

„Ich fürchte, das kann ich nicht tun. Aber wenn du aus der Sache deine Lehren gezogen hast, kann ich meine Entscheidung wohl als Erfolg verbuchen", erwiderte Clementine erhobenen Hauptes und gab Miss Prudence mit einem Wink zu verstehen, dass sie ihr Tee nachschenken sollte.

Es hatte keinen Sinn. Clementine würde nie nachgeben. Zu sehr genoss sie Hayleys Qualen und ihren Triumph. Das Gefühl, ihr bewiesen zu haben, dass sie die volle Kontrolle in diesem Haus hatte.

„Oh, glaube mir, Tante, es wird der einzige Erfolg bleiben", erwiderte Hayley mit bebender Stimme und verließ den Raum.

Im Damenzimmer angekommen schnappte sie sich sofort ihr Handy und wählte Jules' Nummer. Es klingelte nur einmal, dann schallte die mechanische Stimme des Anrufbeantworters durch das Mikrofon. Sie legte auf und rief Jules noch zwei weitere Male an, ohne sie zu erreichen.

„Verdammt", schimpfte Hayley und tippte eine Nachricht.

Jules, es tut mir so unglaublich leid. Ich verspreche dir, dass ich es wieder in Ordnung bringen werde. Sobald ich kann, spreche ich mit meinem Vater. Ich hole dich wieder zurück! Hayley

Kaum hatte sie das Telefon beiseitegelegt, summte es leise. Jules hatte ihr tatsächlich geantwortet.

Ich bin selbst schuld an meiner Lage

war das einzige, das in der Nachricht stand.

Selbst schuld, dass sie ihr zur Seite gestanden hatte und ihr eine Freundin gewesen war, dachte Hayley und heiße Tränen stiegen ihr in die Augen. Dieser Gedanke war bitter wie Galle.

Amelia

27. November 1943

Celia schlüpfte ins Damenzimmer und zog beinahe lautlos die Tür hinter sich ins Schloss. Ihr alarmierter Blick trieb Amelia einen Schauer durch den Leib.

„Was hast du?" Sofort stand sie von der Fensterbank auf und versteckte das Buch, das sie gerade gelesen hatte, hinter den Vorhängen.

„Sir Lucas ist auf dem Weg hierher, in Begleitung des Frauenarztes."

Amelia legte die Stirn in Falten. Warum hatte er den Arzt herbestellt? Sie war erst vor wenigen Wochen bei ihm in Durham gewesen. Er hatte ihr damals gesagt, dass alles in bester Ordnung sei. Stimmte womöglich doch etwas nicht mit ihr?

Das Geräusch herannahender Schritte war zu hören und nur einen Augenblick später platzte Lucas ins Damenzimmer. Der Arzt folgte ihm und sah sich besorgt um.

„Amelia, leg dich hin. Doktor Prest wird dich untersuchen", bellte Lucas. Sie hatte schon beim gemeinsamen Frühstück bemerkt, dass er heute keinen der guten Tage hatte. Wenn sie es recht bedachte, war es in den letzten Wochen langsam aber stetig mit ihm bergab gegangen. Amelia hatte schon Sorge gehabt, dass er seine Medikamente nicht mehr nahm und die Termine bei Doktor Feldon ausfallen ließ.

Sie hatte keine Ahnung, was sie nun erwartete, aber Lucas' starrem Blick nach zu urteilen, konnte es nichts Gutes sein.

„Sir Lucas, bei allem Respekt. Ich habe Eure Frau beim letzten Mal gewissenhaft untersucht, das könnt Ihr mir glauben. Ich sehe keinen Sinn darin, sie jetzt erneut …"

„Ich glaube Ihnen aber nicht!", fuhr Lucas ihm dazwischen. „Sie erzählen mir seit Jahren, dass sie gesund und Ihres Erachtens nach gebärfähig ist. Warum sie bislang kein einziges Mal schwanger war, können Sie mir allerdings nicht erklären. Vielleicht haben Sie sie nie richtig untersucht? Ich will es sehen. Ich will sehen, wie Sie es tun. Es ist mein Recht als ihr Ehemann!"

„Aber das ist doch …", setzte der Arzt an. Sein Gesicht war rot angelaufen und er umklammerte den Griff seines Untersuchungskoffers so fest, dass die Fingerknöchel weiß hervortraten.

„Schon gut. Bitte, Doktor Prest, untersuchen Sie mich im Beisein meines Mannes. Ich bin sicher, er wird Ihnen den Hausbesuch reichlich vergüten", sagte Amelia rasch, bevor der Arzt seinen Satz beenden konnte und womöglich etwas sagte, das Lucas' aufwallende Rage zum Eskalieren brachte.

Er blinzelte ein paar Mal und Amelia konnte hören, wie er die Luft ausstieß. „Dann legt Euch bitte hin, Lady Rose. Ich muss Euch aber vorwarnen. Im Bett wird die Untersuchung gewiss unangenehm sein."

Beinah wäre ihr ein hysterisches Lachen entschlüpft, während ihr das Herz bis zum Hals schlug. Der Arzt hatte keine Ahnung, was ihr bevorstehen würde, wenn sie sich weigerte oder auch nur zuließe, dass er Lucas verärgerte. Doch er behielt recht. Die Instrumente waren kalt und weil er sie in der Position, in der sie sich befand, nicht im richtigen Winkel zum Einsatz bringen konnte, war die Untersuchung nicht nur unangenehm, sondern sogar schmerzhaft.

„Was sehen Sie?", wollte Lucas wissen, als der Arzt die Untersuchung endlich beendet hatte.

„Es ist, wie schon gesagt, alles in bester Ordnung. Aus meiner Sicht gibt es keinen Grund, warum ihre Frau nicht schwanger werden sollte. Sie trinkt doch den Tee, den ich ihr aufgeschrieben habe?"

Amelia rappelte sich gerade im Bett hoch und zog ihre Röcke zurecht. „Jeden Tag", bekräftigte sie und zeigte auf die Porzellankanne, die auf dem Tisch stand.

Lucas folgte ihrer Geste mit dem Blick. „Bring mir den Tee!", rief er an Celia gerichtet, die sich in eine Ecke des Zimmers zurückgezogen hatte. Amelia sah, wie Celia zusammenzuckte. Sie wusste, dass ihr Zimmermädchen schreckliche Angst vor Lucas hatte. Mit gesenktem Kopf ging sie zum Tisch und trug die Kanne zu Sir Rose. Er nahm sie entgegen, hob den Deckel ab und roch an der Flüssigkeit.

„Was soll das sein?"

„Nun, es ist eine Zusammenstellung verschiedener Kräuter, die ...", Doktor Prests Stimme wurde von dem Klirren der Kanne übertönt, die an der Wand zerschellte.

„Ich halte nichts von Ihren Kräutern. Sie helfen nicht! Ich will endlich wissen, was mit meiner Frau nicht stimmt. Sie haben sie nicht gründlich genug untersucht, wenn Sie es mir immer noch nicht sagen können. Untersuchen Sie sie erneut“, verlangte Lucas.

Doktor Prests Augen hatten sich geweitet, der Mund stand ihm offen und er wusste ganz offensichtlich nicht, was hier vor sich ging. „Jetzt?“, fragte er unsicher.

„Natürlich jetzt! Dafür habe ich Sie ja herbestellt! Oder soll ich einen anderen Arzt rufen lassen?“, schrie Lucas außer sich.

Stockend drehte der Arzt sich zu Amelia um. Sein Blick suchte den ihren und obwohl sie nicht sicher war, ob er das winzige Schütteln ihres Kopfes bemerkt hatte, mit dem sie ihm hatte signalisieren wollen, ihrem Mann nicht zu widersprechen, tat er, was Lucas verlangte.

Er führte die Prozedur auf Sir Roses Geheiß hin immer und immer wieder durch. Die Sonne neigte sich bereits dem Horizont entgegen, Celias blasse Wangen waren feucht von ihren lautlosen Tränen und das weiße Leintuch zeigte rote Schlieren von Amelias Blut.

Doktor Prest war kein Narr. Er musste verstanden haben, dass Lucas krank war, und gleichwohl er beinah genauso weiß um die Nase war wie Celia, hatte er auf Amelias leises Flehen hin getan, was ihr Mann verlangte. Sir Rose hatte sich inzwischen auf dem hohen Sessel niedergelassen. Nachdem er gut zwei Stunden lang schnellen Schrittes durchs Zimmer gelaufen war und stetig vor sich hingemurmelt hatte, dass irgendetwas mit ihr nicht stimmen konnte und dass ihm keine

Zeit mehr blieb. Sein gleichmäßiger Atem verriet Amelia, dass er eingeschlafen sein musste und sie alle den Anfall endlich überstanden hatten.

„Sie können jetzt gehen, Doktor Prest. Ich verspreche Ihnen, wir werden Ihnen den Aufwand großzügig vergüten“, sagte sie leise an den Arzt gewandt.

„Lady Rose, er ist ...“

„Bitte. Ich weiß um seinen Zustand. Seien Sie sich gewiss, dass ihm geholfen wird. Ich kümmere mich um alles, keine Sorge“, unterbrach sie ihn.

„Ich sorge mich nicht um den Baronet, sondern um Euch“, erwiderte er mit gesenkter Stimme und warf einen Blick auf den schlafenden Sir Rose.

„Das müssen Sie nicht. Darf ich Sie nun bitten, uns alleine zu lassen?“ Sie konnte ihm die Skepsis ansehen, aber schließlich erhob er sich seufzend.

Hayley

11. Juli 2018

Seit gestern Abend hatte sich Hayley im Damenzimmer verbarrikadiert. Sie war nicht zu den Mahlzeiten erschienen, weil ihr schon die bloße Vorstellung, mit Clementine und Percy an einem Tisch zu sitzen, zuwider war, und hatte auch das Essen, das Olivia ihr hinaufgebracht hatte, kaum angerührt. Olivia hatte mit ihr sprechen wollen, aber Hayley war jeder Unterredung ausgewichen. Der Einzige, mit dem sie ein paar wenige Worte gewechselt hatte, war Clark gewesen. Sie hatte ihn gebeten, ihrem Vater, sobald er heimkehrte, mitzuteilen, dass sie dringend mit ihm sprechen musste.

Clark hatte ihr seinerseits versichert, dass er ihrer Bitte nachkommen würde, aber nicht glaube, dass dafür vor dem Benefizball noch ausreichend Zeit bliebe.

Wie es den Anschein machte, hatte der Butler damit recht behalten, denn die große Eröffnung rückte immer näher und sie hatte von ihm noch keine Nachricht erhalten.

Ebenso verhielt es sich mit Jules, obwohl sie in den letzten Stunden mehrmals versucht hatte, sie zu erreichen.

Mit einem Handtuch auf dem Kopf und einem weiteren um ihren Körper geschlungen trat Hayley gerade aus dem Bad, als es an der Tür klopfte.

Sofort beschleunigte sich ihr Puls in der Erwartung, Clark würde vor der Tür stehen.

„Einen Moment noch", rief sie in Richtung Tür und zog sich rasch den Morgenmantel über, ehe sie öffnete.

Zu ihrer Enttäuschung war es nicht Clark, sondern Miss Prudence, die auf dem Korridor vor dem Damenzimmer stand.

„Was wollen Sie?", fragte Hayley kühl.

„Mrs Rose hat mich angewiesen, Ihnen bei den Vorbereitungen behilflich zu sein", gab die Haushälterin trocken zurück.

„Ich bin sehr wohl in der Lage, mich selbst anzukleiden." Mit diesen Worten schloss Hayley die Tür wieder und ging zurück ins Bad, um sich die Haare zu föhnen.

Im Ankleidezimmer stand sie dann etwas verloren vor der Fülle an Abendkleidern, die sie zur Auswahl hatte, und wünschte sich nichts sehnlicher, als dass Jules nun an ihrer Seite wäre. Nicht, weil sie tatsächlich Hilfe beim Ankleiden benötigt hätte, sondern schlichtweg, weil sie ihre Freundin vermisste und das schlechte Gewissen wie eine zentnerschwere Last auf ihren Schultern lag.

Tief seufzend griff Hayley blind nach dem nächstbesten Kleid. Es war aus mehreren bodenlangen Lagen dunkelblau glänzendem Chiffon gefertigt worden und an seinen Säumen funkelten unzählige Steinchen. Wie sich herausstellte, war es eine gute Wahl, denn der Reißverschluss saß an der Seite unter ihrem Arm und nicht am Rücken, sodass sie ihn auch ohne helfende Hand schließen konnte.

Die Haare frisierte sich Hayley zu einem im Nacken sitzenden Dutt, der gleichermaßen schlicht und elegant aussah. Dezentes Make-up und die Kette mit dem Ring ihrer Mutter rundeten das Outfit ab.

Ein Blick auf die Uhr verriet Hayley, dass die Eröffnung kurz bevorstand und sie sich beeilen musste, um nicht zu spät im Bankettsaal zu erscheinen.

Mit einem Schlag war die Aufregung zurück, die in den letzten Stunden von Geschäftigkeit und anderen Gefühlen verdrängt worden war. Jetzt hieß es, Ruhe bewahren und nicht die Nerven verlieren. Sie würde schaffen, was sie sich vorgenommen hatte. Es musste einfach klappen, denn es gab für Hayley keine andere Option.

Also griff sie nach der silbernen Stola, die über und über mit glitzernden Fäden durchzogen war und schritt zur Tür. Als sie sie öffnete, stand Clark mit zum Klopfen erhobener Hand dahinter.

„Clark", sagte Hayley erschrocken. Sie war so vertieft gewesen in die Gedanken über das, was sie im Begriff war zu tun, dass sie beinahe in ihn hineingelaufen wäre.

„Miss Oakwood. Nicht so stürmisch. Ihr Vater ist soeben eingetroffen und erwartet sie mit den anderen unten im Bankettsaal. Er lässt ausrichten, dass er gleich morgen früh alleine mit Ihnen sprechen wird, und hat mich gebeten, Ihnen das hier zu überreichen." Clark hielt Hayley eine handtellergroße, samtbezogene Schmuckschatulle entgegen.

Mit großen Augen nahm Hayley die Box und bat Clark zu sich ins Zimmer. Sie löste die feine Schleife, die den Deckel der Schmuckschachtel verschlossen hielt, und klappte sie auf. Zum Vorschein kam ein silberner Kamm, auf dessen langen, dünnen Zinken eine filigrane Rose thronte.

„Wunderschön", hauchte Hayley und spürte, wie eine angenehme Wärme in ihr aufstieg.

„Er hat Ihrer Mutter gehört", erklärte Clark in einem ungewöhnlich sanften Tonfall. „Darf ich Ihnen behilflich sein, Miss Oakwood?"

„Danke", erwiderte Hayley und reichte dem Butler den Kamm. Er platzierte ihn überraschend geschickt an der oberen Rundung ihres Dutts und signalisierte ihr dann, dass es Zeit war, zu gehen.

Der Korridor lag verlassen vor ihr, doch Hayley hörte schon von weitem das summende Stimmengewirr der Gäste, das mit jedem Schritt, den sie sich der Treppe näherte, anschwoll.

Am Treppenabsatz strich Hayley mit den Fingerspitzen über die silbernen Rosenblüten des Kamms und umfasste dann den Ring ihrer Mutter, der an ihrer Halskette baumelte. Diese Gesten gaben ihr die Kraft, die sie benötigte, um sich in Bewegung zu setzen und mit stolz erhobenem Haupt die Treppe hinunter in den Bankettsaal zu schreiten.

Der hohe Raum war voller Herren in Smokings oder Fracks und Damen in wunderschönen Kleidern der unterschiedlichsten Farben. Sie hielten Weingläser oder Sektflöten in den Händen, bedienten sich an den Canapés, die von den Bediensteten auf kleinen, runden Tabletts durch die Menge getragen wurden, und unterhielten sich, begleitet von der stimmungsvollen Hintergrundmusik.

Hayley war gerade auf der Mitte der Treppe angelangt, da entdeckte sie ihren Vater, der neben Clementine und der Familie Stewart stand. Er sah sie mit leuchtenden Augen an, ein Lächeln auf den Lippen, das Hayley unglaublich viel bedeutete. Mr Stewart legte Dean seine Hand auf die Schulter und sagte etwas zu ihm, was ihr Vater mit einem weiteren Lächeln nickend quittierte. Henry löste sich von der Seite seiner Mutter und trat auf den Fuß der Treppe zu, wo er Hayley mit ausgestrecktem Arm begrüßte.

„Du siehst umwerfend aus. Alle hier haben nur Augen für dich", sagte er und zog sie an seine Seite. Hayley bedankte sich und sah in die Gesichter der Menschen reihum. Viele warfen ihr erstaunte Blicke zu, prosteten mit ihren Gläsern in Hayleys Richtung oder lächelten ihr entgegen. An dem Gesicht einer jungen Frau in einem blassgoldenen Kleid blieb ihr Blick hängen. Sie stand neben einem großgewachsenen Mann, der sich angeregt mit Hayden Stewart unterhielt. Der Ausdruck in ihrem Gesicht wirkte verkniffen und sie senkte sofort den Kopf, als Hayleys Blick den ihren traf, nur um einen Herzschlag später Henry anzusehen. Henry hatte sie ebenfalls entdeckt und ein Blick auf seine angespannten Züge genügte Hayley, um zu wissen, dass diese Frau diejenige war, von der er bei ihrem letzten Treffen gesprochen hatten.

Trotzdem brauchte Hayley Gewissheit. „Ist das Alice?", wisperte sie ihm ins Ohr und konnte fühlen, wie sich sein Arm um ihre Taille anspannte.

Er antwortete nicht, nickte aber bestätigend.

Henry führte sie seinen Eltern entgegen und Hayley begrüßte die Stewarts einen nach dem anderen.

„Du siehst fantastisch aus, meine Liebe", sagte Lydia und drückte ihr links und rechts einen trockenen Kuss auf die Wangen. Die kleine Victoria ließ es sich nicht nehmen, Hayley mit einer Umarmung zu begrüßen, und Hayden küsste sie sogar auf den Handrücken. Die herzliche Begrüßung machte Hayley nur noch nervöser. Sie wollte keine Zeit verlieren, wusste sie doch nicht, wann ihre Tante plante, die Bombe platzen zu lassen.

„Ich weiß, wir haben noch keine Damenwahl, trotzdem würde ich mich freuen, wenn Sie mit mir tanzen würden", sagte Hayley mit einem einladenden Lächeln zu Mr Stewart und fing dann für einen Moment den steifen Blick ihre Tante ein. Sie schien nicht begeistert von Hayleys Bitte zu sein und setzte sogar dazu an, etwas zu Hayden zu sagen, doch dieser hob lächelnd die Hände. „Nichts lieber als das. Meine Frau und mein Sohn werden es mir hoffentlich nachsehen." Er lachte tief und führte Hayley dann ohne Umschweife zur Tanzfläche.

Passenderweise setzte gerade ein neues Lied ein und zu Hayleys Glück handelte es sich dabei um einen langsamen Walzer. Wie Percy es ihr beigebracht hatte, überließ sie ihrem Tanzpartner die Führung und war überaus dankbar, dass er sich gemächlich mit ihr über das Parkett drehte.

„Henry ist ein außergewöhnlicher junger Mann", begann Hayley und erntete dafür ein warmes Lächeln von Hayden.

„Oh, er ist auch sehr beeindruckt von dir, meine Liebe“, erwiderte er und zwinkerte ihr zu.

„Ich hatte noch nicht viel Zeit, ihn kennenzulernen, aber was ich bereits über ihn in Erfahrung bringen konnte, ist, dass er Sie und Ihre Gattin über alle Maßen schätzt.“

„Nun, das ist schön zu hören“, erwiderte Mr Stewart und blinzelte verlegen.

„Er hat mir erzählt, dass Sie ihm stets mit Liebe und Respekt begegnet sind und wie dankbar er Ihnen dafür ist“, fuhr Hayley fort. Hayden wirkte etwas irritiert von ihrer Ausführung, antwortete aber: „Ja, wir sind wirklich sehr stolz auf ihn und wünschen ihm nur das Beste.“

Hayley nickte bedeutsam und schenkte Mr Stewart ein ehrliches Lächeln. Spätestens jetzt wusste sie, dass Henry nicht übertrieben hatte.

„Das weiß er bestimmt. Ich habe den Eindruck gewonnen, dass er alles tun würde, um Sie glücklich zu machen und sich für Ihre Familie einzusetzen.“ Hayley machte eine kurze Pause, in der sie Haydens verwirrten Blick festhielt.

„Ich meine, er würde dafür sogar so weit gehen und mich heiraten, obwohl sein Herz in Wahrheit einer anderen gehört.“ Sie konnte fühlen, wie sich Mr Stewarts Griff um ihre Hüfte und ihre Hand lockerte und er kurz davor war, aus dem Schritt zu geraten. Darum schloss sie ihre Finger fester um seine und übte sanften Druck mit ihrer Hand aus, damit sie sich weiter über die Tanzfläche drehten.

„Er würde sein eigenes Glück und die Liebe zu Alice Goldham aufgeben, um Sie stolz zu machen und sich für alles zu revanchieren, was Sie für ihn getan haben."

„Alice Goldham?", fragte Hayden zögernd und Hayley konnte ihm ansehen, wie sich die Gedanken in seinem Kopf überschlugen. „Er hat sich in letzter Zeit des Öfteren mit ihr getroffen, aber als wir ihn darauf angesprochen haben, hat er uns versichert, dass es eine Ehre für ihn wäre, dein Mann zu werden." Während er sprach, schien er über seine eigenen Worte nachzudenken.

„Ich hoffe, ich nehme mir damit jetzt nicht zu viel heraus, aber ich glaube, Sie und Ihre Frau würden nicht wollen, dass ihr Sohn die Chance auf echte Liebe aus Pflichtgefühl aufgibt." Haydens Bewegungen wurden immer stockender, aber er drehte sich trotzdem weiter mit ihr zur Musik. Sein Blick flog durch den Raum und fand den seines Sohnes. Hayley folgte ihm und sah, wie Henry sich mit gesenktem Kopf mit Alice unterhielt. Nur einen Herzschlag später wurde Mr Stewarts Griff fester und er übernahm wieder die Führung. Der Ausdruck auf seinem Gesicht war schwer zu deuten. Er wirkte nachdenklich und nicht gerade glücklich. Schweigend beendeten sie den Tanz und obwohl Hayden beim Einsetzen des folgenden Liedes stehenblieb, ließ er Hayleys Hand nicht los.

Er musterte sie mit intensivem Blick und ganz langsam hoben sich seine Mundwinkel nach oben.

„Du hast das Herz deiner Mutter, Hayley", sagte er mit fester Stimme und hielt dann einen Augenblick lang inne, bevor er tief einatmete und weitersprach. „Ich hoffe, es ist in deinem Sinne, wenn ich dafür Sorge trage, dass mein Sohn sich bei der Wahl seiner zukünftigen Frau einzig und alleine von seinen Gefühlen leiten lässt?“

„Ganz bestimmt“, sagte sie und erwiderte sein Lächeln, ohne zu zögern.

„Danke für deinen Mut und deine Aufrichtigkeit.“ Mit diesen Worten und einer angedeuteten Verbeugung legte er ihre Hand auf seinen Arm und wollte gemeinsam mit ihr zu den anderen zurückgehen, aber Hayley hielt ihn auf.

„Ich möchte ein wenig frische Luft schnappen. Bitte entschuldigen Sie mich.“ Der Tanz und die Aufregung der letzten Minuten hatten ihr Hitze ins Gesicht steigen lassen und nun sehnte sich Hayley nach der abendlichen Stille des Gartens.

„Soll ich dich begleiten?“

„Danke, aber das ist nicht nötig.“ Hayley schüttelte sacht den Kopf.

Mit einem Nicken verabschiedete sich Hayden von ihr und ging zurück zu Henry und den anderen. Sie folgte ihm einen Moment lang mit ihrem Blick.

Wie schon Minuten zuvor legte er Sir Rose seine Hand auf die Schulter und unterbrach damit ein Gespräch zwischen ihm und Mrs Stewart. Hayley konnte sehen, dass Hayden mit ihrem Vater sprach und auch seine Frau mitbekam, was er zu sagen hatte. Beide wirkten überrascht und als Hayden geendet hatte, ergriff er die Hände seiner Frau, die ihn anlächelte und nickte, während Dean den Kopf hob und in Hayleys Richtung sah. Er war zu weit weg, als dass Hayley mit Sicherheit hätte sagen können, was der Ausdruck auf seinem Gesicht zu bedeuten hatte. Aber sie wollte glauben, dass er nicht enttäuscht war. Als nächstes wandte sich Mr Stewart an seinen Sohn und sprach auch mit ihm. Henry erwiderte sofort etwas, verstummte aber wieder, als Hayden ihn an sich zog. Der Rest seiner Worte war nur für Henry bestimmt, denn er neigte den Kopf in der Umarmung und flüsterte sie ihm direkt ins Ohr. Über die Schulter seines Vaters hinweg suchte nun auch Henry nach Hayley und als sein Blick den ihren fand, formte sein Mund ein Wort. Sie meinte, ein Danke auf seinen Lippen lesen zu können und erwidert sein Lächeln.

Die Einzige, die überhaupt nicht zufrieden aussah, war Mrs Rose, die hitzig mit ihrem Bruder diskutierte. Hayley wollte sich ihre Erleichterung und Freude auf keinen Fall von ihrer Tante zunichtemachen lassen, darum wandte sie sich ab und überquerte die Tanzfläche in Richtung Ausgang.

Es war sicherlich besser, einer Konfrontation mit Clementine fürs Erste aus dem Weg zu gehen, und Hayley hatte außerdem das Gefühl, dass ihre Anwesenheit auf dem Ball mittlerweile überflüssig geworden war.

Die Sonne war hinter den sanften Schwüngen der Hügelkuppen verschwunden und so waren es nur noch die Laternen, die den Garten in ihr weiches Licht tauchten.

Mit den hohen Schuhen war es kein Leichtes, auf den teils engen, kiesbestreuten Wegen voranzukommen, also schlüpfte Hayley kurzerhand aus den Stilettos und hakte ihre Finger in die Riemchen. Weil sie die spitzen, kleinen Steinchen in die nackten Fußsohlen stachen, verließ Hayley den Weg und lief quer durch den Garten im sauber getrimmten Rasen weiter.

Sie hatte kein bestimmtes Ziel gehabt, hatte ganz bestimmt nicht zu Nate gehen wollen, immerhin hatte sie sich fest vorgenommen, nach der Sache mit Jules nicht auch noch ihn in Gefahr zu bringen. Vor allem jetzt nicht, da ihre Tante ohnehin stinksauer auf sie sein würde.

Trotzdem hatten sie ihre Füße wie von alleine immer näher ans Gewächshaus herangetragen. Zuerst dachte Hayley, dass sich Jonathan bestimmt schon in seine kleine Wohnung zurückgezogen haben musste, aber dann sah sie feine Lichtfäden hinter den leicht angelaufenen Scheiben des Glashauses glimmen. Wie eine Motte wurde Hayley von dem sanften Schein angezogen und ehe sie sich versah, stand sie vor dem Türbogen und legte ihre Hand auf den kühlen Metallknauf. Ein, zwei schnelle Herzschläge lang wartete Hayley, dann öffnete sie die Tür und trat ein. Ein Meer aus Kerzen erwartete sie. Sie standen verteilt auf den Tischen und Pflanzentreppen, die allesamt an den Rand der gläsernen Wände geschoben worden waren. Der Anblick war fantastisch. Er ließ sich in nichts mit dem fein herausgeputzten Bankettsaal vergleichen und doch war das Flair hier, umringt vom Kerzenschein und dem Duft der Pflanzen, viel magischer, als es in einem Ballsaal je hätte sein können.

So warm die Luft um sie herum auch sein mochte, der Steinboden war kühl und rau, weshalb sich Hayley rasch wieder ihre Schuhe anzog.

Kaum hatte sie einige Schritte in den Raum hinein gemacht, kam auch Bewegung in die Schatten im hinteren Teil des Gewächshauses. Eine Gestalt löste sich aus dem Dunkel und Hayley war, als könne sie Nates Anwesenheit mehr fühlen denn sehen. Sie ging weiter auf ihn zu und ihr Herz machte einen Satz, als sie sein Lächeln erkennen konnte, das heller als jede Kerze im Raum strahlte. Er trug ein schwarzes Hemd über einer dunklen Hose und hatte sogar einen Schlips angelegt. Sein sonst so wirres Haar war nach hinten gekämmt, was seine eisblauen Augen wie funkelnde Diamanten hervorstechen ließ.

„Was …?" Hayley fehlten die Worte. Sie war so überrascht von dem Anblick, dass sie nicht wusste, was sie dazu sagen sollte.

„Gefällt es dir?", fragte Nate sanft, aber mit ein wenig Unsicherheit in der Stimme.

„Es ist unglaublich", erwiderte sie und drehte sich einmal um sich selbst, während sie jeden spiegelnden Reflex ihrer Umgebung in sich aufsog. „Du bist unglaublich", setzte sie dann etwas leiser hinzu, als Jonathan sie erreicht hatte und nur eine Armeslänge vor ihr stehengeblieben war.

„Woher wusstest du …?" Wieder fehlten ihr die Worte, um das auszudrücken, was in ihr vorging. Hatte er sie erwartet? Hatte er das alles wirklich für sie vorbereitet? Und warum tat er das überhaupt?

„Ich hatte gehofft, dass es dich irgendwann heute Abend in den Garten zieht und du mir einen Besuch abstatten würdest", gestand er und fuhr sich durchs Haar, das nach seiner Berührung gleich wieder etwas wilder aussah.

Dann stimmte es also. Jonathan hatte sie erwartet. Endlich sprang er über seinen Schatten und das ausgerechnet jetzt, wo Hayley ihrem Wunsch, ihm näher zu kommen, unmöglich nachgeben konnte. Sie wandte ihren Kopf zur Seite. Trauer und Frustration drohten in ihr aufzuwallen.

Im Kontrast dazu sandte die sanfte Berührung seiner Finger an ihrem Kinn heiße Wellen durch Hayleys Körper und sie ließ zu, dass er ihren Blick wieder einfing.

„Konntest du die Verlobung nicht abwenden?“, wollte er wissen. Nates Stimme war ruhig, doch in ihren Klang mischte sich nun wieder ein Ton, der von Unsicherheit sprach.

„Doch“, erwiderte Hayley schnell und sofort huschte ein Lächeln über Jonathans Gesicht.

„Es ist wegen Jules, sie …“ Nates Daumen legte sich leicht wie eine Feder auf ihre Lippen und Hayleys Satz blieb unvollendet.

„Ich weiß, was mit Jules geschehen ist. Es ist nicht deine Schuld, Hayley. Sie wusste genau, was sie tat und was für Konsequenzen es haben könnte.“ Natürlich wusste er von Jules’ Kündigung und obwohl seine Worte Balsam für Hayleys Seele waren, verstand sie nicht, warum er dann gerade jetzt alles aufs Spiel setzte.

„Aber du …“

„Ich …“, fiel Nate ihr mit sanfter und dennoch eindringlicher Stimme ins Wort, „… weiß ebenso genau, was ich tue. Ich will dir nichts versprechen Hayley, denn so gern ich es auch würde, das kann ich nicht. Aber ich wünsche mir zumindest diesen einen Abend. Mit dir. In dieser Seifenblase aus Kerzenschein um uns herum und Erdkrümeln unter unseren Füßen." Seine Mundwinkel hoben sich zu einem schiefen Lächeln und Hayley konnte fühlen, wie sich die Wärme seiner Finger, die noch immer auf ihrem Gesicht lagen, in ihrem ganzen Körper ausbreitete. „Ich wünsche mir diesen einen Tanz mit dir, den du mir in Aussicht gestellt hast. Und dafür war ich sogar bereit, mir hier den ganzen Abend mit einem Schlips um den Hals, womöglich unnötig, die Beine in den Bauch zu stehen. Das alleine sollte dir mehr sagen, als jedes Wort es könnte."

Das tat es. Hayley hob ihre Hand und legte sie über Nates.

„Eine Nacht. Ein Tanz", hörte sie sich sagen, feierlich, als würde sie ein Versprechen geben, das weit über diesen Abend hinausreichte.

Jonathan nickte, zog seine Hand unter ihrer hervor und ging zu einem der Pflanztische, wo ein altes Radio bereitstand. Er drehte an einem der runden Knöpfe und nach kurzem Knistern und Rauschen schwollen die zarten Klänge eines Orchestralstücks an.

„Darf ich bitten", fragte Nate und hielt ihr mit diesem umwerfenden Lächeln auf den Lippen die Hand entgegen.

„Du darfst", erwiderte Hayley und legte ihre Hand in seine.

Er zog sie mit einer einzigen fließenden Bewegung in seine Arme. Alleine diese Geste war so verheißungsvoll und unsagbar schön, dass Hayley sofort alles um sich herum vergaß. Ihre Sorgen, ihre Trauer, die tausend Fragen, auf die sie immer noch keine Antworten gefunden hatte, ja sogar Jules und den kleinen Triumph über Clementine.

In diesem Moment zählten nur der Kerzenschein und Nates Arme um ihren Körper.

Amelia

17. Juli 1944

Heute vor zwei Monaten war Lucas in die Normandie aufgebrochen. Der Krieg hatte ihn gezwungen, Rose Castle zu verlassen und als Kommandeur an der Seite der anderen Generäle zu stehen.

Obwohl er alles in seiner Macht Stehenden getan hatte, war Amelia nicht schwanger geworden. Dafür waren die letzten Wochen vor seiner Abreise die schlimmsten in ihrem Leben gewesen. Amelia vermied es, an die Schrecken dieser Zeit zu denken, aber sie suchten sie nachts in ihren Träumen heim. Manchmal war es, als wäre Lucas noch immer bei ihr und würde ihr wehtun.

So hielt sie sich an den hellen Momenten fest, die sie mit Isaac verbrachte. Lucas' Abwesenheit war ein Geschenk. Die gemeinsame Zeit mit Isaac vermochte es, Amelias Wunden langsam aber sicher heilen zu lassen, auch wenn sie wusste, dass sie die Narben, die Lucas in ihren Körper und ihre Seele geschlagen hatte, niemals würde loswerden können.

„Woran denkst du?" Isaac stand am Pavillon, die Gartenschere in der Hand, mit der er die verblühten Fliederdolden entfernt hatte. Der Wind hatte die Seiten von Amelias Buch umgeblättert, das aufgeschlagen auf ihrem Schoß lag und dem sie in den letzten Minuten keine Aufmerksamkeit geschenkt hatte. Sie klappte es zu, legte es beiseite und kniete sich auf die Sitzbank des Pavillons, um sich zu Isaac hinunterbeugen zu können.

„An längst vergangene Zeiten", erwiderte sie, begleitet von einem Lächeln, mit dem sie die kleine Falte zwischen Isaacs Augenbrauen vertreiben wollte. „Und jetzt komm her, ich will dir etwas geben."

Isaac gehorchte, ging um den Pavillon herum und stieg die Holzstufen zu ihr hinauf. Amelia erhob sich und traf ihn auf der Mitte des Weges. Kaum war sie bei ihm, legte sie sanft ihre Lippen auf seine. Isaac zu küssen war wie zu fliegen. Ihr Magen hob sich, um den Schmetterlingen in ihrem Bauch ausreichend Platz für ihr wildes Geflatter zu machen. Die Haut kribbelte, wo auch immer sie Isaac berührte, und obwohl sie sich in den letzten Wochen häufig geküsst hatten, kam es Amelia noch immer wie ein Wunder vor. Ein Feuerwerk, das endlich aus einem jahrelang schlummernden Schwelbrand heraus entfacht worden war. Sein Geschmack, die Zärtlichkeit seiner Lippen, seiner Zunge und seiner Hände, die sie fest und zugleich sanft hielten, weckten eine Sehnsucht in ihr, die sie so lange unterdrückt hatte.

Keuchend löste sie sich von ihm und legte beide Hände auf seine Brust, die sich ebenso schnell hob und senkte wie ihre. „Heute Nacht komme ich zu dir", sagte sie atemlos. Sein hungriger Blick zeigte ihr, wie sehr er sich danach sehnte. Er legte seine Stirn an die ihre und schloss für einen Moment die Augen. Als er sie wieder öffnete, griff er nach ihren Händen und rieb zärtlich seine Nase an ihrer. „Bist du dir wirklich sicher, dass du das tun willst? Du weißt, ich würde dich nie …“

„Ich bin mir sicher“, hauchte sie und zeigte Isaac mit einem weiteren Kuss, wie ernst es ihr war.

Hayley

12. Juli 2018

„Ich weiß echt nicht, was mich mehr schockiert. Das Schicksal der armen Jules, die Tatsache, dass du der fiesen Mrs Rose eins ausgewischt hast, oder das märchenhafte Techtelmechtel mit dem scharfen Gärtner", sagte Sienna und hörte sich tatsächlich etwas geplättet an.

Hayley war eben erst, noch im Dunkeln vor dem Morgengrauen, ins Damenzimmer zurückgeschlichen. Sie war zu aufgedreht gewesen, um auch nur an Schlaf zu denken, also hatte sie kurzerhand beschlossen, Sienna anzurufen. In der Hoffnung, dass sie noch nicht ins Bett gegangen war. Ihre Freundin hatte sich zuerst etwas müde angehört, was sich aber dank Hayleys Erzählung rasch geändert hatte.

Nun färbten bereits die ersten Sonnenstrahlen die schmalen Wolkenfetzen am Himmel vor ihrem Fenster rosa und vertrieben das dunkle Blau vom Firmament.

„Danke, Sienna, dass du immer ein offenes Ohr für mich hast."

„Jetzt werd mal nicht sentimental." Sienna schnaubte geräuschvoll ins Telefon, aber Hayley war, als würde ihre Freundin am anderen Ende der Leitung breit grinsen.

„Vielleicht kannst du mich hier besuchen, wenn der ganze Trubel erst mal vorbei ist?“

„Du meinst, wenn dein Vater vernünftig geworden ist, du die Lady von Rose Castle bist, deine Tante ins wohlverdiente Exil verschwunden, Jules zurück und der heiße Gärtner an deiner Seite ist? Klar! Unbedingt!“

„So ungefähr, ja“, antwortete Hayley etwas verhalten. Obwohl ihr der erste und der letzte Punkt von Siennas Auflistung durchaus gefallen würden und sie sich fest vorgenommen hatte, das mit Jules’ Kündigung wieder geradezubiegen, war sie doch nicht sicher, ob sich wirklich alles für sie zum Guten wenden würde.

„Apropos Vater. Ich muss dringend unter die Dusche, bevor ich Sir Rose unter die Augen treten kann.“

„Und ich muss dringend ins Bett“, erklärte Sienna begleitet von einem ausgiebigen Gähnen.

„Machs gut, Sienna.“

„Machs besser, Hayley.“

Damit beendete Sienna das Telefonat und Hayley warf noch einen letzten Blick auf den bunten Himmel, ehe sie sich aufrappelte und ins Bad ging.

Hayley war nervös. Sie war noch nie im Herrenzimmer gewesen und abgesehen davon war sie sich nicht sicher, wie ihr Vater nach der gestrigen Aktion beim Benefizball auf sie zu sprechen war. Was aber noch viel wichtiger als alles andere war: Sie wollte ihn unbedingt dazu bringen, Jules wieder einzustellen.

Entsprechend flau war das Gefühl in ihrem Magen, als sie die Hand hob und an die glatte Eichentür klopfte. Schritte erklangen und nur Sekunden später öffnete sich die Tür. Clark stand vor Hayley und musterte sie mit dem für ihn typischen durchdringenden Blick.

„Miss Oakwood, der Baronet erwartet Sie im Garten. Er wollte sich vor dem Gespräch mit Ihnen noch ein wenig sammeln." Hayley schluckte. Das klang, als würde ihr eine schwierige Unterredung bevorstehen.

Sie fand ihren Vater schließlich in dem sechseckigen Gartenpavillon, der ein Stück weit abseits der Wege lag, umringt von buschigen Fliedersträuchern.

Einen Arm hatte Sir Rose auf die Rückenlehne der Bank gelegt, sein Blick war in die Ferne gerichtet. Seine Körperhaltung wirkte entspannt und doch sah er in Hayleys Augen irgendwie verloren aus. Sie konnte nicht sagen, woher dieser Eindruck kam, aber er war so präsent wie das Zwitschern der Vögel und der schwere Duft der letzten Blütendolden des Flieders.

„Guten Morgen", grüßte Hayley und stieg die Holzstufen zu ihm hoch. Sir Rose wandte ihr mit ein, zwei Herzschlägen Verspätung den Kopf zu, als müsse er sich erst von dem losreißen, was er da im Garten beobachtet hatte. Er lächelte.

Hayley setzte sich neben ihn, die weiß getünchten Bretter der Sitzbank knarrten leise.

„Ich war seit Jahren nicht mehr hier. Früher habe ich fast täglich mit deiner Mutter in diesem Pavillon gesessen. Wann immer sie im Haus nicht aufzufinden war, konnte ich sicher sein, dass ich sie hier mit einem Buch in der Hand antreffen würde."

Sein Lächeln nahm einen träumerischen Ausdruck an, aber Hayley spürte auch, dass Trauer und Sehnsucht in seinen Worten lagen.

Sie wusste weder, was sie darauf erwidern, noch, wie sie das Thema Jules anschneiden sollte. Darum schwieg sie einfach und genoss es, bei ihrem Vater zu sein. In seiner Nähe füllte sich eine Lücke in ihrem Herzen, die sie ihr Leben lang hatte fühlen können. Gleichzeitig spürte Hayley in der Gegenwart ihres Vaters den Verlust ihrer Mutter überdeutlich. Es war eine bittersüße Mischung aus Liebe und Schmerz.

„Du hast uns gestern alle überrascht. Ich glaube, ich habe deine Tante noch nie so außer sich erlebt", sagte er nach einer kurzen Weile. Das konnte sich Hayley redlich vorstellen.

Sie atmete tief ein, um sich zu erklären, aber Sir Rose legte seine Hand auf ihre und sprach weiter: „Die Familie Stewart ist dir sehr dankbar für das, was du getan hast. Hayden liegt das Wohl seiner Kinder ebenso am Herzen, wie das deine mir. Hätten wir vorher gewusst ..." Einen Moment lang hielt er inne und suchte Hayleys Blick. „Es hätte mich gefreut, wenn du früher mit mir über deine Gedanken gesprochen hättest. Aber wahrscheinlich ist es meine eigene Schuld, dass du damit nicht zu mir gekommen bist."

Das schlechte Gewissen darüber, ihre Familie mit der Aktion überrumpelt zu haben, das Hayley bisher geflissentlich beiseitegeschoben hatte, war zurück.

„Ich hoffe, du bist nicht allzu enttäuscht von mir", sagte sie leise, was ihr Vater sofort mit einem sachten Kopfschütteln erwiderte.

„Ich bin nicht enttäuscht von dir. Dich bei mir zu haben ist ein Geschenk, macht mir aber auch in jeder Sekunde bewusst, was ich verloren habe."

Hayley realisierte, dass es ihrem Vater haargenau wie ihr ging. Diese Erkenntnis schaffte eine Verbundenheit, die sie seit ihrer Ankunft in Rose Castle stets vermisst hatte.

„Clark hat mir ausgerichtet, dass du mit mir über etwas sprechen willst. Ich nehme nicht an, dass es dabei um dein gestriges Vorhaben ging?“, fragte er nun, während er aufstand und ans Geländer trat.

„Nein“, bestätigte Hayley, obwohl sie sich in diesem Moment wirklich wünschte, das Vertrauen gehabt zu haben, um mit ihrem Vater vorher über die Sache zu sprechen. „Ich wollte dich bitten, Jules’ Entlassung rückgängig zu machen. Ich weiß, es ist nicht gewünscht, dass ich mich mit ihr in der Öffentlichkeit zeige, aber das rechtfertigt noch lange nicht, sie auf die Straße zu setzen.“

„Clementine hat eine Haushälterin eingestellt, damit sie sich um den Hausstand kümmert. Soweit ich weiß, hatte Miss Prudence einen guten Grund für ihre Entscheidung“, erwiderte Sir Rose und wandte sich wieder seiner Tochter zu. Welcher Grund konnte das schon sein? Sicher nur irgendein Vorwand, dachte Hayley und fühlte, wie Wut in ihr aufstieg.

„Sie hat nichts Schlimmes getan!“

„Miss Prudence zufolge hat Miss Curling sich unerlaubterweise Zugang zu ihrem Zimmer verschafft“, fiel ihr Vater Hayley ins Wort. Die Überraschung traf Hayley wie eine Ohrfeige, hart und unerwartet. Sie wussten es! Wahrscheinlich hatten Miss Prudence und Clementine es die ganze Zeit über gewusst und nur auf den richtigen Moment gewartet.

„Aber ... das hat sie nur getan, um mir zu helfen. Wir ... sind beide in Miss Prudence Zimmer eingebrochen und haben die Haushaltsbücher durchgesehen", sagte sie rasch und ohne nachzudenken. Sie musste Jules verteidigen.

Die Augen ihres Vaters weiteten sich, nur um sich gleich darauf zu Schlitzen zu verengen.

„Du hast was getan? Was wolltest du denn mit den Haushaltsbüchern?", verlangte er zu wissen. Der sanfte Ton war verflogen.

Sollte sie es ihm sagen? Hayley rang einige Sekunden lang mit sich, ehe sie antwortete: „Mum hat danach gesucht. Nur wenige Wochen, bevor sie Rose Castle verlassen hat. Sie hat eine bestimmte Seite in einem Buch aus dem Jahre 1945 markiert. In diesem Jahr wurden ..."

„Du musst sie gehen lassen, Hayley! Hör auf, nach Gründen zu suchen, die nicht mehr von Bedeutung sind. Deine Mutter wird nicht mehr zurückkommen. Weder zu dir noch zu mir", unterbrach er sie erneut. Seine Stimme war erst eindringlich, forsch, dann senkte sie sich und klang rau aus.

Das kann ich nicht, wollte Hayley sagen, brachte es allerdings nicht über die Lippen. Ihr Hals brannte ebenso wie ihre Augen und sie war froh, dass ihr Vater sie nach wie vor nicht ansah. Hätte er es getan, hätte er die Worte bestimmt in ihrem Gesicht lesen können.

Er räusperte sich und Hayley überlegte, ob auch er mit den Tränen kämpfte, so wie sie es tat. Dann machte er zwei lang gezogenen Schritte auf den Treppenabgang des Pavillons zu und verharrte mit der Hand auf dem Geländer.

„Du hast selbst bestätigt, dass Miss Curling in das Zimmer der Haushälterin eingebrochen ist. Sicher ist dir klar, dass ich unter diesen Umständen nicht von Miss Prudence verlangen kann, Jules weiter zu beschäftigen. Sie arbeitet nicht mehr für unsere Familie und dabei bleibt es auch." Mit diesen Worten stieg er die Stufen hinab und verschwand einen Herzschlag später hinter den Fliedersträuchern.

Hayley gab einen erstickten Laut von sich und umfasste haltsuchend das spröde Holz der Sitzbank. Ein Teil von ihr gab ihrem Vater in allem recht. Aber der weitaus größere Teil weigerte sich. Er hatte vielleicht aufgegeben. Womöglich interessierte es ihn wirklich nicht mehr, warum seine Frau ihn vor all den Jahren verlassen hatte, oder er ertrug es nicht, sich darüber Gedanken zu machen. Was auch immer dahinter steckte, Hayley konnte und wollte es ihm nicht gleichtun.

Ein leiser Piepton erklang, der nicht in die Geräuschkulisse des Gartens passte. Auf Hayleys Handy war eine Textnachricht eingegangen. Als sie das Telefon aus ihrer Hosentasche geholt hatte und sah, von wem die Nachricht stammte, machte ihr Herz einen holprigen Sprung. Jules hatte ihr geschrieben.

Celia Havensburg, ehemalige Vandervine, lebt im Brockwell Court Pflegeheim.

Hayley hatte gerade das letzte Wort der Nachricht gelesen, da trudelte auch schon die nächste ein, in der Jules ihr die Adresse des Heims zukommen ließ. Ihre Gedanken überschlugen sich. Jules hatte nicht aufgehört, nach Celia zu suchen, obwohl ihr ihretwegen gekündigt worden war. Wieder stiegen Hayley heiße Tränen in die Augen. Sie hatte es nicht verdient. Weder Jules' Treue noch ihren Einsatz. Nicht, wenn sie es nicht schaffte, auch für Jules da zu sein.

Mit tauben Fingern wollte Hayley gerade eine Antwort tippen – auch wenn es unmöglich war, ihre Dankbarkeit überhaupt in Worte zu fassen –, da erreichte sie eine weitere Nachricht.

Nate fährt dich hin. Nach dem Mittagessen.

Nate. Beim Gedanken an ihn begann Hayleys Haut augenblicklich zu prickeln. Erinnerungen an die zurückliegenden Stunden überschwemmten ihren Geist und ließen Wärme in ihr aufsteigen. Gleichzeitig legten sich Sorge und Bitterkeit über sie, dämpften die angenehmen Gefühle und schönen Erinnerungen.

Jules hatte ihn eingeweiht, oder ihn zumindest gebeten, Hayley an ihrer statt zu helfen. Aber das konnte sie nicht zulassen. Hayley würde nicht riskieren, dass auch noch Jonathan die Konsequenzen dafür tragen musste, dass er ihren Drang nach Antworten unterstützte.

Rasch tippte sie eine Antwort.

Danke Jules, für alles. Aber ich werde mich alleine darum kümmern.

Sobald Hayley die Nachricht abgeschickt hatte, suchte sie im Internet nach der von Jules übermittelten Adresse, um herauszufinden, wie weit das Heim von

Rose Castle entfernt war. Nachdem sie auch noch die Nummer eines örtlichen Taxiunternehmens herausgesucht hatte, bestellte Hayley den Fahrer zum Lieferanteneingang und ging zurück ins Haus.

Auf dem Weg ins Damenzimmer begegnete sie Clark, dem sie mitteilte, dass sie einen Ausflug in die Stadt machen würde.

Für die dreißigminütige Taxifahrt nach Consett musste Hayley ihr letztes Geld zusammenkratzen. Die wenigen Pfund, die ihr bei der Ankunft im Brockwell Court Pflegeheim noch übrigblieben, würden für die Heimfahrt nicht mehr reichen, aber das war Hayley in diesem Moment egal. Irgendwie würde sie schon zurück nach Rose Castle kommen, und wenn sie per Anhalter fahren musste. Wichtig war nur, dass sie Nate nicht mit in die Sache hineinzog.

Sie warf die Tür des Taxis zu und sah zu dem einstöckigen, L-förmigen Backsteinhaus, in dessen weißen Fenstern sich der dunkle Betonboden des Vorplatzes spiegelte.

Hayley ignorierte das aufgeregte Klopfen ihres Herzens, schob den Träger ihrer Umhängetasche zurecht und hielt dann auf den Eingang zu.

Beim Betreten des Hauses empfing sie eine strenge Mischung aus dem Geruch von Desinfektionsmittel und Essen. Sie lenkte ihre Schritte durch einen lichtdurchfluteten Aufenthaltsraum. An einigen der zahlreichen Tische saßen ältere Herren und Damen, tranken Tee, blätterte in Zeitschriften oder unterhielten sich miteinander.

Hayley entdeckte eine junge Frau, die eine zartblaue Uniform trug und gerade dabei war, einem Mann mit den letzten Bissen seines Frühstücks behilflich zu sein.

„Entschuldigen Sie, mein Name ist Hayley, ich bin hier, um Celia Havensburg zu besuchen", erklärte sie, als sie die Pflegerin erreicht hatte.

Diese sah sie überrascht und mit einer Portion gesunder Skepsis im Blick an.

„Sie wollen zu Mrs Havensburg?", wiederholte sie, als wolle sie sichergehen, sich nicht verhört zu haben. Rasch überlegte Hayley, was sie sagen konnte, um die offensichtlichen Bedenken der Pflegerin zu zerstreuen.

„Ja. Celia war eine gute Freundin meiner Großmutter. Ich bin erst vor kurzem aus Amerika wieder ins Haus meiner Eltern gezogen und habe erfahren, dass sie in diesem Seniorenheim lebt."

Bei Hayleys Worten erschien ein Lächeln auf dem Gesicht der Pflegerin.

„Ich bin sicher, Mrs Havensburg freut sich über Ihren Besuch. Ihr Mann ist schon vor Jahren gestorben, sie hatten keine Kinder und soweit uns bekannt ist, gibt es niemanden mehr in ihrem Leben. Sie finden sie im Lesezimmer, gleich die erste Tür rechts." Die Pflegerin zeigte in Richtung eines Korridors, der neben einer hohen Anrichte in den Aufenthaltsraum mündete.

Hayley bedankte sich und folgte dem beschriebenen Weg. Die Tür zum Lesezimmer stand offen. Die Wände des kleinen, freundlich eingerichteten Raums wurden fast vollständig von hohen Bücherregalen verdeckt. In der Mitte standen zwei rot gestreifte Ohrensessel neben einem niedrigen runden Tisch. Auf dem Stuhl, der näher am Fenster platziert war, saß eine alte Dame mit kurzem, weißgelocktem Haar und sah in den Garten hinaus. Obwohl Celia vollkommen gerade dasaß, wirkte ihre Gestalt klein und verloren in dem großen Polsterstuhl. Das Alter hatte ihre Haut faltig und dünn werden lassen. Ihre Hände, die sie auf den Armlehnen des Stuhls abgelegt hatte, waren mit kleinen braunen Flecken übersät. Diese Frau hatte einen Großteil ihres Lebens in Rose Castle verbracht. Sie hatte den Brand vermutlich mit eigenen Augen gesehen und war nach der kollektiven Entlassung als Einzige zurückgeblieben. Sie musste etwas wissen.

Hayley klopfte sachte an die Tür, aber Celia rührte sich nicht. Auch ein erneutes Klopfen schaffte es nicht, ihre Aufmerksamkeit zu erregen.

„Mrs Havensburg?" Obwohl Hayley laut und deutlich gesprochen hatte, zeigte die Frau keine Reaktion. Ihr Gesicht war weiterhin dem Fenster zugeneigt, sodass Hayley nur ihr Profil erkennen konnte. Vielleicht war sie schwerhörig, überlegte Hayley. Sie machte zwei Schritte in den Raum hinein und wiederholte ihren Namen. Nichts.

„Miss Vandervine?"

Die Hand der alten Dame zuckte bei der Erwähnung ihres Mädchennamens, doch ihr Blick hing weiterhin am Fenster. Hayley fasste sich ein Herz, trat an die ehemalige Bedienstete ihrer Familie heran und ging vor ihr in die Hocke.

Das faltige Gesicht war rund, mit rosigen Wangen und verblassten Sommersprossen auf der Nase.

„Celia?" Ihre Augen bewegten sich weg vom Fenster und fanden Hayleys Gesicht. Noch bevor sich Celias

Mundwinkel hoben, konnte Hayley das aufkommende Lächeln in ihren Augen sehen.

„Amelia", hauchte die alte Dame voller Zuneigung und ehe Hayley sich versah, schlossen sie Celias dünne Arme in eine Umarmung. „Wo warst du nur?", erklang ihre zittrige Stimme direkt neben Hayleys Ohr. Als Celia sich wieder zurückzog glänzten Tränen in ihren Augen.

Sie hielt Hayley offenbar für ihre Urgroßmutter Amelia, für die sie vor langer Zeit gearbeitet hatte. Wie es schien, war sie nicht mehr Herrin ihrer Sinne. Die alles entscheidende Frage aber war, wie es mit ihren Erinnerungen aussah.

Hayley wusste nicht recht, was sie auf Celias Frage antworten sollte, also erwiderte sie einfach stumm ihr Lächeln.

Zu ihrer Überraschung senkten sich Celias Mundwinkel wieder. „Du bist nicht Amelia", stellte sie fest und hörte sich dabei so traurig an, dass es Hayley schwer ums Herz wurde.

„Nein, Miss Vandervine" Sie beschloss, bei dem alten Namen zu bleiben, auf den Celia bereits vorher reagiert hatte. „Mein Name ist Hayley. Amelia war meine Urgroßmutter."

Celia nickte bedächtig und tätschelte dann Hayleys Gesicht.

„Du siehst ihr sehr ähnlich, Kind, aber ihr Lächeln war anders. In ihm lag alles, was sie durchmachen musste, alles, was sie erreicht hat, und ihre Träume", sagte Celia, wobei ihr Blick wieder zum Fenster wanderte.

„Ich möchte Sie etwas fragen, Miss Vandervine. Wissen Sie noch, was nach dem Feuer 1945 geschehen ist? Der ganze Hausstand wurde entlassen, alle bis auf Sie.“

Hayley konnte sehen, wie Erinnerungen in Celias Gesicht aufflackerten. Sie nickte traurig, erwiderte aber nichts.

„Und können Sie es mir erzählen?“, drängte Hayley, beflügelt von Neugier und der Hoffnung, endlich etwas zu erfahren.

Celia wandte ihr wieder den Blick zu und schüttelte dann den Kopf.

„Wonach suchst du, Kind?“, fragte sie mit leiser Stimme.

Nach Antworten, schoss es Hayley sofort durch den Kopf, aber sie sagte einer Eingebung folgend: „Nach einem Buch aus der Bibliothek von Rose Castle. Ein Gedichtband von John Keats.“

Einige Herzschläge lang sah die alte Dame sie nachdenklich an, dann erhellte sich ihr Gesicht.

„Flieder. Sie hat immer dort gesessen, hat gelesen. Es war ihr Zufluchtsort. Es war schlimm. Wirklich grausam. Sie hat es nicht verdient. Nicht gewollt. Das Feuer. So hell. So heiß. Seine Liebe, sie hat …“, murmelte Celia, wiederholte immer wieder aufs Neue diese Worte und klopfte dabei mit der Hand auf den niedrigen Beistelltisch. Hayley hatte keine Ahnung, was das zu bedeuten hatte. Frust und die altbekannte Ohnmacht stiegen in ihr auf. Auch das war eine Sackgasse. Celia Vandervine war zu alt, zu verwirrt, um ihr Antworten liefern zu können. Es hatte keinen Sinn, die alte Dame weiter mit ihren Fragen aufzuregen.

Seufzend legte sie ihr ein letztes Mal die Hand auf den Arm und verabschiedete sich. Kaum war Hayley aufgestanden und hatte sich ein Stück weit von Celia entfernt, beruhigte sie sich allmählich. Das Klopfen ihrer Hand verstummte, wie auch ihre gemurmelten Worte. Sie lehnte sich wieder an die Rückenlehne des Ohrensessels und richtete ihren Blick zum Fenster. In dieser Position, derselben, in der Hayley sie vor wenigen Minuten angetroffen hatte, verharrte sie.

Hayley trat den Rückweg in den großen Aufenthaltsraum an und hinterließ bei der Pflegerin ihre Telefonnummer.

„Wenn Mrs Havensburg irgendetwas benötigt, zögern Sie bitte nicht, mich anzurufen", teilte sie der Pflegerin mit.

Celias Worte begleiteten Hayley auf dem Weg nach draußen. Sie hatten sich in ihren Geist gebrannt, gleichwohl sie noch immer nicht schlau aus ihnen wurde.

Auf dem Vorplatz des Pflegeheims erwarteten Hayley eine warme Brise und die hochstehende Mittagssonne. Sie hob den Arm, um ihre Augen abzuschirmen, bis sie sich an das helle Sonnenlicht gewöhnt hatten, und überlegte gerade, wie sie nun zurück nach Rose Castle kommen sollte, da fiel ihr ein Fahrzeug auf. Ein Pickup, der am Rand des Backsteinhauses geparkt hatte.

War das etwa ...? Die Fahrertür öffnete sich und Nate stieg aus. Sofort zog sich etwas in Hayley zusammen. Er war gekommen, obwohl sie das hier ohne Hilfe hatte regeln wollen. Er war hier, war für sie da, obwohl er damit so viel riskierte. Sorge mischte sich mit diesem besonderen Gefühl der Zuneigung, das einzig und alleine Jonathan in ihr weckte.

Sie ging auf ihn zu und wusste nicht, ob sie sich freuen oder verärgert sein sollte.

„Hat Jules dir nicht gesagt, dass du dich raushalten solltest?"

„Hat sie. Und Clark hat mir erzählt, dass du alleine weggefahren bist."

Hayley musste daran denken, wie sie und Jonathan heute Morgen auseinandergegangen waren. Nach den wundervollen Stunden in ihrer kleinen Seifenblase, hatte es keine richtige Verabschiedung gegeben und doch hatte es sich für Hayley so angefühlt, als würde sie der vertrauten Zweisamkeit mit ihm für immer Lebewohl sagen.

„Ich verstehe nicht, warum du das tust, wo dir genau dasselbe passieren kann wie Jules. Ich habe mit meinem Vater gesprochen und nichts erreicht. Ich kann dich nicht beschützen, wenn meine Tante beschließt, ihren Zorn auf mich an dir auszulassen. Sie hat mehr als deutlich gemacht, dass ich als Mitglied der Familie Rose keine Beziehungen zu den Bediensteten unterhalten darf."

Nate beugte sich nach vorne und nahm Hayleys Gesicht zwischen seine Hände, so wie er es in der gestrigen Nacht ebenfalls getan hatte. Die vertraute Geste, seine Berührung und der warme Blick seiner Augen machten es Hayley schwer, sich nicht sofort an ihn zu schmiegen.

„Ich dachte, du hältst nichts von diesen altertümlichen Konventionen", sagte er leise.

„Und ich dachte, deine Anstellung sei dir mehr wert als alles andere", gab sie mit gleichermaßen gesenkter

Stimme zurück, obwohl sie auf dem Vorplatz alleine waren.

Es dauerte einige Momente, bis Nate antwortete.

„Vielleicht hat sich das in der Zwischenzeit geändert." Seine Worte waren kaum zu hören und doch hallten sie laut in Hayleys Herz wider. Sie schloss den Abstand zwischen ihnen und ließ sich in seine Arme sinken. Das Gesicht an seinem Hals atmete sie tief seinen Geruch ein und gab sich für mehrere Takte ihres schnell pochenden Pulses dem unbeschreiblichen Gefühl der Nähe hin.

Dann löste sie sich wieder von ihm und trat einen Schritt zurück.

„Ich kann dir gar nicht sagen, wie viel mir das bedeutet, wie viel du mir bedeutest. Aber ich bin nicht bereit, dieses Risiko einzugehen. Ich könnte es mir nie verzeihen, wenn du meinetwegen alles verlieren würdest. Bitte, versteh das", sagte sie atemlos und legte ihre Hand haltsuchend auf die sonnengewärmte Motorhaube des Pick-ups.

Nate verstand. Sie sah es an der Art, wie sich sein Gesichtsausdruck allmählich veränderte. Seine Augenbrauen zogen sich ein wenig zusammen und über ihnen erschien eine zarte Falte auf seiner Stirn. Er unterbrach den Blickkontakt mit ihr und Hayley war, als würde eine Tür zufallen, hinter der alles lag, was sie sich jemals gewünscht hatte. Sie hatte Jonathan verletzt, zurückgewiesen. Es schmerzte sie mehr als das erfolglose Gespräch mit Celia, mehr noch als die harten Worte ihres Vaters. Aber es war das einzig Richtige.

„Lass uns fahren", erwiderte Nate knapp und stieg in den Wagen.

Amelia

18. Februar 1945

Neben Isaac zu liegen war unvergleichlich. Amelia hatte sich nicht vorstellen können, wie unsagbar schön und sinnlich es sein konnte, von einem Mann geliebt zu werden. Die Nächte mit Lucas waren kalt und mechanisch gewesen, wohingegen sie bei Isaac das Gefühl hatte, ihre Körper würden miteinander verschmelzen, wann immer er sie berührte, über ihre nackte Haut strich oder Küsse darauf verteilte. Er war geduldig, nahm sich Zeit und stellte Dinge mit ihr an, die sie hinauf zu den Sternen katapultierte.

„Jetzt ist mir nicht mehr kalt", stellte Amelia fest und schlug die Decke zurück, die ihre verschwitzte Haut von der kühlen Luft des Zimmers trennte. Die Scheite im Kamin waren längst heruntergebrannt und es waren nur noch die Kerzen, die Isaacs Raum erhellten.

Isaacs Brust unter ihrem Kopf vibrierte in einem tiefen Lachen. Er hob seinen Arm und fuhr die Rundung ihres Rückens nach.

„Ich liebe dein Zimmer", sagte sie nun und löste sich für einen Moment von ihm, um die Tür zum Gewächshaus zu öffnen, damit ein wenig frische Luft in den klei-

312

nen Raum strömen konnte. „Das Einzige, was mich daran stört, ist, dass die Küche so weit weg ist." Erneut lachte er und empfing sie mit offenen Armen, als sie sich wieder zu ihm ins Bett legte.

„Mir scheint, dein Appetit nimmt stetig zu", erwiderte er, kniff sie sanft in die Hüfte und strich dann mit dem Daumen über ihre Rippen und ihren Bauch. Obwohl seine Zärtlichkeit ihr eine wohlige Gänsehaut bescherte, spannte sie sich unter der Berührung an. Seine Hand wanderte zu ihrem Kinn und drückte es vorsichtig nach hinten, bis sie seinen Blick traf.

„Was ist mit dir?" Amelia biss sich auf die Lippe und war froh, dass Isaac ihr Zeit gab, um zu antworten.

„Lass uns fortgehen." Das war nicht das, was sie eigentlich hatte sagen wollen, aber diese drei Wörter kamen ihr wesentlich leichter über die Lippen. Er sah sie überrascht an. „Und was ist mit deiner Familie? Ich weiß, wie sehr …"

„Ich bin schwanger, Isaac", platzte sie nun doch heraus. Seine Augen weiteten sich und zeitgleich erschien ein Lächeln auf seinem Mund, das schöner war als jedes andere, das sie je dort gesehen hatte.

„Nein!" Das Wort, begleitet von einem tiefen Grollen, durchschnitt die Luft. Ein eisiger Zug traf auf Amelias Körper und drang in sie wie die Schneiden hunderter Messer. Sie wusste, wer da stand, noch bevor ihr Kopf Richtung Tür geruckt war.

„Mir verwehrst du ein Kind, aber meinem Diener nicht?", schrie er aus vollem Halse. Seine Stimme überschlug sich. Während Isaac noch aufsprang, begann Lucas bereits, wild um sich zu schlagen. Er packte den Stuhl und schleuderte ihn durch den Raum, wo er von der Wand abprallte und zerbrochen auf dem Tisch landete. Die Kerzen fielen zu Boden und ihre kleinen Flammen fraßen sich binnen Sekunden in den Bettvorleger, wuchsen und gebaren beißenden Qualm.

„Amelia!", riefen beide Männer. Isaacs Stimme klang, als würde er vor Angst um sie gleich den Verstand verlieren. Lucas brüllte ihren Namen beflügelt von seiner heiß glühenden Wut und sprang auf sie zu. Dabei scherte er sich nicht um die Flammen, die sich bereits über die Bettdecke hinauf züngelten. Amelia wich ihrem Ehemann aus und sah, wie Isaac ihm einen Hieb verpasste. Lucas wandte sich blitzschnell zu ihm um und schlug ihm laut brüllend ins Gesicht. Isaac prallte gegen den Tisch und presste die Hand auf seine Wange. Blut rann zwischen seinen Fingern hindurch. Bevor Lucas erneut auf ihn losgehen konnte, war sie bei ihm und stieß ihn zur Seite. Ein fürchterlicher Schmerz erfasste ihr Bein und da erkannte sie, dass die Flammen auch vor Lucas nicht Halt gemacht hatten. Seine Hose brannte und das Feuer stieg immer höher. Hustend hechtete sie zu Isaac und packte ihn am Arm. Lucas war hinter ihnen zu Boden gegangen. Seine hohen Schreie waren alles, was Amelia hören konnte. Der Rauch ließ ihre Augen tränen und machte ihr das Atmen schwer. Mit Isaac taumelte sie zur Tür, riss blind Kleider von den Haken und stürzte ins Gewächshaus. Ihre nackten Füße klatschten auf den kalten Steinboden, begleitet von Lucas' röchelnden Schreien.

Kaum dass sie draußen waren, nahm Isaac ihr die Sachen ab, half ihr beim Anziehen und legte den Mantel um sie, bevor er selbst in Hose und Hemd schlüpfte. Das

Feuer hatte den hinteren Teil des Gewächshauses verschluckt. Sein helles Leuchten ragte hoch in den Himmel, während es im Haus fürs Erste dunkel blieb. Noch hatten die Bediensteten das stetig wachsende Feuer nicht bemerkt – bis auf eine. Celia rannte auf sie zu, schlitterte über die eisverkrustete Erde. Wie immer, wenn Amelia nachts das Haus verließ, um sich zu Isaac zu stehlen, hatte sie es sich nicht nehmen lassen, im Salon auf der Südseite Wache zu halten, und so das Feuer natürlich sofort gesehen.

„Bist du verletzt?", wollte Isaac wissen. Er nahm Amelias Gesicht zwischen die Hände und drehte ihren Kopf nach links und rechts.

„Es geht mir gut", sagte sie, musste aber husten. Nach dem dichten Rauch stach die kalte Luft umso mehr in ihrer Lunge.

„Was ist geschehen?" Celia hatte sie erreicht. Amelia konnte den Schrecken in ihren Augen sehen, in denen sich die Flammen spiegelten.

„Lucas ...", mehr brachte Amelia nicht hervor. Die Gedanken in ihrem Kopf überschlugen sich und ihr Puls jagte dahin, als wäre sie einen Marathon gelaufen. Ihr war schwindlig und sie musste sich an Isaac festhalten, um nicht in die Knie zu gehen.

Isaac. Was würde jetzt mit ihm passieren? Lucas war tot und man würde ihn dafür anklagen. Es war alles nur ihre Schuld. Sie konnte nicht zulassen, dass er für ihre Sünden büßen musste. Es war vorbei. Alles war vorbei. Sie würde Isaac verlieren. Nein! Das durfte nicht sein! Sie wollte mehr Zeit mit ihm. Ein Leben lang wäre noch nicht genug.

Während die Gedanken in ihrem Kopf rasten, zog sie der Anblick der Flammen in seinen Bann. Sie konnte die Hitze des Feuers auf ihrem Gesicht spüren und ihr kam der Tag des Sommerempfangs in den Sinn, das Versprechen, das sie Isaac an diesem Tag gegeben hatte. In diesem Augenblick geschah etwas in ihr. Ein Schalter legte sich um und brachte eine ganze Maschinerie zum Laufen. Ab jetzt würde sie über ihr Leben bestimmen.

„War er im Haus?", fragte sie Celia, die am ganzen Leib zitterte. Sie sah Amelia an, antwortete aber nicht, woraufhin diese Celia an den Schultern packte und schüttelte. „War Lucas zuerst im Haus, als er angekommen ist?"

„Nein", keuchte Celia. „Die einzige unverschlossene Tür war die, durch die ich gekommen bin. Er muss durch den Garten gegangen sein. Wir haben nicht damit gerechnet, dass er nachts zurückkehrt", sprudelt es dann aus ihr hervor. Amelia nickte und ließ sie los. Celia hatte recht. Auch sie hatte nicht damit gerechnet, dass Lucas auf einmal nachts auftauchen würde. Wie dumm sie doch gewesen war. Lucas war immer erst in der Dunkelheit heimgekehrt, sei es von einem Jagdausflug oder von seinen psychotischen Ausflügen in die Wälder.

Als nächstes wandte sie sich an Isaac, fasste ihn am Kopf, wie er es zuvor bei ihr getan hatte, und sah sich im tanzenden Licht der Flammen seine Wunde an. Sie hatte bereits aufgehört zu bluten. Rasch drückte sie einen Kuss auf seine Lippen, bevor sie ihm tief in die Augen sah.

„Lauf weg! Isaac, du musst gehen! Ich werde sagen, du bist in dem Feuer umgekommen. Niemand außer uns weiß, dass Lucas zurückgekommen ist. Er hat keine Familie mehr, so wie du. Und bis auf wenige Ausnahmen hat er keinerlei Kontakte gepflegt. Ich lasse nach dir schicken und dann kommst du zu mir zurück und lebst das Leben, das du verdient hast. Mit mir an deiner Seite.“

Isaac starrte sie fassungslos an. Es dauerte einen Moment, bis er begriff, was sie von ihm wollte. Sie sah die Erkenntnis in seinen Augen, die nun noch ein Stück größer wurden.

„Aber ...“, wollte er protestieren, doch Amelia verschloss seine Lippen mit einem erneuten Kuss. „Bitte, Isaac. Wir sind verdammt. Ich weiß nicht, ob es funktionieren wird, aber wir müssen es einfach versuchen. Ich sehe keine andere Möglichkeit für uns.“ Ihre Stimme versagte bei den letzten Worten und Isaacs Tränen benetzten ihre Finger. Jetzt war er es, der sich zu ihr beugte und sie abermals küsste. Kurz und voller Verzweiflung.

Er hätte sie verrückt heißen können, verfluchen oder schlichtweg stehenlassen. Amelia war bewusst, dass es töricht und unrecht war, was sie da von ihm verlangte.

„Wohin soll ich gehen?“

Ein erleichtertes Lachen entschlüpfte ihr. „Geh in eine Abtei oder eine Kirche. Dort werden sie dich aufnehmen. Nicht zu nah, aber auch nicht zu weit weg.“ Amelia hielt inne und überlegte fieberhaft, wohin sie Isaac schicken sollte.

„St. Andrew’s Church in Newcastle. Es ist die Kirche, in die meine Familie geht“, half Celia aus.

„Danke“, erwiderte Amelia voller Inbrunst, dann ließ sie Isaac los und streifte sich seinen Mantel von den Schultern.

„Hier.“ Sie reichte ihn ihm.

„Komm nicht zurück, ehe ich nach dir schicken lasse. Versprich es mir.“

„Ich verspreche es.“

„Lady Amelia, wir müssen hineingehen, ehe man uns sieht. Sonst ist alles umsonst.“

Ein letztes Mal sah sie in Isaacs Augen, dann wandten sich beide um und liefen in entgegengesetzte Richtungen davon.

Hayley

13. Juli 2018

Die schmale Mondsichel stand in dieser Nacht hoch am Himmel. Hayley hatte ihren Schein hinter den zugezogenen Vorhängen ausgesperrt und doch fand das weiße Licht den Weg ins Damenzimmer. Nicht einmal mit geschlossenen Augen konnte Hayley Ruhe finden. Der Schlaf war in den letzten Stunden gekommen und gegangen. Was aber nicht von ihr abgelassen hatte, waren die ziellos in ihrem Kopf umherschwirrenden Gedanken gewesen. Kein einziger von ihnen ließ sie los. Ihre Mutter war gegangen. Aus einem Grund, der scheinbar Jahrzehnte zurücklag. Celia war alleine zurückgeblieben. Nicht nur damals in Rose Castle, sondern auch heute in diesem einsamen Zimmer in Brockwell Court. Jules hatte ihr zwar geholfen, war aber nach wie vor nicht erreichbar. Clementine sprach kein Wort mit ihr, genauso wenig wie Percy, aber Hayley war sich sicher, dass ihr nächster Schlag nicht lange auf sich warten lassen würde. Und Nate. Nate war ihr so nah und doch unerreichbar.

Bilder und Gesprächsfetzen waberten durch ihren Geist wie dünne Nebelschwaden, die das Offensichtliche verdeckten und nicht zu vertreiben waren.

Sie tanzte mit Nate, bot ihrer Tante die Stirn, stieg mit Jules in Miss Prudences Zimmer ein, sprach mit ihrem Vater im Pavillon. Dann hatte sie plötzlich das Bild ihrer Mutter vor Augen, wie sie in eben jenem Pavillon saß, ein Buch in der Hand und ein Lächeln im Gesicht. Die Stimme ihres Vaters mischte sich mit der von Celia und der Geruch von Flieder lag in der Luft.

Einen Herzschlag später richtete sich Hayley kerzengerade im Bett auf. Flieder. Der Pavillon.

Sie schlug mit einem kräftigen Ruck die Decke zurück und stand auf, um sich anzuziehen.

Auf den Korridoren war es ruhig. Nur die leisen Geräusche des Hauses begleiteten sie auf ihrem Weg nach unten. Auch der Garten präsentierte sich in nächtlicher Stille, während das Mondlicht silberne Reflexe auf die Umgebung malte.

Das knarrende Geräusch der Holzstufen hinauf zum Pavillon klang viel zu laut in Hayleys Ohren. Es war irrwitzig, nachts hier draußen herumzuschleichen und einer Spur nachzugehen, die vermutlich keine war. Hayleys Idee beruhte einzig auf den unzusammenhängenden Worten einer alten Frau, aber es fühlte sich so wichtig an, dass Hayley es niemals ausgehalten hätte, bis zum Morgengrauen zu warten.

Mit unruhig pochendem Herzen kniete sie vor der Bank nieder und atmete tief durch, bevor sie begann, die Holzbretter zu untersuchen. Weil der karge Mondschein nur wenig Licht spendete, nahm sie ihr Handy zu Hilfe und leuchtete damit eine Diele nach der anderen ab. Zunehmend unruhig betastete sie die Enden der Bretter und versuchte, jedes einzelne anzuheben. Da ist nichts, sagte sie zu sich selbst, hörte aber nicht mit ihrer Suche auf.

Hayley wusste nicht, wie viel Zeit vergangen war, und im Grunde war es ihr auch egal. Nach einer gefühlten Ewigkeit, in der sie erfolglos versucht hatte, etwas wie ein verstecktes Fach in der rundum laufenden Sitzbank des Pavillons ausfindig zu machen, ließ sie sich darauf sinken und stieß mühsam beherrscht Luft aus. Am liebsten hätte sie geschrien. Ihren Frust und die Enttäuschung mit der ganzen Welt geteilt. Aber das Einzige, was sie tat, war mit beiden Handflächen links und rechts neben sich auf die Holzdielen zu schlagen. Sofort begann ihre Haut vom Aufprall zu brennen, was Hayley allerdings nur am Rande wahrnahm. Ein Gedanke formte sich in ihrem Kopf und ließ ihre Augen groß werden. Sie rutschte an den Rand der Sitzbank, formte ihre Hand zu einer Faust und begann die Sitzfläche abzuklopfen. Diese Geste hatte Celias Wortschwall begleitet. Sie hatte von Flieder gesprochen, von einem Zufluchtsort, und stetig mit ihrer Hand auf den kleinen Tisch neben sich geklopft. Hayleys Klopfen auf dem Brett erzeugte ein hohes Geräusch und ließ sie annehmen, dass mehrere Schichten Holz übereinander verarbeitet worden waren. Sie rutschte weiter die Bank entlang und klopfte in konstanten Bewegungen über deren Fläche, bis ...

Auf einmal veränderte sich das Geräusch. Es wurde dumpf, tiefer, hohler. Sofort sprang Hayley auf und kniete erneut vor der Bank nieder. Am Rande des Horizonts färbte sich der Himmel bereits in einem hellen Lila, da stießen Hayleys Finger auf ein kleines Loch im unteren Rand der vordersten Diele. Ohne zu zögern, schob sie ihren Finger in die runde Lücke und zog kräftig. Es benötigte einiges an Kraft, aber die Bretter bewegten sich und gaben den Blick auf eine kleine Ausbuchtung innerhalb der Bank frei. Da lag es. Hayley konnte weder den Titel lesen noch die Farbe des Einbandes bestimmen, aber sie war felsenfest davon überzeugt, dass es sich bei dem rechteckigen Etwas in der Mulde um das verschollene Buch ihrer Mutter handeln musste.

Mit bebenden Fingern griff sie danach und befreite das Buch von Staub und Spinnweben, ehe sie es sich an die Brust drückte. In dieser Position verharrte Hayley einen Augenblick lang und rief sich wieder die Vorstellung von ihrer Mutter in diesem Pavillon mit dem Buch in der Hand ins Gedächtnis.

Zurück im Damenzimmer holte sie die Schatulle mit dem Rosenemblem hervor und nahm die herausgerissene Seite zur Hand. Ihre Kopfhaut kribbelte, als sie den Gedichtband von John Keats aufschlug und die Buchseite an die Stelle legte, von der ihre Mutter sie vor Jahren entfernt hatte. Die Ränder passten perfekt aneinander.

Hayleys Herz schlug so schnell in ihrer Brust, als wäre es ein Motor, der endlich eine frische Ladung Treibstoff erhalten hatte. Sie legte die einzelne Seite neben sich aufs Bett und begann, das Buch von vorne nach hinten durchzublättern. Ungefähr in der Mitte fiel ihr ein roter Fleck ins Auge. Das betreffende Blatt war leicht gewölbt. Es schien etwas dahinter zu stecken, aber die folgenden beiden Buchseiten klebten aneinander. Vorsichtig fuhr sie mit dem Fingernagel an der Ecke zwischen die Blätter und löste sie voneinander. Zum Vorschein kam ein zu einem Briefchen gefaltetes Blatt, das offensichtlich nicht zum Buch gehörte. Das Siegelwachs, das die Buchseiten verklebt hatte, war verronnen und es war eine Herausforderung, den kleinen Bogen zu entfalten, ohne ihn zu beschädigen. Das Papier war an den Rändern vergilbt und vom Wachs verfärbt, aber Hayley erkannte die Prägung einer Rose in den abgerundeten Ecken.

Die Tinte war an manchen Stellen verblasst, trotzdem schaffte es Hayley, die Worte zu entziffern.

Liebe Mutter,

mein Herz ist gebrochen.
Ich habe alles in meiner Macht Stehende versucht, um Lucas eine gute Frau zu sein. Mag sein, dass es mir oberflächlich betrachtet gelingt, doch ich fürchte, er wird mich nie in sein Herz lassen.
In den Nächten, in denen er zu mir kommt, sieht er mich nicht einmal an.
Ich habe das Gefühl, ich bin ihm zuwider und der einzige Grund, warum er sich zu mir legt, ist sein Wunsch nach einem Erben.
Ich teile diesen Wunsch mit ihm, gleichwohl es das Einzige zu sein scheint, das uns verbindet.
Ich sehe es als meine letzte Chance auf Glück, sein Kind in den Armen zu halten.

Deine Amelia
04.05.1938

So viel Schmerz lag in diesen Zeilen. Hayley strich über die Linien und versuchte, sich die schöne junge Frau von den Fotos und Gemälden aus dem Empfangskorridor vorzustellen, wie sie im Damenzimmer saß und diesen Brief an ihre Mutter verfasste, den sie offenbar nie abgeschickt hatte.

Dann stach Hayley ein Detail auf der noch immer aufgeschlagenen Buchseite ins Auge. Teilweise verdeckt von der verronnenen Wachsschicht stand dort noch etwas: *Bibliothek 263.*

Es war die Handschrift ihrer Mutter, die das Wort und die Zahl mit Bleistift am Rand der Seite notiert hatte.

Hayley war sofort auf den Beinen und zur Tür hinaus. Die Aufregung beflügelte sie und ließ sie immer gleich zwei Stufen auf einmal nehmen.

Wie nicht anders zu erwarten gewesen war, lag die Bibliothek still und leer vor ihr. Die Sonne hatte sich gerade erst über die Hügel in der Ferne erhoben und wenn überhaupt, waren nur die Angestellten wach.

Aber selbst wenn es von Leuten gewimmelt hätte, hätte sich Hayley nicht davon abhalten können, dieser Spur nachzugehen.

Ihr Blick tastete über die Regalreihen. Sie hielt Ausschau nach den drei Ziffern. *2. 6. 3.*

Es gab aber nur zweistellige Zahlen an den Regalbrettern, die die Reihen nummerierten.

Hayley klappte das Buch in ihrer Hand erneut auf und sah sich die Notiz ihrer Mutter genauer an. Da war ein kleiner Abstand zwischen der sechs und der drei, der ihr vorhin im Eifer des Gefechts wohl entgangen war.

Womöglich hatte ihre Mutter die Reihe 26 gemeint. Nur wenige Herzschläge später hatte Hayley das betreffende Regalbrett ausfindig gemacht und griff beherzt nach dem dritten Buch von rechts. Es handelte sich um einen Bildband mit Landschaftsportraits von Corbridge. Die Fotos auf den Seiten waren atemberaubend, aber trotzdem völlig unspektakulär. Obwohl sich Hayley Zeit nahm und jede einzelne Buchseite genauestens studierte, tauchte nichts weiter auf. Keine Notiz, keine Randbemerkung, kein weiterer Brief oder auch nur eine eingekreiste Seitenzahl. Auch die Lücke, in der das Buch gestanden hatte, schien unauffällig. Also schob Hayley den Band zurück ins Regal und schritt mit klopfendem Herzen ans andere Ende der Reihe. Das dritte Buch von links trug eine rote Rose auf dem Buchrücken.

Augenblicklich lagen ihre Finger darauf und zogen es hervor. Es war dick und schwer, der Einband zeugte davon, dass es schon einige Jahre auf dem Buckel hatte.

Die Rosen Englands war der Titel. Ein Buch über Gartengestaltung? Über Pflanzen? Rosen?

Tatsächlich verriet das Inhaltsverzeichnis, dass in diesem Buch wohl einzelne Rosensorten beschrieben wurden. Hayley blätterte weiter ... und riss die Augen auf, als ihr ein Brief nach dem anderen in die Hände fiel. Diesmal war das Siegelwachs nicht geschmolzen, aber bei jedem einzelnen der Briefe aufgebrochen. Hatte ihre Mutter sie alle gelesen? Lag darin die Erklärung für ihren Aufbruch aus Rose Castle?

Hayley erkannte rasch, dass die Briefe bereits alle nach Datum sortiert zwischen die Seiten des Buches gesteckt worden waren. Während das Haus und seine Bewohner langsam zum Leben erwachten und die Geräusche des hereinbrechenden Morgens die Räume füllten, lag Hayleys Konzentration auf den Worten, die ihre Urgroßmutter Amelia vor rund achtzig Jahren verfasst hatte. Nicht alle Briefe richteten sich an Amelias Mutter, einige auch an Sir Lucas Rose selbst, auch wenn Hayley bezweifelte, dass einer von beiden sie je gelesen hatte. Der Inhalt war düster, traurig, schockierend, wobei sich einige Textpassagen besonders hervortaten.

Ich habe Angst. Ich verstehe nicht, was in ihm vorgeht. Er hat keine Liebe für mich.
In ihm wohnt der Teufel. Die meiste Zeit über schlummert er und dämpft seine Sinne. Es ist, als wäre mein Ehemann nur eine leblose Hülle, die durch das Haus wandert.
Ich kann deine Verachtung für mich schmecken, riechen, fühlen, wann immer du mich ansiehst. Sie wächst mit jedem Monat, der verstreicht, und füllt jeden einzelnen Raum in diesem Haus.
Warum tust du mir das an? Was habe ich falsch gemacht, dass ich deinen Zorn verdiene?
Ich traue mich nicht nach draußen. Jeder kann sehen, was er mit mir macht.

Irgendwann begannen sich die Zeilen zu verändern. Mit jedem weiteren Brief wuchs in Hayley das Gefühl, dass sich die Einstellung ihrer Urgroßmutter zu dem Schrecken, der ihr widerfuhr, veränderte. Ihre Hilflosigkeit und tiefe Trauer schienen zu verebben und an

ihrer statt füllten Wut und Trotz und der Wille durch-
zuhalten ihre Worte.

*Deine Schläge verletzen mich nicht mehr. Sie sind nur
Ausdruck deines Wahnsinns und meiner Stärke.
Tausend Tränen habe ich vergossen, wann immer ich
wusste, dass ich wieder nicht mit seinem Kind schwanger war. Nun schenkt mir der Anblick des Blutes Kraft.*

Viele der mit Tinte geschriebenen Buchstaben waren
verschwommen. Kleine Kleckse, verteilt auf dem Papier, zeugten von Amelias vergossenen Tränen. Manche der Briefe waren zerknittert, als hätte Amelia sie
zusammengeknüllt und anschließend wieder glattge-
strichen.

Hayley war kalt und ihr Magen zog sich mit jedem
weiteren Buchstaben, den sie las, weiter zusammen.

Wie konnte es nur sein, dass der Mann, Sir Lucas, der
seine Frau auf den Bildern im Korridor so liebevoll ansah, derselbe war, der ihr die Hölle auf Erden bereitet
hatte?

Dann begann sich die Geschichte, die die Briefe er-
zählten, nach und nach erneut zu verändern. Es waren
keine Spuren von Tränen mehr auf dem Papier zu finden, stattdessen stieß Hayley auf kleine Zeichnungen,
meist von Rosen oder der Silhouette eines Mannes. Gelegentlich tauchte auch ein getrocknetes Blütenblatt
auf.

*Es waren seine Rosen, die mich nach draußen gelockt
haben, und sein Lächeln, so frei und warm und ehrlich,
das mich immer wieder kommen lässt.*

Ihn bei der Arbeit im Garten zu beobachten macht mich glücklich. Ich kann nicht sagen, warum, aber es schenkt mir Ruhe und Frieden. Mich mit ihm zu unterhalten ist eigenartig. Wir sprechen über gänzlich unverfängliche Dinge, doch mir wird stets warm, wenn er das Wort an mich richtet.

Wann immer ich bei ihm bin, ist es, als würde ich endlich wieder Luft bekommen. Nichts kann mir etwas anhaben, weder Lucas' Schläge noch seine erdrückende Melancholie. Ich spüre, wie ich heile und gleichzeitig unverwundbar gegen alles werde.

Ich sehne mich nach ihm. Nicht die Wunden quälen mich, sondern die Stunden und Tage, die ich nicht zu ihm gehen kann, wann immer mein Gesicht die Spuren von Lucas' Zorn trägt.

Wie es wohl wäre, ihn zu berühren, von ihm berührt zu werden?

Heute war er mir ganz nah. Er riecht wie der Garten in seiner größten Rosenpracht.

Wenn wir uns unterhalten, vergesse ich alles andere. Meine Traurigkeit, die wie ein Holzsplitter in meinem Herzen feststeckt, und auch, wem ich eigentlich gehöre. Meine Wünsche haben Flügel und sprengen jede Kette.

Amelia war in jemanden verliebt gewesen, der eindeutig nicht Sir Rose war. Hayley fragte sich fieberhaft, wer der Mann wohl gewesen war, der ihr Trost und Zuversicht gespendet hatte. Es brauchte noch einige Briefe, in denen Amelia ihrer Mutter von der aufkeimenden Liebe zu diesem Mann berichtete, dann änderte sich plötzlich der Adressat.

Mein liebster Isaac,

ich kann dir nicht sagen, welche Worte mein Herz spricht, wenn ich an dich denke. Sie sind für niemandes Ohren bestimmt. Nicht einmal Celia kann ich meine wahren Gefühle anvertrauen. Mir ist bewusst, dass sie es weiß, und doch traue ich mich nicht, es laut auszusprechen.
Ich wünsche mir so sehr, dass Lucas bald abreist. Wie schön wird es sein, wenn sein düsterer Atem mich nicht mehr berühren kann.

In Liebe, deine Amelia

Isaac. Etwa Isaac Powell? Er musste es sein. Amelia sprach davon, wie er im Garten arbeitete, also konnte es sich wohl schlecht um einen anderen Isaac handeln.

Ein verblüfftes Lachen kam über Hayleys Lippen, das in ihren Ohren viel zu laut klang. Amelia Rose hatte sich in den Gärtner verliebt. Und nicht nur das. Die folgenden Briefe offenbarten Hayley, dass Sir Rose 1944 als hoch dekorierter General in die Schlacht um die Normandie gezogen war. Die Beziehung zwischen Amelia und Isaac war während seiner Abwesenheit immer enger und intensiver geworden. Beiden war bewusst gewesen, welches Risiko sie eingingen und dass sie nie richtig zusammen sein konnten, doch ihre Liebe war stärker gewesen als jede Konvention und sie waren zufrieden gewesen mit dem, was sie hatten.

Zumindest dachte Hayley das, bis sie den nächsten und gleichzeitig letzten Brief las, dessen Inhalt ihre Welt auf den Kopf stellte.

Liebe Mutter,

ich will dir ein Geheimnis anvertrauen. Es ist etwas passiert, das mein Schicksal besiegeln wird. Womöglich ist das Glück auf meiner Seite und mein Weg hat Erfolg. Es ist aber genauso wahrscheinlich, dass ich für meine Taten bezahlen werde. Wie auch immer es kommen mag, wenn du diese Zeilen einmal lesen solltest, weißt du, dass er es mir wert war.

Ein Jahr lang war Lucas fort. Ich habe gelebt in diesem Jahr. Wirklich gelebt. Und ich habe Isaac all meine Liebe geschenkt und mehr, als ich je zu träumen gewagt hätte, im Gegenzug erhalten. Ich bin mir sicher, es ist Lucas' Strafe für alles, was er mir je angetan hat, dass es nun Isaacs Kind ist, das ich unter dem Herzen trage. Lucas sah das anders. Er kam nachts und völlig unerwartet. Er hat uns gesehen. Er hat gehört, wie ich Isaac von seinem Kind erzählt habe. Er hat um sich geschlagen und die Kerzen umgestoßen. Isaac hat mich beschützt und wir konnten uns retten. Aber Lucas konnte nicht gerettet werden. Die Flammen, die ihn innerlich längst verzehrt hatten, sind gekommen, um ihn zu holen.

Ich habe Isaac fortgeschickt und den gesamten Hausstand entlassen. Niemand wusste, dass Lucas zurück war. Nur Celia habe ich ins Vertrauen gezogen. Sie wird bleiben und mir zur Seite stehen.

Ich werde warten und wenn genügend Zeit vergangen ist, werde ich Isaac zu mir zurückholen. Er wird mir ein guter Mann sein und ein wundervoller Vater. Er soll alles haben, was Lucas nie verdient hat.

Ich wünsche mir nur eines: Bis zu meinem Tod mit ihm zusammen zu sein.

Deine Amelia
27.02.1945

Dieser Brief war nur wenige Tage nach dem Brand im Gewächshaus verfasst worden. Hayley musste ihn wieder und wieder lesen, um zu begreifen, was er bedeutete.

Lucas Rose war in dem Feuer umgekommen. Nicht der Gärtner Isaac Powell. Und Lucas Rose war nicht der Vater ihres Großvaters Eliah gewesen. Die Blutlinie der Familie Rose hatte mit Lucas' Tod geendet.

„Was machen Sie denn da? Was ist das?" Miss Prudences spitze Stimme riss Hayley aus ihren Gedanken. Sie war so vertieft in die Vergangenheit und die neuen Erkenntnisse gewesen, dass sie nicht bemerkt hatte, dass sie nicht mehr alleine war.

„Nichts", erwiderte sie und sammelte rasch die Briefe ein, die rings um sie herum verstreut lagen.

Miss Prudence machte große Augen, erwiderte aber kein Wort, sondern eilte davon. Hayley war klar, dass die Haushälterin schnurstracks zu ihrer Tante laufen würde. Und auch wenn sie nichts dagegen hatte, Clementine mit den Informationen zu konfrontieren, wollte Hayley erst einmal die Briefe in Sicherheit bringen und sich ein wenig sammeln, bevor sie ihrer Tante gegenübertrat.

Sie steckte das Bündel in den Gedichtband von John Keats und wollte noch das Buch, in dem Amelias Zeilen versteckt gewesen waren, ins Regal zurückstellen, aber es ließ sich nicht bis nach hinten schieben. Irgendwo schien das Buch anzustehen, also nahm Hayley es wieder heraus und fuhr mit der Hand in die schmale Nische. Ihre Finger tasteten etwas, das sich wie eine Art Riegel anfühlte. Er ließ sich nach oben klappen, neigte sich aber wieder nach unten, sobald Hayley nicht mehr dagegenhielt. Ohne nachzudenken, zog sie fest daran und das Regal schwang laut knarrend auf. Dahinter kam ein schmaler, finsterer Raum zum Vorschein und Hayley musste die versteckte Tür erst ganz öffnen, bevor genug Licht in den Raum fiel, sodass sie Genaueres erkennen konnte. Es schien ein Studierzimmer zu sein. Zumindest stand da unter einer dicken Schicht Staub ein Schreibtisch samt Stuhl. Einige Unterlagen waren auf der Tischfläche verstreut. Was Hayleys Aufmerksamkeit aber wirklich auf sich zog, waren die Bilder. Gleich hinter dem Regal an der Wand standen unzählige Rahmen in den unterschiedlichsten Größen. Hayley trat auf die Bilder zu, kümmerte sich nicht um Staub und Spinnweben, klappte eines nach dem anderen zur Seite und sah sie sich mit Staunen an. Auf dem größten Bild, einem gemalten Porträt, war ein Schild angebracht, wie sie es von den Bildern im Korridor kannte. *Sir Lucas Rose* stand da und nun ergab alles Sinn. Der Mann, der auf den Bildern mit Amelia abgelichtet war, war nicht der echte Sir Lucas. Es war Isaac und die Bilder von Lucas waren in den letzten achtzig Jahren hier versteckt gewesen.

Hayley machte zwei Schritte rückwärts aus dem engen Raum hinaus und drückte die geheime Tür zu. Clementine erwartete sie gleich dahinter und der Ausdruck in ihrem blassen Gesicht sprach von Fassungslosigkeit und kaum unterdrückter Wut.

„Was fällt dir ein, hier herumzuschnüffeln? Hast du nicht schon genug angerichtet?", fauchte sie. Da war sie, die echte, völlig unverfälschte Clementine Rose. Zum ersten Mal sah Hayley ihre Tante ohne die übliche kühle Fassade, die bislang jede Gefühlsregung gedämpft oder gänzlich unter Verschluss gehalten hatte. Ihre Augen leuchteten wild, der Mund stand halb offen und sie atmete so schnell, als wäre sie hergerannt wie der Teufel.

Hayley wusste zwar immer noch nicht, ob, und wenn ja, warum, Sir Lucas' Tod ihre Mutter dazu gebracht hatte, Rose Castle mitsamt ihrem geliebten Mann für immer hinter sich zu lassen, aber sie war schon zu weit gegangen, um jetzt noch einen Rückzieher zu machen.

„Ich will wissen, was passiert ist. Und ich werde keine Ruhe geben, bevor ich es herausgefunden habe", erwiderte sie mit sicherer Stimme, bemühte sich allerdings nicht, die Aufregung zu verbergen, die sie fest im Griff hatte.

„Du willst wissen, was passiert ist?", fragte Clementine schrill und stütze sich am Bücherregal ab, als könne sie sich nicht alleine aufrechthalten. „Ich habe dir bereits gesagt, warum deine Mutter uns verlassen hat. Und ob du es nun glauben willst oder nicht, es ist die Wahrheit, auch wenn du sie nicht hören willst. Sarah war nicht dafür geschaffen, an Deans Seite zu stehen. Sie hätte uns allen nur Kummer bereitet, wenn sie geblieben wäre. Mag sein, dass es reiner Zufall war, dass sie die Bilder und Briefe gefunden hat. Aber sie konnte mit dem Wissen nicht umgehen."

Hayley schüttelte den Kopf, als wolle sie Clementines Worte damit ungeschehen machen. Sie verstand nicht, wovon ihre Tante da eigentlich sprach.

„Was soll das bedeuten?" Nun war ihr Tonfall nicht mehr fest oder sicher. Sie konnte hören, wie rau ihre eigene Stimme klang, wollte aber unbedingt mehr wissen.

„Sarah ist damit zu mir gekommen. Sie hat mir von den Bildern erzählt und mir die Briefe gezeigt. Wir waren beide schwer erschüttert, wie du dir sicherlich vorstellen kannst. Ich habe versucht, es wirklich versucht, sie davon zu überzeugen, dass sie uns alle in den Abgrund reißen würde, würde sie das publik werden lassen. Aber sie verstand es einfach nicht. Sie fühlte nicht wie ich. Sie dachte nicht wie eine wahre Lady. Sarah hat mich bitter enttäuscht, weshalb ich auch keinerlei Skrupel hatte, alles dafür zu tun, dass sie keinen Fehler begeht."

Clementine war in Rage und doch konnte Hayley ihr ansehen, dass sie auch tief verletzt war. Wie auch immer ihre Tante zu der Angelegenheit stand, Hayley zweifelte nun nicht mehr daran, dass sie ihre Mutter in der Vergangenheit ebenso geliebt hatte wie ihr Vater.

„Was hast du getan?", wollte Hayley tonlos wissen. Sie hatte ein penetrantes Rauschen in ihren Ohren und die Aufregung nahm ihr zunehmend die Luft zum Atmen.

„Sie wollte es Dean sagen. Sie wollte ihrem Mann, dem Baronet von Rose Castle, dem sie in Liebe und Würden verpflichtet war, erzählen, dass sein Titel, sein

Besitz ja sein ganzes Leben nichts als eine Lüge sind. Ich konnte nicht ..." Die Worte erstarrten auf ihrer Zunge und Clementine stützte sich auch noch mit der zweiten Hand am Regal ab, bevor sie wie in Trance begann zu nicken.

„Ich konnte das nicht zulassen", sprach sie mit kräftigerer Stimme weiter. „Nachdem Sarah mich schon enttäuscht hatte, wie konnte ich da wissen, was mein Bruder tun würde? Sie hätte ihn dazu gebracht, alles aufzugeben. Sie hätte uns ruiniert. Hörst du?" Clementine schluckte schwer und richtete sich wieder zu ihrer vollen Größe auf. Der kurze Anflug von Schwäche schien vorbei zu sein. Sie reckte das Kinn in die Höhe und Hayley sah, wie das Feuer der Entschlossenheit in ihren Augen aufloderte. „Ich habe alles auf eine Karte gesetzt, wohl wissend, wie ich Sarah genug verletzen konnte, damit sie keine Fragen mehr stellen oder sich Gedanken über die Rechtmäßigkeit des Titels machen würde. Sie war immer unsicher. Wenigstens hat sie Deans Stellung aus dieser Sicht heraus angemessen gewürdigt. Tief in ihrem Inneren muss ihr klar gewesen sein, dass Liebe allein nicht alles zusammenhält. Sie war eifersüchtig. Hat sich stets gesorgt, dass Dean sie betrügen könnte, dabei hatte er nur Augen für sie." Hayley konnte sehen, dass sich Clementine über die Eifersucht ihrer Mutter amüsierte. „Also habe ich sie damals gefragt, ob sie wirklich so naiv sei zu glauben, dass der Baronet nicht längst alles über die Vergangenheit seiner Familie wüsste. Ich habe ihr gesagt, dass Untreue genauso zum Titel gehöre wie das Haus, in dem sie lebte. Ich habe sie gedrängt, Dean danach zu fragen,

ihn darauf anzusprechen und mit eigenen Ohren zu hören, was er ihr dazu zu sagen hätte. Aber sie war zu
feige! Zu aufgewühlt von ihrer Entdeckung, um klar zu
denken. Also habe ich immer weiter auf sie eingeredet
und ihr schließlich klargemacht, dass sie hier nicht länger bleiben könne, wenn sie nicht bereit wäre, die
wahre Bürde einer Lady zu tragen." Clementine legte
eine kurze Pause ein, in der sie tief durchatmete und
sich über den Rock ihres Kleides strich. „Den Rest
kennst du ja."

Tränen rannen über Hayleys Wangen und sie wischte
die feuchten Spuren rasch weg, als ihre Tante langsam
auf sie zu kam.

„Ich habe nicht die Illusion, dass ich dich auf dieselbe
Weise loswerden kann. Aber es gibt andere Mittel und
Wege", sagte sie mit Bedacht. „Du hast keine Vorstellung davon, über wie viel Geld ich durch den Tod meines Mannes verfüge. Du könntest dir mit nur einem
Bruchteil davon ein schönes Leben in Amerika machen."

„Nein", erwiderte Hayley sofort. Sie würde sich, nach
allem was Clementine ihr und ihrer Mutter angetan
hatte, nie und nimmer von ihr bestechen lassen. Ihre
Tante nickte, als hätte sie bereits mit dieser Antwort gerechnet. „Dir muss bewusst sein, was es auslösen wird,
wenn du deinem Vater davon erzählst. Sein Herz ist bereits gebrochen. Was glaubst du, würde passieren,
wenn du ihm in deinem Egoismus und aus deiner
falsch verstandenen Loyalität alles nimmst. Sein Zuhause, seine Freunde, seinen Job und die einzige Person
in seinem Leben, die ihm stets Halt gegeben hat. Willst

du schuld an seinem Unglück sein?" Ihre Worte versetzten Hayley einen Stich. So verquer und grausam Clementine auch sein mochte, in gewisser Weise hatte sie recht. Aber sie ließ Hayley keine Zeit, richtig über das Gesagte nachzudenken, sondern sprach weiter auf sie ein, wie sie es vor Jahren auch bei ihrer Mutter getan hatte. „Und ich kann dir eins versprechen: Wenn du dich dazu entscheidest, dich gegen die Familie zu stellen, wirst du mit uns untergehen. Ich werde dafür sorgen, dass alle Menschen, die dir am Herzen liegen, leiden. Jules wird nirgendwo mehr eine Anstellung bekommen. Ebenso wie Olivia und ihr vermaledeiter Sohn!"

Nate. Clementine wusste es. Natürlich wusste sie es. Hayley öffnete schon den Mund, obwohl sie keine Ahnung hatte, was sie eigentlich sagen sollte. Zu viele Gedanken und Gefühle schwirrten in ihr umher. Da erklang eine andere Stimme hinter Clementine. „Es ist genug." Die Zerrissenheit, die in diesen drei einfachen Worten mitschwang, ließ Hayleys Herz für einen Schlag aussetzen. Clementines Züge erstarrten, während sie die Hand vor den Mund schlug und nach Luft schnappte, als hätte man ihr den Kopf unter eisiges Wasser getaucht. Langsam drehte sie sich zu ihrem Bruder um. „Was?"

„Bemüh dich nicht, mich mit deinen Worten zu vergiften, wie du es bei Sarah getan und bei meiner Tochter versucht hast. Ich habe alles mitangehört und ich werde dir das nie im Leben verzeihen." Sir Rose zitterte am ganzen Körper. Hayley sah, wie sehr er sich zusammennehmen musste, um die Fassung nicht zu verlieren. „Miss Prudence", sagte er laut, was Clementine zusammenzucken ließ. Die Haushälterin, die offenbar draußen gewartet hatte, trat mit ernstem Gesicht in die Bibliothek. „Begleiten Sie Mrs Rose in ihr Zimmer. Sie soll ihre Sachen packen und verschwinden."

Clementine stürzte vor und versuchte, ihren Bruder an der Hand zu fassen. Dieser wich der Berührung aber aus. „Dean, das kannst du mir nicht antun. Ich habe das alles nur für dich getan. Ich wollte dich beschützen und vor dem Ruin bewahren. Was soll denn aus dir werden, wenn du alles verlierst? Bitte ..."

„Du hast das nicht für mich getan, sondern einzig und alleine für dich. Du sorgst dich um meinen Titel? Er ist mir egal. Aber Sarah war es nicht. Du hast mir alles genommen, was ich jemals wollte. Jetzt geh mir aus den Augen", erwiderte er mit Eiseskälte in der Stimme.

„Aber ..."

„Raus!" Sein Schrei durchfuhr Clementine wie eine Schneide und ließ sie augenblicklich in sich zusammensacken. Mit gesenktem Kopf und haltlos schluchzend ging sie an ihm vorbei und gefolgt von Miss Prudence zur Tür hinaus.

Hayley sah ihrer gebückten Gestalten hinterher, bis sie aus ihrem Blickfeld verschwand, und fuhr sich dann erschüttert von allem, was sie erfahren hatte, allem was geschehen war, mit beiden Händen übers Gesicht.

Als sie aufsah und dem Blick ihres Vaters begegnete, rannen erneut Tränen über ihre heißen Wangen. Mit wenigen langgezogenen Schritten war sie bei ihm und schlang die Arme um seinen bebenden Körper. Seine Muskeln spannten sich unter ihrer Umarmung an, aber er entzog sich ihr nicht. Diese Haltung spiegelte exakt die letzten Wochen wider. Hayleys Vater wollte sie zwar nicht von sich stoßen, war aber auch nicht in der Lage, sich auf ihre Nähe einzulassen. Aber sie war bereit. Sie würde ihn nicht alleinlassen, wie ihre Mutter es getan hatte. Und sie brauchte ihn mindestens genauso sehr. Hayley brauchte ihren Vater wie ein Verdurstender einen Schluck Wasser. Er war der Einzige, der ihr noch geblieben war.

Es dauerte einige schnelle Schläge ihres Herzens lang, doch dann veränderte sich etwas. Dean stieß langsam und zitternd die Luft aus, die er angehalten hatte, und seine Muskeln entspannten sich unter Hayleys Berührung. Er legte die Wange an ihre Stirn und seine Hände folgten der Bewegung, schlossen sich fest um sie und zogen sie noch näher an sich.

„Es tut mir so leid", brachte er mühsam hervor und minutenlang standen sie einfach nur da und hielten sich in den Armen. Niemand kam und störte sie. Es war ungewöhnlich still im Haus, aber Hayley genoss die Ruhe, die auf diesen Sturm gefolgt war.

„Mir tut es leid. Wenn ich gewusst hätte, was ..." Hayley fehlten die Worte, um auszudrücken, was in ihr vorging. Ihr Vater löste sich sanft von ihr, nur um seine große, warme Hand auf ihre Wange zu legen und die Tränenspuren wegzuwischen.

„Die Wahrheit tut weh, aber nicht zu wissen, was passiert ist, hat mich gelähmt. Ich kann nicht sagen, dass ich froh darüber bin, wie alles gekommen ist. Das sicherlich nicht. Aber ich bin froh, dass ich jetzt die Wahrheit kenne", erklärte er sanft.

„Was wirst du jetzt tun?"

Es kam Hayley wie eine Ewigkeit vor, bis ihr Vater endlich antwortete. Die ganze Zeit über ließ er sie nicht aus den Augen, hielt sie weiterhin fest.

„Ich habe noch immer denselben Wunsch wie bei deiner Ankunft in Rose Castle. Ich will, dass du einmal meinen Platz einnimmst. Und weil das so ist, möchte ich die Entscheidung, was wir mit unserem Wissen tun werden, dir überlassen." Sie sollte entscheiden? Das erstaunte Hayley und beschleunigte ein weiteres Mal ihren Puls. Gleichzeitig breitete sich aber auch eine sanfte Wärme in ihrer Brust aus. Sie zweifelte nicht daran, dass ihr Vater ihre Entscheidung mittragen würde, egal, wie sie ausfiel.

„Wenn Mum damals mit dir gesprochen hätte, was hättest du getan?"

„Du meinst, ob ich den Titel und mein Leben als Baronet aufgegeben hätte? Ich weiß es nicht. Aber wenn es notwendig gewesen wäre, um deine Mutter weiterhin an meiner Seite zu haben, dann lautet die Antwort ja. Ich hätte alles gegeben für sie." Er liebte sie noch immer, nach all den Jahren und allem, was passiert war, das konnte Hayley deutlich in seinen Augen erkennen und daran, wie liebevoll er über sie sprach. Womöglich hätten ihre Eltern damals entschieden, den Betrug, der von Amelia und Isaac ausgegangen war, aufzudecken und auf alles zu verzichten, was bis dahin selbstverständlich für die beiden gewesen war. Hayley stellte sich vor, wie sie ein glückliches und zufriedenes Leben ohne das riesige Anwesen und die zahlreichen Bediensteten geführt hätten.

„Was würdest du tun, wenn ich dich bitte, die Wahrheit bekannt zu machen?", fragte Hayley vorsichtig. Es war ihr erster Impuls, denn wie ihre Mutter auch wusste sie, dass es falsch war, die Lüge weiterhin aufrechtzuerhalten.

Ein zartes Lächeln erschien auf seinen Lippen. „Ich würde mir wünschen, auch danach weiterhin einen Platz in deinem Leben zu haben", erwiderte er schlicht. Es war ihm vollkommen ernst. Er legte sein Schicksal, seine Zukunft, in Hayleys Hände. Aber es ging hier nicht nur um sein Leben oder um Hayleys. Denn es gab noch viele weitere Menschen unter diesem Dach, die Rose Castle ihr Zuhause nannten und von ihrer Entscheidung betroffen wären. Hayley dachte an jeden einzelnen der Angestellten und daran, was mit ihnen geschehen würde, wenn sie Rose Castle verlassen müssten.

„Ich will, dass Jules zurückkommen kann", stieß Hayley hervor. Ihr Vater wirkte überrascht, nickte aber.

„Und ich will mir meinen Partner unabhängig von irgendwelchen Konventionen oder günstigen Verbindungen aussuchen können", ergänzte sie. Sir Rose sah sie durchdringend an.

„Wie könnte ich dir das verwehren?"

Hayley konnte ihr Lächeln bei seinen Worten nicht mehr zurückhalten. Nach all den Tränen und dem Schmerz, der immer noch nicht völlig abgeklungen war und sich vermutlich auch nicht so schnell legen würde, tat es gut, sich der Freude über die Aussicht auf ein wenig Glück hinzugeben.

„Ich möchte sie aufbewahren", sagte Hayley dann und zeigte ihrem Vater Amelias Briefe. Es war eine Hintertür. Sie konnte es nicht mit sich vereinbaren, die Beweise endgültig zu vernichten, denn sie war der Ansicht, dass jeder zukünftige Baronet und jede zukünftige Lady, die Entscheidung selbst fällen musste.

Hayley brachte die Briefe in ihr Zimmer und schrieb Jules dann sofort eine Nachricht. Sie wusste, was sie als nächstes tun wollte, aber nicht so recht, wie sie es angehen sollte. Hayley wollte Nate sagen, dass ihrer Verbindung nichts mehr im Weg stand. Dass er nicht mit einer Kündigung rechnen musste, wenn er sich auf sie einließ. Aber wie sollte sie ihm das erklären, ohne ihm alles zu erzählen? Sie wollte und würde ihm alles sagen, aber vorher musste sie die Geschehnisse erst einmal selbst verarbeiten.

Ein Klopfen an der Tür ließ Hayley aufhorchen. Sie stand auf, um sie zu öffnen. Hayley hatte nicht mit der Person gerechnet, die dort stand und doch überraschte sie Nates Auftauchen nicht. In einem Moment, in dem sich Hayley nicht sicher war, was es zu tun galt, war er da. Nicht zum ersten Mal und hoffentlich auch nicht zum letzten.

„Ich wollte mit dir reden." Nate hielt inne, als er in Hayleys Gesicht sah. „Hast du geweint? Was ist passiert?" Sofort war er bei ihr und seine Hand lag auf ihrer Wange.

„Ich wollte auch mit dir reden", sagte Hayley und schenkte ihm ein aufrichtiges Lächeln. Das schien Nate zu überraschen. Seine Augenbrauen wanderten ein Stück nach oben.

Hayley nahm seine Hand, führte ihn ans Fenster und setzte sich an ihren Lieblingsplatz auf der Fensterbank, bevor sie auffordernd neben sich klopfte.

„Ich ...“, begann Nate, während Hayley gleichzeitig mit einem „Du ...“ anfing. Sie sahen sich an und meinten dann wieder zur selben Zeit: „Du zuerst.“

Jonathan lachte leise.

„Wie es aussieht, nehmen die eigenartigen Gespräche zwischen uns kein Ende“, murmelte er und strich sich das widerspenstige Haar aus der Stirn. Hayley konnte ihm ansehen, dass ihm etwas auf der Seele brannte, und nur einen Wimpernschlag später holte er tief Luft. „Ich hatte immer ein bestimmtes Bild von meiner Zukunft vor Augen. Wenn ich abends ins Bett ging drehten sich meine Gedanken einzig und alleine um meine Arbeit.“ Mit schmalen Lippen schüttelte er den Kopf. „Ich war zufrieden mit meinem Leben“, fügte er etwas leiser und in nachdenklichem Ton hinzu und richtete seinen Blick aus dem Fenster auf das satte Grün des Gartens.

Er war zufrieden, wiederholte Hayley im Geist. Hieß das, dass er es nun nicht mehr war? War er hergekommen, um ihr zu sagen, dass er mit seiner Anstellung in Rose Castle unglücklich war?

„Und jetzt?“, fragte sie verhalten.

„Ich liebe es, im Garten zu arbeiten“, setzte er an und suchte ihren Blick.

Einige Sekunden verstrichen, in denen sich die beiden einfach nur ansahen. Hayley spürte, wie ihr Puls stetig schneller schlug und ihre Atemzüge lauter wurden.

„Aber?“

„Es gibt etwas anderes, worum sich meine Gedanken drehen. Wenn ich abends ins Bett gehe, wenn ich am

Morgen aufwache. In beinahe jedem wachen Moment ..." Er zögerte kurz und die Spannung zwischen ihnen wuchs mit jeder Sekunde an. „... denke ich nur an dich", brachte er schließlich stockend hervor und hielt Hayleys Blick mit seinen eisblauen Augen gefangen.

Hayleys Mund öffnete sich, aber Jonathan sprach weiter, ehe sie auch nur einen Ton hervorbringen konnte. „Ich weiß, was ich in der Vergangenheit gesagt habe. Und ich habe es auch so gemeint. Aber mein Leben, meine Wünsche, einfach alles hat sich seither geändert. Seit du hier bist, hinterfrage ich mich. Ich verstehe mich nicht mehr. Dafür weiß ich ganz genau, was ich will, und das bist du. Nichts in meinem Leben hat denselben Wert wie vorher, wenn du nicht dabei bist. Und wenn das heißt, dass ich womöglich meinen ..." Hayley konnte kein einziges Wort mehr ertragen. Mit einem Satz warf sie sich nach vorne in Nates Arme. „Das musst du nicht!", stieß sie noch hervor, dann presste sie ihre Lippen auf seine. Ihr Kuss war stürmisch und so intensiv, dass alles um Hayley herum in den Hintergrund trat. Das Damenzimmer, ja ganz Rose Castle, die Geschehnisse der letzten Stunden, Wochen und Monate. Ihre Verluste und der Schmerz. Jetzt zählte nur Nate. Sein heißer Atem und die Innigkeit seiner Küsse.

Als sie sich nach einer gefühlten Ewigkeit atemlos voneinander lösten, lehnte Hayley ihre Stirn an Jonathans.

„Was muss ich nicht?", raunte er. Und dann erzählte Hayley ihm von allem, was sie erfahren hatte.

Amelia

27. Juni 1945

Zum ersten Mal in ihrem Leben stand Amelia für sich selbst und ihre Träume, ihre Wünsche und ihr Glück ein.

Nachdem sie unter dem Lodern der Flammen ins Haus zurückgelaufen war, sich Ruß und Rauch von den zitterten Gliedern gewaschen und ihr Nachthemd angezogen hatte, war sie wieder nach unten in den Garten gelaufen. Celia hatte ihr versichert, dass keiner der Bediensteten Verdacht schöpfte. Seite an Seite mit ihnen hatte sie vor den Flammen gestanden, bis Hilfe gekommen war.

Das Gewächshaus war in dieser Nacht bis auf die Grundfesten niedergebrannt. Man hatte die verkohlte Leiche eines Mannes aus den Trümmern geborgen, dessen Überreste Amelia auf dem Friedhof in Rose Castle beerdigen ließ. Isaacs Name stand auf dem Grabstein.

Sie entließ den gesamten Hausstand, bis auf ihre Vertraute und Mitwisserin Celia und ließ Monate verstreichen, in denen die Wölbung ihres Bauches wuchs und der Garten unter ihrem Fenster langsam verwilderte. Jeder Tag verging in Sorge und Sehnsucht.

Celia war die Einzige, die sich in dieser Zeit um Amelia kümmerte und ihr Gesellschaft leistete. Außerdem hörte sie sich unter den anderen Adelsfamilien der Umgebung um. Niemand sprach über Sir Lucas. Ihr Mann hatte zu Lebzeiten keine Freundschaften gepflegt und wie es schien, kümmerte sich tatsächlich niemand um seinen Verbleib. Man wusste, dass er nicht im Krieg gefallen war, aber keinen interessierte, ob und wann er nach Rose Castle zurückgekehrt war und was er dort trieb.

Also reiste Celia schließlich nach Newcastle zur St. Andrew's Church und holte Isaac nach Hause.

Wie Amelia gehofft hatte, stand er von da an als der Baronet von Rose Castle an ihrer Seite. Obwohl er damit gerade zu Anfang Probleme hatte, fügte er sich Amelia zuliebe in sein neues Leben ein. Gemeinsam stellten sie einen neuen Hausstand ein und ließen das Gewächshaus wieder aufbauen.

„Es ist wunderschön geworden", sagte Amelia und drehte ihren kleinen Sohn auf dem Schoss um, damit auch er sehen konnte, was sein Vater tat. Seit dessen Rückkehr nach Rose Castle waren inzwischen mehrere Monate ins Land gezogen, das Anwesen war zu ihrem gemeinsamen Zuhause geworden.

Isaac schenkte den beiden ein warmes Lächeln und klopfte die letzte Niete an der Tafel über dem Eingang zum Glashaus fest.

„Du bist wunderschön. An meiner Tafel allerdings sieht man nur zu gut, dass ich besser mit Pflanzen als mit Metall umgehen kann", erwiderte er und setzte sich zu Amelia auf die Gartenbank.

„Es gibt wichtigere Dinge im Leben." Sie legte ihre freie Hand in seine und streichelte sanft über eine der Narben, die das Feuer jener Nacht zurückgelassen hatte.

„Wie Liebe?" Isaac nahm seinen Sohn in den Arm und hauchte ihm einen Kuss auf die Stirn, während sich A-melia an seine Schulter lehnte und flüsterte: „Ja, Liebe. Und Frieden. Und Glück. Und Freiheit."

Hayley

27. September 2018

Der Herbst hatte Einzug in Corbridge gehalten und nahm auch den Garten von Rose Castle in Besitz. Nur noch wenige der prächtigen Rosen, die den Sommer über das Areal dominiert hatten, blühten. Dafür mischten sich blutrote und leuchtend gelbe Farbtupfer unter das Grün.

Während sich die Vögel im Garten um die besten Plätze in den Büschen stritten, war im Haus Ruhe eingekehrt.

Hayley stand am Küchenfenster und zupfte gerade ein paar hellgrüne Blätter von der Basilikumpflanze, als das hohe Klingeln des Küchenweckers die Stille durchbrach. Sie eilte zum Ofen und öffnete ihn im selben Moment, in dem die Küchentür aufschwang.

„Liebes, wie das duftet! Du machst mich noch arbeitslos", sagte Olivia lachend und stellte den Korb voller Herbstgemüse neben der Spüle ab.

„Das würde mir nie in den Sinn kommen", antwortete sie und holte das große Blech mit der Lasagne aus dem Ofen, an der sie den ganzen Vormittag gearbeitet hatte.

„Dein Vater?", fragte Olivia und verteilte Teller auf dem Küchentisch.

„Kommt erst am Nachmittag aus London zurück. Aber er hat gesagt, wenn ich ihm nicht wenigstens ein Stück aufhebe, wird er mich enterben.“

Kaum hatte Hayley das dampfende Blech auf dem Tisch abgestellt, rauschte Jules in die Küche. „Ich sag euch, ich habe Miss Prudence nie um ihren Job beneidet. Ihr habt ja keine Ahnung, wie dreist dieser Polsterer ist. Gestern sollten die Bezüge fertig sein und heute kommt er mir mit irgendwelchen fadenscheinigen Ausflüchten. Dem Kerl hab ich Beine gemacht, das könnt ihr mir glauben. Bestimmt ist Miss Prudence gegangen, um sich nicht mehr mit solchen Sachen rumschlagen zu müssen“, zeterte sie und setzte sich an den Tisch.

„Falls es dir etwas hilft, Liebes, du machst das wirklich toll.“ Olivia legte Jules ihre Hand auf die Schulter und Hayley sah, wie Jules bei den lieben Worten vor Freude strahlte.

Hayley schnitt die Lasagne in Stücke und tat Jules als Erstes auf.

„Untertänigsten Dank, Lady Rose“, sagte sie zwinkernd.

„Hey, du solltest es dir lieber nicht mit mir verscherzen, sonst gibt es kein Tiramisu für dich zum Nachtisch“, erwiderte Hayley mit gespielter Strenge und wedelte drohend mit dem Küchenhandschuh.

„Verhält sich unsere Lieblingshaushälterin wieder einmal unangemessen?“, kam es nun von Jonathan, der eben die Küche durch die Gartentür betreten hatte und sich die Stiefel auszog. Er ging zu Hayley, umarmte sie und drückte ihr einen Kuss auf den Hals.

„Sieh lieber zu, dass du dir die Hände wäschst, sonst wird dein Essen kalt", sagte sie lachend und verteilte weiter Lasagne auf die übrigen Teller. Nach und nach trudelten noch einige andere Bedienstete ein. Bald schon erfüllten fröhliches Stimmengewirr und das Klappern von Geschirr die Küche.

Hayley lehnte sich satt und zufrieden zurück und nur einen Herzschlag später lag Nates Arm auf ihrer Schulter. Sie kuschelte sich an ihn und sah in diese strahlend blauen Augen, die es vermochten, bis auf den Grund ihrer Seele zu blicken.

„Es ist wundervoll, dich so glücklich zu sehen", flüsterte er ihr ins Ohr, während er seine Finger mit den ihren verschränkte.

„Das ist euer Verdienst", gab sie ebenso leise zurück, ließ ihren Blick kurz über die Anwesenden schweifen und bekräftigte ihre Worte mit einem Lächeln, das all ihre Dankbarkeit und Freude zum Ausdruck brachte.

Jonathan erwiderte es, schüttelte aber gleichzeitig den Kopf.

„Du warst das, Hayley. Du hast das Glück nach Rose Castle gebracht."